KB045979

"오라버니……!"

레오네
Leone
배신자인 성기사 레온을
오라버니로 두고 있는 소녀.
기사학과. 잉그리스와 친해져
함께 행동하고 있다.

리테롯테와
야간 순찰을 돌던 레오네,
줄곧 찾고 있었던 오라버니
레온과 대치한다.

"오랜만이야, 레오네."

레온
Leon
나라를 배신한 전 성기사 청년.
현재는 혈철쇄 여단에
소속되어 있는 듯하다.

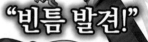

"빈틈 발견!"

리플
Ripple
에리스와 함께 기사단에
소속되어 있는 하이랄 메나스.
소수 민족인 수인종으로,
강아지 귀와 꼬리가 달려있다.

애타게 바라던 하이랄
메나스와의 모의전! 잉그리스의
의욕은 하늘을 찌를 기세다.

"아직 멀었어요!"

잉그리스
(크리스)
Inglis
머나먼 미래에 미소녀로 전생한 영웅왕.
학교에서 강자들에게 둘러싸여
행복한 수련 생활을 만끽 중이다.

Author
하야
켄

Illustrator
Nagu

그리고 세계 최강의 견습기사가 되다 ♀

영웅왕,
극한의 무를 위해 전생하다

3

Eiyu-oh,
Bu wo Kiwameru
tame Tensei su.
Soshite,
Sekai Saikyou
no Minarai Kisi "우"

S NOVEL+

커버 그림, 본문 일러스트 | Nagu

Eiyu-oh,
Bu wo Kiwameru tame
Tensei su.
Soshite, Sekai Saikyou no
Minarai Kisi "우".

CONTENTS

하이랄 메나스인 리플이 한동안 기사 아카데미에 머물기로 정해졌다.

물론, 그렇다고 평상시의 훈련이 취소되거나 하지는 않았다.

오늘, 잉그리스를 비롯한 1학년생들은 볼트 호수에 위치한 플라이 기어 도크로 이동해 훈련을 했다. 기사학과와 종기사학과의 합동 훈련이었다.

훈련을 마치고 아카데미로 돌아가는 길은 언제나처럼 장거리 달리기였다.

"아하하하하! 자, 달려라, 달려! 뭣하나, 종기사학과 제군들! 너희를 무인자라고 내심 바보 취급하는 기사학과 녀석들에게 본때를 보여줄 좋은 기회다! 들었나, 기사학과 제군들! 종기사학과에 졌다가는 기사 실격인 줄 알아라! 근성을 보여라앗!"

종기사학과 담당인 마구스 교관이 플라이 기어에 탑승해 학생들을 선도하고 있었다.

"하아, 하아……! 말 한번 얄밉게 하네……. 저 교관, 성격이 뭐 저래……! 우리가 언제 종기사학과를 바보 취급했다는 거야……!"

라피니아가 가쁜 숨을 내쉬며 투덜거렸다.

"내 말이……! 저, 저걸 보고 어떻게 바보 취급을 하겠어……!"

레오네가 마구스 교관을 태우고 있는 플라이 기어를 쳐다보면서 말했다.

그가 타고 있는 플라이 기어는 날고 있지 않았다.

잉그리스가 등에 업고서 옮기고 있었다.

거듭해서 훈련 강도를 높이다 보니 이렇게 되고 말았다.

종기사학과 학생들한테는 이미 익숙한 광경이었다.

"터, 터무니없는 짓을 하시네요…… . 하, 하지만 속도만큼은!"

리제롯테가 마음을 굳히고 속도를 올렸다.

숨을 헐떡이면서 잉그리스와 플라이 기어를 따라잡는 리제롯테.

"아, 리제롯테구나. 제법 빠른걸?"

"얼굴이 아주 평온하시군요……?!"

잉그리스는 땀을 흘리기는 했지만, 호흡은 전혀 흐트러져 있지 않았다.

"응. 이제는 꽤 익숙해졌거든."

"이…… 익숙해진다고 될 문제가 아닌 것 같은데요……?!"

"괜찮아. 그런데 반과 레이는 어떻게 된 거야? 최근 안 보이던데."

반과 레이는 종기사학과에 다니던 리제롯테의 종자였다. 마인을 가지고 있음에도 리제롯테를 섬기기 위해서 일부러 종기사학과에 들어왔을 정도다.

"아카데미에서 자퇴하고 친가로 돌아갔어요."

"어, 그랬어……? 아하, 아르시아 재상이 재상직에서 물러나서 그런가?"

두 사람이 귀족 자제임에도 불구하고 리제롯테의 종자였던 이유는 리제롯테가 재상의 딸이기 때문이었다.

결국, 리제롯테가 재상의 딸이라는 위치에서 내려오면서 이전과 같은 관계를 유지할 수는 없게 되었다.

"네. 바로 맞추시다니 제법이네요. 아버님은 재상직에서 물러나 고향의 영지로 돌아가셨죠. 어쩔 수 없는 일이에요. 저도 두 사람도 결국에는 가문에 소속된 몸인걸요."

"쓸쓸하겠네."

"그렇지도 않아요. 사실, 두 사람은 가문으로부터 기사학과로 전입하라는 통지를 받았거든요. 제 종자를 관두고 말이죠. 하지만 두 사람은 손바닥 뒤집듯 태도를 바꿀 수는 없다면서 아카데미를 그만두었어요. 그러니 기사를 목표로 하는 이상, 저희는 친구예요. 언젠가 다시 함께 싸우게 될 날도 있을 테지요."

"그렇구나……. 그럼 리제롯테도 내 플라이 기어를 사용하는 게 어때? 태워줄게."

"저야 감사하죠. 그럴게요."

바로 그때, 뒤쫓아 온 라피니아가 리제롯테의 등을 '탁' 쳤다.

"좋아! 돌아가면 식당에서 달콤한 거나 한껏 먹자! 내가 쏠 테니까! 이럴 때는 당분을 섭취하면서 기분 전환을 하는 게 제일이야! 그렇지, 레오네?"

어느새 레오네도 뒤쫓아 와있었다.

"그러자! 살이 찔까 봐 걱정은 되지만, 나도 오늘은 끝까지 어울려 줄게."

"아, 크리스. 이참에 리플 씨도 부르지 않을래?"

"리플 씨라면 지금쯤 세오도어 특사와 교장 선생님께 여러 가지로 검사를 받고 있겠네. 끝났다면 한번 불러보는 것도 괜찮겠어."

"자세한 사정은 잘 모르지만…… 하이랄 메나스를 옆에서 지켜드릴 수 있다니, 영광이에요!"

"그럼 리제롯테도 찬성인 거지?"

"네! 하이랄 메나스는 여자아이들의 동경을 한 몸에 받는 분들이니까요! 실은 예전에 저를 마석수로부터 구해주신 적도 있어요. 가능하다면 부디 꼭 친분을 쌓고 싶어요!"

보아하니 리제롯테는 하이랄 메나스에게 동경심을 품고 있는 듯했다.

"자, 그럼 얼른 돌아가자! 스피드 업!"

"잠깐, 라피니아! 나 이미 한계야……!"

"저도 이 이상은 힘들어요……!"

"알았어, 라니. 서두르자."

잉그리스가 혼자서만 엄청난 기세로 가속했다.

"아앗……! 크리스!"

"에에에에엑?! 뭐가 저렇게 빨라?!"

"미, 믿기지 않는군요……!"

라피니아를 비롯한 세 사람도 놀란 눈치였지만, 플라이 기어에 타고 있던 마구스 교관도 급격한 가속에 미처 대비하지 못한 모양이었다.

"우오오오오오옷?!"

결국, 속도가 너무 빨랐는지 플라이 기어에서 떨어지고 말았다.

"아. 죄송해요, 교관님."

"괘, 괜찮다. 훌륭한 질주였…… ㄲ어어어어억?!"

뒤에서 달려온 후속 주자들이 바닥에 떨어진 교관을 밟고 지나갔다.

"헤헤헤! 나쁘지 않은걸. 맨날 실컷 고생시켜 준 답례다!"

프람의 손을 붙잡고 달려오던 라티도 교관을 사뿐히 밟아 주었다.

그리고 마침내 아카데미로 귀환한 잉그리스 일행. 하지만 달콤한 음식을 맛볼 새도 없이 교장의 호출에 응해야 했다.

하이랄 메나스인 리플의 호위와 관련해 구체적인 작전 설명이 있는 모양이었다.

아카데미의 어느 커다란 강의실. 이곳에 불려 온 1학년생은 총 네 명이었다. 잉그리스, 라피니아, 레오네, 리제롯테였다.

이 네 사람의 공통점은 특별 과외 학습 허가를 받았다는 점이었다.

이외에도 아카데미의 상급생들 또한 이곳에 불려 와 있었다. 이들도 잉그리스 일행과 마찬가지로 허가를 받은 학생들이리라.

"여러분, 이렇게 모여 주셔서 고마워요. 오늘은 굉~장히 중요한 부탁이 있으니 잘 들어주세요."

밀리에라 교장이 여전히 전혀 중요하게 들리지 않는 말투로 말했다.

다들 맥이 빠진 표정을 짓고 말았지만, 뒤이어 등장한 세오도어 특사와 하이랄 메나스 리플의 모습을 보고는 긴장감을 되찾았다.

이것이 심상치 않은 사안임을 직감한 것이다.

이윽고 밀리에라 교장이 상황을 설명했다.

하이랄 메나스인 리플의 몸에 이변이 일어났다는 것.

그로 인해 마석수를 불러들이는 체질이 되어버렸다는 것.

세오도어 특사의 힘을 빌려서 이 현상을 해석하고, 해결하려 하고 있다는 것.

해결 방법이 발견될 때까지 아카데미에서 리플의 신병을 맡기로 했다는 것.

"그렇군요. 저희는 리플 님을 호위하다가 마석수가 나타나면 즉석에서 섬멸하면 되는 건가요. 주변의 피해를 최소한으로 억제하면서 말이죠."

기사학과 3학년 남학생이 말했다.

회색에 가까운 단발머리의 청년으로, 곱상한 용모에 안경이 더해져 굉장히 지적인 인상을 자아냈다.

그의 오른손에서는 상급 마인…… 아니, 무지갯빛의 특급 마인이 빛을 발하고 있었다.

"저건…… 특급 마인인가."

하이랄 메나스는 궁극의 마인무구.

진정한 능력은 무기로 변했을 때 비로소 발휘된다.

마석수의 최강종인 프리즈마를 쓰러트릴 수 있는 것은 무기화한 하이랄 메나스밖에 없다고 일컬어진다.

그리고 이를 다룰 수 있는 자는 특급 마인을 지닌 성기사뿐.

즉, 이 청년은 미래의 성기사 후보인 셈이었다. 구국의 영웅이라 해도 손색이 없으리라.

라파엘의 후배라 할 수도 있을 것이다.

"실바 에이렌 님이세요. 근위기사단장 레더스 에이렌 님의 동생분이시죠. 아카데미에서 유일하게 특급 마인을 소유하고 계세요."

리제롯테가 작은 목소리로 가르쳐 주었다.

"즉, 아카데미에서 가장 강한 학생이라는 뜻이지?"

"네. 그런 셈이죠."

"훌륭해……. 강한 사람이구나. 꼭 싸워보고 싶다."

"당신은 맨날 그 생각인가요……."

리제롯테가 질렸다는 듯이 잉그리스를 쳐다보았다.

"실바 군이 말씀하신 대로예요. 각 학년에서 선발된 여러분께 리플 씨의 경호를 부탁드릴 생각이에요. 각자 팀을 짜서 교대로 임무를 맡아주시면 되세요. 본인의 판단하에 다른 학생들에게 협력을 구하는 것도 허가하겠어요. 이변이 일어나 마석수가 출현하면, 지금부터 지급해 드릴 마인무구로 결계를 펼쳐 주변과 격리한 뒤 마석수를 처치해 주세요. 주변에 피해가 나오지 않도록요."

""""알겠습니다.""""

선발된 학생들이 고개를 끄덕였다.

"이게 바로 그 마인무구예요. 하나씩 받아 가시면 돼요. 이변이 발생했을 때 즉각적으로 결계를 펼칠 수 있도록 반드시 한 명은 리플 씨 옆에서 대기해 주셔야 해요."

밀리에라 교장이 말을 마치자 세오도어 특사가 마인무구를 꺼내 들었다.

검, 창, 지팡이까지 다양한 종류가 있었다.

"……활은 없네. 나는 못 쓰겠어."

"그러면 저는 창을 받아 가도록 하겠어요."

"나는 검으로 할게."

1, 2, 3학년의 각 학생에게 마인무구가 전달되었다.

그래도 마인무구는 아직 남아있는 모양이었다.

"……나도 하나 챙겨둘까."

마인이란 결국 마나의 흐름이 일정한 방향성을 갖도록 제어하는 수단이다.

잉그리스는 마인이 없지만, 에테르를 마나로 변환해 마인과 같은 방식으로 제어한다면 분명 마인무구를 사용할 수 있을 터였다.

여기서 더 나아가 마인무구 자체가 일으키는 현상을 보고 익힌다면 직접 똑같은 현상을 일으키는 것도 가능하리라. 너무 복잡한 방식이면 어렵겠지만.

잉그리스는 앞으로 걸어가 마인무구로 손을 뻗었다.

"기다려. 그만둬라. 네가 그걸 가져서 어쩔 생각이지."

그러자 옆에서 실바가 제지해 왔다.

"뭔가 문제라도 있나요, 선배님?"

"당연히 있고말고. 너한테는 아무 소용없는 물건일 텐데. 마인도 없는 종기사학과의 학생이 다룰 수 있는 물건이 아니다. 손대지 마라."

"네, 알겠습니다. 제 생각이 짧았네요."

머리를 꾸벅 숙이는 잉그리스. 그렇게 얌전히 뒤로 물러나려 했을 때였다.

"잠깐만요! 무슨 말씀을 그런 식으로……!"

아니나 다를까 라피니아가 따지고 나섰다.

"자자. 진정해, 라니. 화낼 필요 없어. 난 아무렇지도 않으니까……. 후후후."

"왜, 왜 그렇게 히죽히죽 웃는 거야, 크리스."

"괜찮아, 괜찮아. 지금은 얌전히 선배님 말에 따르자. 응?"

잉그리스는 오히려 기뻐하고 있었다.

아무래도 저 실바라는 인물은 종기사학과의 학생을 탐탁지 않게 여기는 듯했다.

게다가 신경질적이고 화를 잘 내는 타입으로 보였다.

즉, 정신적으로 미숙하다는 뜻이다.

뒤집어 말해서, 살짝 도발한다면 진심으로 대결해 줄 가능성이 높았다.

성기사나 하이랄 메나스는 정신적으로 성숙한 편이었다. 따라서 적대 관계가 아닌 한 쉽사리 이성을 잃고 공격해 오지는 않았다.

하지만 이 실바라면 작정하고 싸움에 응해줄지도 몰랐다.

"에이, 실바 군. 아직 많이 남았으니 괜찮지 않겠어요?"

"무슨 말씀이십니까, 교장 선생님! 그렇다면 행여 파괴되었을 때를 대비해서 더더욱 소중히 보관해야죠! 마인무구를 함부로 취급한다는 게 가당키나 합니까?"

"맞는 말이에요. 그래도 잉그리스 양이라면 함부로 부숴 먹거나 하지는…… 않을 거라고 장담은 못 하겠네요……. 아하하핫♪"

"농담할 상황이 아니잖습니까! 애초에 어째서 이곳에 종기사학과의 학생이 있는 겁니까? 인원 선발에 문제가 있었다는 생각밖에 안 듭니다! 이건 중요한 임무일 텐데요. 그렇다면 그에 걸맞은 인간이 수행해야 하는 것 아닌가요? 무인자는 방해밖에 안 됩니다. 너희들, 지금 바로 이곳에서 나가주길 바란다!"

"……."

그건 곤란하다. 잉그리스가 그를 어떻게 구워삶을까 고민하고 있자니…….

"네. 알겠습니다."

학생 중 한 명이 손을 번쩍 치켜들었다. 연분홍색의 머리카락을 지닌 소녀였다.

머리 길이는 어깨에 닿는 정도. 교복을 보건대 2학년인 모양이었다.

외모는 매우 예쁘게 생겼지만, 동시에 감정이 굉장히 희박해 보이는 인물이었다.

그녀가 치켜든 오른손에는 아무런 마인도 새겨져 있지 않았다.

보아하니 이 소녀도 무인자인 모양이었다.

"고맙습니다. 그럼 이만 실례할게요."

그렇게 말한 뒤, 소녀는 출구를 향해 저벅저벅 걸어가기 시작했다.

"아앗! 잠깐만요! 기다리세요, 유아 양!"

밀리에라 교장이 허둥지둥 그녀를 멈춰 세웠다.

"왜 그러시죠? 졸려요. 가서 자고 싶어요."

유아라 불린 소녀가 표정 하나 바꾸지 않고 대답했다.

비상사태라는 설명을 듣고도 전혀 관심이 없는 듯했다.

오히려 그 태도가 범상치 않은 인물임을 짐작게 했다.

"자면 안 돼요! 제 이야기를 듣기는 하신 건가요? 여러분의 힘이 필요하다고 말씀드렸잖아요."

"에헷."

유아는 완전히 무표정한 얼굴로 혀를 빼꼼히 내밀었다.

"에헷이 아니라……."

밀리에라 교장도 상황이 불리하게 돌아가면 "에헤헷" 하고 얼버무리고는 했지만, 유아의 행동은 더욱 뜬금없었다. 밀리에라 교장도 난처함을 감추지 못하는 눈치였다.

"어쨌든 협력이 꼭 필요한 사태예요. 당신은 2학년 에이스잖아요. 빠지면 곤란해요."

"하지만 저 안경 선배가 돌아가라고…… 어라, 꿈이었나?"

"맞아요! 꿈이랍니다! 그런 말은 안 했어요."

"……그럼 어쩔 수 없지."

유아는 그렇게 대꾸하며 원래 자리로 되돌아가려 했다.

"아니, 분명히 말했다! 종기사학과에 이 임무는 무리다. 얌전히 돌아가."

"알겠습니다. 감사합니다!"

"아아아앗! 기다려요! 간신히 설득했는데 말짱 도루묵으로 만들면 어떡해요!"

한편, 이 상황을 지켜보던 리제롯테가 작은 목소리로 중얼거렸다.

"……왜 교장 선생님이 여러분처럼 별난 사람들을 흔쾌히 받아들이나 싶었는데……. 선배들을 보니 납득이 되네요."

"응? 왜 남의 일처럼 말하는 거야? 리제롯테도 우리랑 한 묶음이야. 친구잖아."

라피니아가 곧바로 되받아쳤다.

"그, 그거 기쁘다고 해야 할지, 슬프다고 해야 할지……."

"아하하. 나는 기뻐. 그만큼 사이가 좋다는 뜻이잖아."

"뭐, 레오네가 괜찮다면 저도 이의는 없지만……."

"종기사학과도 문제지만 배신자 혈족도 안 됩니다! 저 학생은 배신자 레온의 여동생이잖습니까?! 저런 자에게 등을 맡기고 싸우라니요!"

"잠깐만요! 레온 씨는 레온 씨고 레오네는 레오네예요! 아무리 선배라도 제 친구를 모함한다면 용서하지 않겠어요!"

"맞아요! 그건 편협한 생각이에요! 레오네가 어떤 사람인지 알면 생각이 달라지실 거예요!"

상황이 점점 꼬이기 시작했다.

그래서 잉그리스는 자신의 요구를 수락시키기 위해 중재를 시도했다.

"자, 진정들 하세요. 그러면 실바 선배, 저희가 임무에 걸맞은 실력을 지녔는지 시험 삼아 대련해 보지 않으실래요? 어차피 직접 확인하지 않으면 믿지 못하실 테니까요."

"……흐음."

"여기."

그때 유아가 손을 들었다.

"아, 유아 선배. 하실 말씀이라도?"

"나는 귀찮으니 반대."

"…………."

뭐랄까. 전에 없던 타입의 인물이었다.

라피니아도, 레오네도, 리제롯테도 다들 한 개성 하는 편이었지만 바탕이 되는 성격은 성실했다.

반면에 유아 선배는 근본적으로 다른 성격을 지닌 듯했다.

물론 잉그리스와도 달랐다. 모처럼 싸울 기회가 생겼는데 귀찮다며 거절하니 충격이었다.

"하지만, 유아. 솔직히 네가 없으면 우리들만으로 해나갈 수 있을지 좀 불안해. 학년별로 나뉘어서 활동하는 거잖아?"

2학년 학생 중 하나가 유아에게 말했다.

그의 말대로 2학년은 유아를 포함해서 세 명밖에 없었다. 4명인 1학년보다도 적었다.

"알았어. 할게."

"그러면 유아 선배, 같이 실바 선배한테 대련을 부탁해 봐요."

"그건 싫어."

단칼에 거절당했다.

"명령을 하는 건 교장 선생님이니까, 불만이 있으면 저 사람이 나가면 돼."

이번에는 느닷없이 정론을 들이대 왔다.

"확실히 그건 그렇지만……. 조금 전에는 실바 선배의 나가달라는 말에 고분고분 따르지 않았나요?"

"후후. 나와 대련을 할 용기가 없다는 뜻이로군?"

실바가 유아를 바라보며 말했다.

"……누가 더 위인지는 겨뤄봐서 알잖아. 약한 녀석을 괴롭히는 취미는 없어."

"뭐라고……?!"

대화를 듣자 하니, 유아와 실바는 이전에 한 번 붙어본 경험이 있는 듯했다.

정말로 유아가 실바에게 이긴 것일까? 그렇다면 굉장히 흥미로운 사실이 아닐 수 없었다.

특급 마인을 지닌 실바의 능력은 성기사에 비견될 가능성이 높았다.

이를 뛰어넘는 실력을 지녔다면…… 아주 보람찬 대련을 기대할 수 있을 것이다.

"교장 선생님, 혹시."

잉그리스가 밀리에라에게 슬쩍 물어보았다.

"네……. 잉그리스 양이 짐작하시는 대로예요. 모의전 당시에 딱 한 번이긴 하지만요. 그날을 계기로 두 사람의 사이가 틀어져 버려서……. 잉그리스 양이 저 두 사람을 화해시켜 주신다면 고맙겠어요. 1학년의 에이스는 당신이잖아요."

"……관계 회복이라면 라니한테 맡기는 게 나을걸요. 두 사람을 때려눕히라는 명령이라면 기쁘게 받겠지만요."

애초에 사이가 틀어진 것 치고는 실바가 유아에게 시비를 거는 것으로밖에 안 보였다.

유아 본인은 딱히 아무런 감정도 없는 듯했다.

"하아……. 힘이란 건 성격에 문제가 있는 사람한테만 주어지는 걸까요?"

밀리에라 교장이 탄식하듯 말했을 때였다.

털썩.

누군가가 바닥에 쓰러지는 소리가 났다.

"리플 공! 정신 차리십시오⋯⋯!"

세오도어 특사가 제일 먼저 반응을 보였다. 리플이 그의 바로 옆자리에 앉아있었기 때문이다.

리플은 이미 의식이 없는 상태였다. 그리고 이전처럼 검은 구체로 뒤덮여 있었다.

성에서 보았던 것과 똑같은 현상이었다.

"세오도어 님! 얼른 뒤로 물러나 주세요. 위험합니다! 결계는 제가 펼치겠어요! 여러분도 경계해 주세요!"

밀리에라가 들고 있던 지팡이 형태의 마인무구를 휘둘렀다.

그러자 광범위한 결계가 전개되며 주변을 뒤덮었다. 창밖으로 반투명한 빛의 벽이 보였다.

그리고 잠시 후, 벽 쪽 천장의 공간이 일그러지더니 안에서 마석수들이 차례차례 모습을 드러냈다.

성에서와 마찬가지로 리플과 똑같은 수인종 마석수들이었다.

"나, 나타났어!"

학생들 사이에서 긴장감이 고조되었다.

하지만 비명을 지르거나 달아나는 이는 없었다.

"교장 선생님! 오늘 담당은 어느 학년이죠?!"

"네?"

"학년별로 세 팀이 하루씩 돌아가면서 맡는 방식 아닙니까? 첫 날은 저희 3학년이 맡겠습니다! 괜찮겠죠?"

"그, 그렇게 하세요⋯⋯."

"좋아……! 그럼 우리들이 맡을 테니 나머지는 손대지 말고…….."

콰아아아앙!

하지만 이미 잉그리스가 마석수 중 세 마리를 한꺼번에 걷어차 버린 뒤였다.

그 충격으로 벽이 함몰되며 방 전체가 진동했다.

"무슨……! 이, 이봐! 손대지 말라고 했을 텐데!"

"네. 그래서 발로 찼는데요?"

잉그리스가 빙그레 웃으며 답했다.

"오오오오?! 저 애, 종기사학과인데 엄청나게 강한걸……?!"

"역시 이곳에 불려 올 정도의 실력은 있다는 뜻인가!"

"유, 유아하고 똑같아……! 꼭 유아를 보고 있는 것 같아……!"

상급생들이 제각각 한마디씩 내뱉으며 놀라움을 드러냈다.

"""그리고 엄청나게 귀여워……!"""

하지만 마지막 한마디는 완전히 일치했다.

"그런 소리나 하고 있을 때냐! 3학년은 곧바로 응전해라! 물리적인 공격을 아무리 가해 봤자 마석수한테는 통하지 않아!"

실바는 호령과 함께 자신의 마인무구를 거머쥐었다.

그가 사용하는 마인무구는 기다란 원통형의 무기. 총이었다.

하이랜드에서 개발된 대인용 무기라는 모양이었다.

지상에서는 볼 기회가 많지 않지만, 잉그리스는 고향인 유미르에서 본 적이 있었다.

빌포드 후작이 가지고 있었던 것이다.

하물며 마인무구라면 더욱더 희소할 수밖에 없었다.

한편, 무지갯빛의 특급 마인을 지닌 실바는 어떤 마인무구라도 다룰 수 있었다. 널리 보급된 수많은 무기 중에서도 굳이 총을 선택한 것은 그만큼 훌륭한 기프트가 내장되어 있기 때문이리라.

총신에 새겨진 새빨간 문양을 통해 화속성 무기임을 짐작할 수 있었다.

잉그리스 잠시 전투를 멈추고 그의 실력을 지켜보기로 했다. 하지만……

피유우우웅!

순백의 화살이 실바의 얼굴 옆을 스치고 지나갔다.

라피니아가 빛의 활의 시위를 당긴 것이다.

쏘아져 나간 화살이 벽에 파묻힌 마석수들을 꿰뚫었다.

한 발이 아니었다. 두 발, 세 발로 이어지는 연발 사격. 마석수들은 완전히 절명하고 말았다.

"라니? 그러다 선배한테 혼나도 난 몰라."

"응? 나도 손은 안 댔는걸. 화살을 쐈을 뿐이잖아?"

"뭐, 그럼 문제없네."

"맞아. 문제없어."

"말장난으로 어물쩍 넘어가려 들지 마라! 네가 성기사 라파엘 님의 여동생이라 해도 멋대로 구는 건……!"

"멋대로 구는 게 누군데요!"

라피니아도 잠자코 듣고만 있지는 않았다.

"우리 중 누군가가 상처를 입으면 괴로워지는 것은 리플 씨예요! 그러니 최대한 부상자가 나오지 않도록 마석수들을 처치해야 해요! 힘을 합치는 게 뭐 어때서요! 모두가 무사할 수만 있다면 체면 따위 아무래도 좋아요! 실바 선배는 성기사가 될 생각이죠? 그렇다면 리플 씨의 마음을 누구보다 잘 헤아려 드려야 하는 거 아닌가요? 장차 하이랄 메나스와 함께 싸우게 될 사람은 다름 아닌 선배잖아요!"

"……?! 뭐라고……?! 특급 마인도 갖지 못한 주제에 잘도……!"

"특급 마인은 없어도 특급 마인을 가진 사람을 가까이서 봐왔어요!"

단호하게 외치는 라피니아. 물론, 라파엘을 두고 하는 말이었다.

라파엘과 실바를 비교하면 실바가 미숙해 보일 수밖에 없었다.

당장 라파엘이 나이도 많거니와, 애초에 라파엘은 어릴 적부터 인격적으로 완성되어 있었으니 어쩔 수 없는 노릇이다.

단, 어디까지나 현시점의 이야기였다. 실바의 성장 가능성까지 부정하는 것은 아니었다.

특급 마인을 갖추고 있으니 자질은 입증된 것이나 다름없다. 마음먹기에 따라 충분히 훌륭한 성기사로 성장할 수 있을 것이다.

어쨌든 한 가지는 분명했다. 자신의 신념과 정의를 관철하는 라피니아의 모습이 굉장히 보기 좋다는 점이었다.

특히나 째릿! 하고 매서운 표정을 지어 보이는 것이 너무나도 귀여웠다. 평소에는 좀처럼 보여주지 않는 표정이기에 더더욱 그랬다.

"아앗?! 저도 창을 휘두르다가 실수로 맞혀 버렸어요!"

"검이 제멋대로 움직여서! 죄송해요!"

리제롯테와 레오네도 새롭게 나타난 마석수들을 공격해 나갔다. 같이 혼나줄 작정인 모양이었다.

"유아 선배! 제 말 들으셨나요?! 선배도 귀찮아하지만 말고 성실하게 임하세요! 리플 씨를 위해서라고요!"

"네, 넵……! 잘못했어요!"

라피니아의 박력에 눌린 유아가 움찔하며 대답했다.

잉그리스는 새롭게 출현한 마석수들을 향해 돌진하면서 곁눈질로 움츠린 유아의 모습을 살폈다.

마치 겁먹은 새끼 동물처럼 보였다. 전혀 강해 보이지 않았다.

그런데 그때였다. 유아가 잔상을 남기듯 스윽, 하고 움직임을 개시했다.

그러고는 잉그리스의 진로에 있던 마석수 앞에서 모습을 드러냈다. 잉그리스를 앞지른 것이다!

눈으로 좇지 못할 정도는 아니었지만 무시무시한 스피드였다.

툭.

가벼운 수도로 마석수를 내려치는 유아.

하지만 진짜는 그다음이었다.

콰직, 콰직, 콰지직!

무시무시한 소리와 함께 마석수의 몸에 움푹 파였다.

"오오오……! 굉장해!"

살짝 건드린 것처럼 보이는 동작으로 이 위력이라니.

심지어 마석수에게 접근하는 속도는 잉그리스를 앞지를 정도였다. 잉그리스가 자신의 몸에 중력장을 적용하고 있음을 감안해도 대단한 속도였다.

다만, 마석수에게 평범한 물리 공격은 효과가 없었다. 따라서 유효타라고 하기는 힘들었다.

하지만 마석수는 마석수. 잉그리스와 실력을 겨루는 데는 아무 문제도 없었다.

잉그리스가 보기에 유아는 손색없는 강자였다. 꼭 대련을 부탁해 보기로 했다.

"에잇."

유아가 마석수에게 뒤차기를 꽂아 넣었다.

부우우웅!

발꿈치에 맞은 마석수가 대포알 같은 기세로 잉그리스를 향해 날아왔다.

"앗, 미안."

"괜찮아요! 하아압!"

콰과아아앙!

이번에는 잉그리스가 날아온 마석수를 위로 걷어찼다. 마석수는 한층 기세를 더해 날아가 천장에 머리를 박았다.

"오, 제법인걸."

유아가 살짝 감탄한 표정으로 말했다.

"고맙습니다. 그럼 나중에 저와 대련해 주세요!"

"싫어. 누가 더 센지 겨루는 취미는 없어."

유아는 그렇게 말하며 마석수들을 하나둘씩 날려 버렸다.

"그러지 마시고 꼭 좀 부탁드릴게요!"

잉그리스도 같은 속도로 마석수들을 걷어차 나갔다.

"싫어."

"제발요!"

교섭이 계속되는 가운데, 잉그리스와 유아는 타격기로 마석수들의 움직임을 봉쇄해 나갔다.

"""대단한데, 저 두 사람! 덕분에 훨씬 편해졌어!"""

다른 학생들은 돌아다니며 마석수들의 숨통을 끊기만 하면 됐다.

"큭, 이 자식들……. 사람 말을 귓등으로 듣다니……!"

"실바 군! 화내지 마시고! 그러면 이렇게 할게요! 첫날은 다 함께 협동해서 싸우는 것으로 하겠습니다! 그러니 아무도 나쁘지 않아요! 여러분, 이대로 마저 분발해 주세요!"

밀리에라 교장이 당황해하며 외쳤다.

이후로도 전황은 크게 달라지지 않았다.

마석수가 새로 출현하면 잉그리스와 유아가 먼저 달려가 날려 버리고, 다른 학생들이 숨통을 끊었다.

마석수에게 평범한 물리 공격은 통하지 않는다. 육체가 일그러질 정도로 후려쳐도 곧바로 복원된다.

하지만 잠깐 마석수들을 무력화시키는 것은 가능했다. 라피니아를 비롯한 마인무구 사용자들이 마석수의 숨통을 끊기에는 충분한 시간이었다.

또한, 잉그리스가 앞장서서 달려 나갈 수 있는 데는 이유가 있었다.

마나의 흐름을 통해서 마석수가 나타날 징조를 읽고 있기 때문이었다.

그렇기에 남들보다 움직임을 개시하는 것이 한두 템포 빨랐다.

다시 말해서, 잉그리스와 똑같은 움직임을 보이는 유아도 마나의 흐름을 느끼고 있는 것이 분명했다.

대체 정체가 무엇일까? 하이랄 메나스와는 분위기가 달랐다.

하이랜더? 그렇지만 성흔이 없었다.

혈철쇄 여단의 흑가면이나 잉그리스처럼 디바인 나이트인 것일까?

하지만 에테르의 기운은 느껴지지 않았다. 숨기고 있는 것일지도 모르지만.

현재로서는 아무것도 단정 지을 수 없었다. 모르는 것이 생겼다는 사실을 알게 되었을 뿐이다.

하지만 그래서 더욱 흥미로웠다. 역시 시골인 유미르에서 왕도로 오길 잘했다는 생각이 들었다.

"여러분, 이제 괜찮아 보입니다. 일단 이상 현상은 잦아들었군요."

리플의 상태를 살피던 세오도어 특사가 말했다.

확실히 검은빛의 반구체에 뒤덮여 있던 리플의 모습이 원래대로 돌아와 있었다.

"리플 씨!"

라피니아가 제일 먼저 그녀를 향해 달려갔다.

"저번처럼 곧 정신을 차리겠지?"

레오네도 걱정이 되는 눈치였다.

"과연. 저희가 앞으로 무엇을 해야 할지 알겠습니다. 이 정도라면 문제없을 테지요. 교장 선생님, 적어도 저희 3학년은 희생자 없이 임무를 완수해 내겠습니다."

"네. 하지만 이건 어디까지나 주변의 피해를 줄이려는 조치라는 사실을 명심해 주세요. 근본적인 해결책도 아니거니와, 뭔가 새로운 현상이 일어날 가능성도 있어요. 부디 조심하세요."

"그렇다면 문제 해결까지는 얼마나 걸릴까요?"

"죄송합니다. 아직 구체적인 시일을 장담할 수는 없는 상황입니다. 하지만 최대한 서두르도록 하겠습니다. 여러분께 부담을 끼쳐드려 면목이 없습니다만, 잘 부탁드립니다."

세오도어 특사가 실바의 질문에 답했다.

"저로서도 최대한 빨리 사태가 해결되었으면 좋겠어요……."

밀리에라 교장이 땅이 꺼지라고 한숨을 내쉬며 말했다.

그녀의 시선은 방의 벽과 천장을 향하고 있었다.

마석수를 던져댄 탓에 움푹 파이거나 구멍이 나는 등 처참한 상황이었다.

"어서 해결하지 않으면 학교가 남아나질 않을 테니까요……."

"너희들 탓인 줄 알아."

실바가 잉그리스와 유아를 번갈아 바라보며 말했다.

""……?""

두 사람은 눈을 동그랗게 뜨며 고개를 갸웃했다.

"뭐냐, 그 아무것도 모르겠다는 태도는! 너희가 막무가내로 뻥뻥 날려댄 탓에 이렇게 됐잖아!"

"이래 봬도 꽤 자제한 건데. 그렇지? 어, 뭐랬더라……."

"잉그리스예요. 유아 선배."

"으음? 잉……크레……? 잉……리드?"

"잉그리스예요. 선배."

"음……."

유아가 복잡한 표정을 지었다.

"유아는 사람 이름을 잘 못 외우는 편이야."

옆에 있던 선배 중 한 명이 설명했다.

"홀쭉이 군 말이 맞아."

확실히 호리호리한 체구의 선배이기는 했지만…….

그래도 엄연히 상급 마인을 소유한 인물이었다.

"흑흑……. 이것 봐, 1년이나 함께했는데도 이 꼴이야. 참고로 모리스라고 해. 잘 부탁해."

"잘 부탁드려요. 유아 선배도 그냥 편한 대로 불러주세요."

"음…… 그럼 왕가슴 후배. 너도 힘 조절했지?"

"에엑?! 저기, 역시 그 명칭은 좀⋯⋯."

하지만 유아는 듣지도 않고 실바를 쳐다보았다.

"애초에 선배가 좀 더 열심히 하셨으면 저희가 그렇게 날뛸 필요도 없었잖아요."

"마인무구로 건물을 불태울 수는 없어서 자제하고 있었을 뿐이다! 너희야말로 생각이라는 걸 좀 하면서 싸워라!"

"자자, 싸우지들 마세요. 괜히 신경을 쓰다가 다치는 것보다는 낫잖아요."

밀리에라 교장이 쓴웃음을 지었다.

"하하⋯⋯. 주변을 결계로 뒤덮는 마인무구가 아니라 다른 공간으로 도약시키는 마인무구를 준비하는 게 나았을지도 모르겠군요."

세오도어 특사도 비슷한 표정을 짓고 있었다.

"하이랜더분들이 만드는 이공간처럼 말인가요?"

잉그리스는 하이랜더 팔스에 의해 이공간에 갇혔던 기억을 떠올렸다.

모두가 가능한지는 불명이지만, 하이랜더들에게는 이공간을 다루는 능력이 있는 모양이었다.

상당히 높은 수준의 마법사라는 뜻이었다.

"그런 셈입니다."

"비슷한 예로는 이전에 잉그리스 양도 들어간 적이 있는 시련의 미궁이 있겠네요. 그건 하이랜더의 공간 마법을 모방한 마인무구거든요."

　밀리에라 교장이 세오도어 특사의 뒤를 이어 보충 설명을 했다.

　"아하, 과연……."

　"하지만 공간을 도약하면 다른 사람들과 격리되어 버리고 말아요. 지원할 수 없어지기 때문에 위험도가 오히려 상승하죠. 게다가 결계형 마인무구보다 다룰 수 있는 사람도 적고요."

　"그래도 두 가지가 모두 갖춰져 있어서 나쁠 건 없겠지요. 해당 마인무구도 준비해 두도록 하겠습니다."

　"하긴 그렇네요. 적재적소에 활용하는 게 최고죠. 부탁드릴게요, 세오도어 님."

　"알겠습니다."

　이리하여 하이랄 메나스인 리플을 호위하는 임무가 본격적으로 시작되었다.

"아하하하. 재밌는 별명이 생겼구나, 잉그리스."

리플이 잉그리스 일행의 이야기를 듣고 깔깔거리며 웃었다.

오늘 리플은 건강해 보였다.

물론 속으로는 마음고생이 심할 것이다. 마석수가 토벌된 뒤 정신을 차렸을 때도 그랬지만, 평상시에도 문득 표정이 어두워지고는 했다.

하지만 밝게 행동하려고 애쓰는 모습이 보였다. 다른 사람들에게 괜한 걱정을 끼치지 않기 위함이리라.

상황은 밀리에라 교장의 지시대로 돌아가고 있었다. 학년별로 팀을 꾸려서 하루씩 교대로 리플의 호위를 맡는 중이다.

오늘은 잉그리스가 포함된 1학년이 처음으로 임무를 맡는 날이었다.

리플은 아카데미 내부라면 자유롭게 행동해도 된다는 허락을 받았다.

잉그리스 일행도 되도록 수업을 쉬지 않는 편이 바람직했다.

따라서 필연적으로 리플은 잉그리스 일행의 수업을 견학하게 되었다.

듣자 하니 상급생들이 당번일 때도 마찬가지였다는 모양이다.

사실상 나라의 수호신인 하이랄 메나스가 수업을 참관하는 것이나 다름없는 상황이었다. 다른 학생들의 수업 의욕도 크게 상승했다.

"그렇게 됐어요. 솔직히 좀 부끄러워요……."

이래 봬도 잉그리스는 한때 영웅왕이라 칭송받던 일국의 기둥이었다.

그야 물론 최근에는 여자의 몸도 익숙해졌고, 나름대로 즐기고도 있었지만, 설마 왕가슴 후배라고 불리는 날이 올 줄은 몰랐다. 인간의 운명이란 알다가도 모를 일이다.

"유아는 좀 특이한 애잖아. 내 이름도 기억 못 하더라."

천하의 하이랄 메나스의 이름도 기억하지 못하다니, 대단한 소녀였다.

"리플 씨는 뭐라고 불렸어요?"

"동물 귀 어르신."

"……."

확실히 리플한테 동물의 귀가 달려 있기는 하지만…….

일단 높으신 분이라는 인식은 있는 듯했다.

"뭐, 별로 불만은 없어. 라피니아는 뭐라고 불렸니?"

"도깨비……."

버럭 호통을 친 것이 살짝 무서웠던 모양이다.

"……레오네는?"

"2호래요. 아마도 이거 때문이 아닐지……."

레오네가 린이 파묻혀 있는 자신의 가슴을 가리키며 말했다.

"확실히 관련이 있어 보이네……. 리제롯테는?"

"뾰, 뾰족이……라더군요."

끝부분이 뾰족하게 말려 올라간 리제롯테의 곱슬머리를 보고 이런 별명을 지어준 모양이었다.

"하하하. 다들 호되게 당했네."

"뭐, 유아 선배는 크리스급으로 이상한 사람이기는 하지만 나름대로 성실하게 임하고 있다고 생각해. 오히려…… 문제는 실바 선배야. 리플 씨, 실바 선배한테 실례되는 말을 듣거나 몹쓸 짓을 당하지는 않았나요?"

"응? 별문제 없었는데? 어깨에 힘이 많이 들어가 있기는 했지만…… 나하고 상성도 썩 나쁘지 않은 편이었어."

잉그리스는 리플이 하는 말을 경청하면서 눈앞의 체스 말을 이동시켰다.

반대쪽에는 레오네가 심란한 표정으로 앉아있었다.

오늘은 수업 시간에 병법 훈련의 일환으로 체스를 두었다. 잉그리스 일행은 수업이 끝난 뒤에도 교실에 남아서 대결을 조금 더 이어나가는 중이었다.

"으윽……. 져, 졌습니다."

레오네가 어깨를 축 떨구었다.

"항복! 몇 번을 해도 못 이기겠어……! 잉그리스는 적이 나타나면 다짜고짜 달려들 줄밖에 모르는 애라고 생각했는데……!"

"누가 들으면 바보라고 오해하겠네. 일부러 그렇게 행동하는 거야."

체스는 현실과 다르다. 현실에서는 체스 말이 성장하기 때문이다.

성장해서 상대편의 모든 체스 말을 쓰러트려 버리는 것도 가능했다.

잉그리스는 늘 성장의 극대화에 초점을 맞춰 행동하고 있었다.

즉, 합리적인 판단하에 최단 루트로 공격한 결과가 돌격이었을 뿐이다.

"하긴. 크리스가 체스 하나는 엄청 강하지. 옛날부터 그랬어."

"평상시의 모습만 보면 상상이 잘 안 가네요."

"단순히 강한 수준이 아니야. 처음 두자마자 자기 아버지를 꺾었다니까. 라파엘 오라버니도, 우리 아버지도 단 한 번도 이겨본 적이 없어."

잉그리스의 옆자리에서 체스를 두고 있던 라피니아와 리제롯테가 대화를 나누었다.

"라피니아는요? 이겨본 적이 있어요?"

"내가? 어림도 없지! ……보면 알잖아?"

라피니아가 원망스럽다는 듯이 말했다.

체스판을 보니 리제롯테가 압도적으로 우세한 상황이었다.

"그, 그렇네요. 확실히 좀 더 정진하실 필요가 있겠어요."

라피니아는 심리전이나 빈틈을 찌르는 머리싸움에 능숙하지 못했다.

체스는 그러한 능력들이 요구되는 게임이다. 라피니아가 체스에 약한 것은 당연했다.

"뭐, 굳이 잘할 필요도 없는걸. 복잡한 일이 생기면 크리스가 해결해 줄 테니까. 그렇지?"

"무슨 말씀이세요. 어엿한 기사라면 어떠한 상황에서도 스스로……."

"응. 전부 나한테 맡겨줘."

"잉그리스?! 라피니아한테 너무 무른 거 아닌가요?!"

"그런가? 뭐, 괜찮아. 내가 평생 라니의 종기사로 있으면 되는 거잖아?"

"트, 틀린 말은 아니지만……. 정말 괜찮겠어요? 당신의 실력이라면 무공을 세워서 지위와 명예를 손에 넣는 것도 충분히 가능할 텐데요?"

"별로 관심 없어."

오히려 괜히 출세라도 했다가는 곤란해진다. 전선에 설 수 없게 된다.

앞으로 출세할 일이 생기더라도 자신이 무인자에다 종기사라는 점을 역으로 이용해 철저히 거절할 생각이었다.

"하하하……. 이상한 사람이네요."

리제롯테가 메마른 미소를 지어 보였다.

그리고 마지막 체스 말을 옮기면서 이쪽도 승부가 났다.

"으으! 또 졌어……!"

"리플 님도 한 판 어떠세요? 얼마나 잘 두시는지 보고 싶어요."

리제롯테가 리플에게 체스 대결을 제안했다.

"아하하, 됐어. 실은 나도 라피니아처럼 머리 쓰는 일은 전부 에리스한테 맡겨놓고 있거든. 나는 몸을 움직이는 쪽이 특기야."

"그러면 대련하러 가지 않으실래요? 오래 앉아있느라 몸이 굳었을 테니 풀어줘야죠. 적당한 운동은 정신 건강에도 좋아요. 조금 날뛰어 줘야 스트레스도 해소될 테고요."

곧바로 물고 늘어지는 잉그리스.

리플과는 꼭 한번 실력을 겨뤄보고 싶었다.

하이랄 메나스와 싸울 기회를 놓칠 수는 없었다.

"크리스으으?"

라피니아가 잉그리스를 지그시 노려보았다.

"지금은 관두는 게 좋아, 잉그리스. 리플 씨한테 무슨 일이라도 생기면 어떡하려고 그래?"

"맞아요. 그럴 때가 아니잖아요?"

레오네와 리제롯테도 기가 막힌다는 눈치였다.

"오해하지 마, 다들. 딱히 내가 싸우고 싶어서 이러는 게 아니야. 어디까지나 리플 씨를 위해서래도. 그렇지, 라니?"

"안 된다면 안 돼. 억지 부리지 마. 마석수가 튀어나오는 것만으로도 충분하잖아?"

라피니아가 따끔하게 말했다. 하지만…….

"대련? 그러지 뭐. 상대해 줄게."

리플은 의외로 흔쾌히 수락해 주었다.

"저, 정말인가요?! 고맙습니다, 리플 씨!"

"전투에 돌입하면 어떻게 되는지 알아보고 싶다고 밀리에라와 세오도어 특사가 그랬거든. 나도 잉그리스의 힘을 체험해 보고 싶고. 그나저나 엄청 기뻐 보이네. 하하하……."

"네! 리플 씨는 정말로 최고예요!"

잉그리스의 눈동자는 보석처럼 반짝반짝 빛나고 있었다.

너무나도 기뻐하는 나머지 리플은 오히려 살짝 무서워졌다.

잉그리스 일행은 교장실에 있는 밀리에라 교장과 세오도어 특사를 방문했다.

대련을 하는 것은 좋지만, 먼저 두 사람에게 보고할 필요가 있다는 리플의 말 때문이었다.

"대련하시겠다고요? 뭐, 잉그리스 양이라면 분명 그렇게 말할 줄 알았어요. 예상대로네요."

"교장으로서 학생들을 잘 파악하고 계시는군요."

세오도어가 웃음을 지으며 말했다.

"그럼요. 이래 봬도 성실한 교장 선생님이랍니다."

"단순히 크리스가 알기 쉬운 성격이라서 그런 거 아닌가요?"

"하긴……. 맨날 생각하는 게 똑같으니까."

"동감이에요."

"하하핫. 그렇다는데, 잉그리스?"

"다 좋으니까 빨리 싸우고 싶어요! 괜찮은 거죠, 교장 선생님?! 빨리요, 빨리……!"

잉그리스의 반짝거리는 눈은 원래대로 되돌아올 기미가 없었다.

"아하하하……. 그러면 기다리게 하는 것도 불쌍하니 얼른 용건을 마치도록 할까요. 세오도어 님, 그걸 부탁드릴게요."

"예. 레오네 양, 이 마인무구를 받아 주세요."

세오도어가 꺼내 든 것은 레오네가 원래 소지하고 있던 검은색의 대검이었다.

사용자의 의사에 따라 칼날의 길이를 늘이거나, 거대화시키는 등의 기프트 효과를 가진 마인무구였다. 다만, 왕성에 추락할 뻔한 비행선을 튕겨낼 당시, 잉그리스가 힘을 너무 싣는 바람에 검이 부서지고 말았다.

"앗, 이건 저의……?!"

"맞아요. 대부분은 레오네 양이 원래 사용하던 마인무구와 같다고 보시면 돼요."

"대부분이요?"

"네. 겉모습은 비슷하지만 사실 이건 개량품이거든요. 원래의 기프트에 더해서 한 가지 기프트가 추가로 탑재되었답니다. 총 두 개의 기프트를 탑재한 셈이죠! 신기술이에요, 신기술♬"

"호오……."

"와아! 좋겠다, 레오네!"

"두 번째 기프트는 뭔가요?"

"주변 사람들을 이공간으로 전이시켜 격리하는 능력이에요! 전에도 말했다시피 학교 건물이 파괴되는 것을 막기 위한 안전 대책이죠! 마인의 속성을 고려했을 때, 여러분 중에서 레오네 양이 가장 적임자예요."

"서둘러 만든 물건이라서 공간의 강도와 효과 시간 등을 확인해 보고 싶습니다. 대련은 그 마인무구의 효과로 생성된 공간에서 부탁드릴게요. 별다른 문제가 발견되지 않는다면 다른 팀에도 나눠드릴 생각입니다."

세오도어 특사가 밀리에라의 말을 받아 보충 설명을 했다.

"저번에 하이랜더의 이공간에 갇혔을 때는 마인무구가 발동하지 않았거든요. 혹시 이것도……?"

"물론 그럴 일은 없을 거예요! 안심하고 사용하세요, 레오네 양."

"알겠습니다. 해 볼게요!"

"레오네, 지금 바로 발동시켜 줘! 얼른, 얼른!"

"뭐어?! 여기서 쓰라고?"

"괜찮아요. 저희도 함께 들어가서 마인무구가 제대로 작동하는지 보고 싶거든요."

"알겠습니다. 그럼……."

레오네는 검의 손잡이를 두 손으로 움켜쥐고 의식을 집중했다.

"윽……! 크윽……. 예전과는 느낌이 좀 다른걸……!"

"초조해하실 필요 없어요. 익숙하지 않은 기프트라서 그래요.

숨을 크게 들이쉰 다음, 마인이 만들어 내는 흐름에 몸을 맡기세요."

"알겠습니다."

밀리에라 교장의 조언을 듣고 레오네는 한 차례 심호흡했다.

호흡과 마나의 흐름이 잠잠해지고, 검은색의 칼날이 점점 일그러지기 시작했다. 정확히 말하면 공간의 왜곡이 발생해 칼날이 일그러져 보이는 것이었다.

"잘하고 있어요, 레오네 양. 그대로 계속해 주세요."

"네……!"

공간의 왜곡이 최고조에 달하자 아무것도 보이지 않을 정도로 시야가 일그러졌다.

이윽고 일그러진 시야가 조금씩 회복되기 시작했다. 그렇게 정상으로 돌아왔을 무렵에는 벽도, 끝도 없는 공간이 눈앞에 펼쳐져 있었다.

"……됐다!"

레오네의 말대로였다. 교장실에 있던 일곱 명 전원이 이공간으로 이동해 있었다.

"와! 정말로 이공간에 들어왔네. 시련의 미궁이나 하이랜더의 능력하고 똑같아!"

라피니아가 주변을 둘러보며 말했다.

이곳은 이상한 환영이 나오거나 마인무구의 효과가 봉인되거나 하지는 않았다. 순수하게 외부와 격리하는 효과만을 가진 기프트였다.

"레오네, 괜찮아? 무리하고 있지는 않고?"

레오네는 아직 익숙하지 않은지 다소 힘겨워 보였다.

"괘, 괜찮아. 적응이 덜 됐을 뿐이야. 대련을 시작해도 돼."

"알겠어. 고마워. 그러면 리플 씨, 잘 부탁드릴게요."

"그래. 좀 물러나서 할까? 밀리에라, 눈먼 공격이 날아오면 대신 막아줘."

"알았어요. 이공간의 강도를 확인하고 싶으니까 가볍게 시작해서 조금씩 제 실력을 발휘한다는 느낌으로 부탁드릴게요."

"네. 교장 선생님."

그렇다면 처음에는 무기나 원거리 공격 없이 격투기로 임하는 것이 좋을 듯했다.

잉그리스는 손바닥을 주먹으로 팡 치고는 전투 자세를 취했다.

"알았어, 밀리에라. 자, 잉그리스. 덤벼 봐!"

이렇게나 본격적으로 대련에 응해주다니, 리플은 좋은 사람이었다.

아카데미에 와달라고 제안하길 잘했다는 생각이 들었다.

"네! 갑니다!"

지면을 박찬 잉그리스가 일직선으로 돌진하며 주먹을 뻗었다.

잔재주고 뭐고 없는 정면 승부였다.

"훌륭한 펀치인걸!"

꽈아아앙!

리플이 손바닥으로 잉그리스의 주먹을 받아내자 커다란 소리가 울려 퍼졌다.

공기가 전율하는 것만 같았다.

"빠르고 무거워!"

리플의 반대쪽 주먹이 잉그리스를 노리고 날아왔다.

꽈아아앙!

"리플 씨의 주먹이야말로 무거운데요!"

이번에는 잉그리스가 리플의 주먹을 받아냈다.

그리고 그대로 상대방을 밀어내는 힘겨루기가 시작되었다.

아직 탐색전에 불과하긴 했지만, 역시 하이랄 메나스와의 전투는 박진감이 넘쳤다.

힘이 막상막하를 이루며 두 사람의 움직임이 멈추었다.

"후훗⋯⋯!"

리플이 히죽 웃었다.

"응?"

리플에게는 푹신한 털로 뒤덮인 꼬리가 있었다. 제법 긴 꼬리였다.

그 꼬리가 주먹을 뻗느라 노출된 잉그리스의 겨드랑이를 살랑살랑 간지럽혔다.

"히익⋯⋯?!"

예상외의 공격. 잉그리스는 자기도 모르게 몸을 움츠리고 말았다.

힘이 풀린 짧은 순간, 리플은 몸을 비틀어 탄력을 축적했다.

"빈틈 발견!"

채찍처럼 굽이치는 돌려차기가 잉그리스를 엄습해 왔다.

이대로라면 맞는다! 조금 치사하다는 생각도 들었지만, 과연 하이랄 메나스였다.

"해제!"

잉그리스는 수련을 위해 항상 자신에게 중력장을 적용하고 있었다.

물론 지금도 예외는 아니었다. 중력장을 해제하면 대응할 수 없는 공격에도 대응할 수 있게 된다.

잉그리스는 순간적으로 증폭된 속도를 이용해 발차기의 궤도로부터 몸을 뺐다.

"이럴 수가!"

확신에 차 있던 리플이 깜짝 놀라서 소리쳤다.

다시 곧바로 돌진을 감행하는 잉그리스. 이번에는 주먹으로 연타를 펼쳤다.

"하아아압!"

"야아아앗!"

콰과과과과과광!

잉그리스와 리플의 주먹과 주먹이 맞부딪치자 묵직한 소리가 대기를 진동시켰다.

"괴, 굉장해······! 이런 싸움은 처음 봐요."

눈앞의 전투에 압도된 리제롯테가 멍하니 중얼거렸다.

"아직 멀었어. 크리스도 리플 씨도 아직 주먹으로만 싸우고 있으니까."

"……후학을 위해서라도 잘 지켜봐야겠네요."

고속으로 펼쳐지는 주먹 대결은 중력장을 해제한 잉그리스에게 점점 우세하게 돌아갔다.

"이야아압!"

결국 잉그리스는 리플의 가드를 밀치고 한쪽 어깨에 주먹을 꽂아 넣는 데 성공했다.

"으윽?!"

리플이 뒤쪽으로 날아가며 엉덩방아를 찧었다.

하지만 반동을 이용하여 금세 자세를 바로잡았다.

"제법인걸, 잉그리스!"

"그쪽도 마찬가지예요!"

주먹이 저릿저릿했다. 리플의 힘이 범상치 않다는 증거였다.

"……그러면 슬슬 원래 방식으로 싸워볼까? 실은 나, 육탄전으로 싸우는 타입이 아니거든!"

리플이 잉그리스를 향해 손을 뻗었다.

이윽고 그녀의 손아귀 안에 황금색으로 빛나는 물건이 생성되었다.

"총?!"

"정답♬"

리플이 빙그레 웃으며 말했다.

"그랬군요……!"

리플은 얼마 전에 실바와 상성이 좋다는 말을 한 적이 있었다. 아무래도 무기가 똑같기 때문이었던 모양이다.

다소 위화감이 있는 발언이었는데 이것으로 납득이 되었다.

"자, 간다!"

타앙!

리플이 오른손에 움켜쥔 총에서 빛을 응축한 것처럼 보이는 광탄이 발사되었다.

발사된 총알은 어두컴컴한 이공간에 반짝이는 궤적을 남기며 잉그리스를 엄습해 왔다.

그 속도는 라피니아의 마인무구인 빛의 활보다도 빨랐다.

"큭?!"

옆으로 몸을 크게 날려 회피하는 잉그리스.

하지만 이는 잉그리스의 실책이었다.

잉그리스가 바닥에 착지하기를 노렸다는 듯이 리플의 총에서 다음 탄이 발사되었다.

"이런?!"

종이 한 장 차이로 아슬아슬하게 회피했더라면 이런 빈틈이 생겨나지는 않았으리라.

총이라는 무기는 전생에 존재하지 않았거니와, 잉그리스 유크스로서도 처음 상대해 보는 무기였다.

51

그래서 필요 이상으로 신중해졌던 것일지도 몰랐다. 반성하고 넘어가야 할 점이었다.

하지만 아직은 문제없다.

쩌저적!

잉그리스의 오른손에 얼음의 칼날이 생성되었다.

에테르를 마나로 변환시켜 형성한 마법검이었다.

신의 힘인 에테르를 일부러 효율이 떨어지는 마나로 변환시켜 조작한다는 귀찮은 과정을 거쳐야 하지만, 얼음의 검은 생각보다 편리한 점이 많았다.

평소 훈련과 실전에서 알게 모르게 자주 사용한 덕분에 현재는 준비 시간 없이 발동할 수 있게 되었다.

따라서 리플이 발사한 광탄을 쳐내는 것도 가능했다.

까아앙!

맑은 소리와 함께 잉그리스의 발밑을 노리고 날아오던 총알이 튕겨 나갔다.

"앗……?! 그걸 막아내다니, 제법인걸! 하지만 이건 어떨까?!"

리플이 계속해서 3연발의 총알을 날렸다.

원래 총이란 것은 쏘기 전에 총알을 장전해야 하는 무기다.

하지만 리플은 그런 번거로운 과정을 생략하고 연사해 왔다.

"그래도 안 맞아요!"

까앙, 까앙, 까아앙!

세 발의 총알을 전부 튕겨내 버리는 잉그리스.

리플의 시선, 총구의 각도, 손가락의 움직임을 유심히 관찰하면 궤도를 예측하는 것도 무리는 아니었다.

"앗?! 이런!"

불현듯 잉그리스가 고함을 질렀다. 튕긴 광탄이 다른 사람들이 있는 곳으로 날아갔기 때문이다.

하지만 그 총알은 어렴풋이 빛나는 벽에 가로막혀 바닥으로 굴러떨어졌다.

밀리에라 교장이 방어 결계를 쳐둔 모양이었다.

"이 정도라면 괜찮아요. 어디까지나 이 정도라면 말이죠……."

밀리에라 교장이 쓴웃음을 지으며 말했다. 점점 더 과격해지는 전투를 보면서 걱정이 되는 눈치였다.

"고맙습니다. 덕분에 전력을 다할 수 있겠어요!"

"제 말뜻을 이해하기는 하신 건가요?!"

잉그리스는 밀리에라의 외침을 흘려들으며 전방으로 파고들었다.

어떻게든 거리를 좁혀서 공격에 나서야 했다.

아니, 정확히 말하면 에테르 스트라이크로 반격은 가능했다.

하지만 잉그리스에게는 별로 의미가 없는 행동이었다.

리플의 강함은 빈틈이 적은 총격으로 적의 접근을 허락하지 않는 점에 있었다. 거리를 두고 일방적으로 적을 해치우는 것이 리플의 전법이었다.

하지만 그렇기에 탄막을 뚫고 들어가 접근전으로 임해야 했다.

그래야만 더욱더 커다란 성장과 경험으로 이어질 테니까.

상대방의 특기 분야에 정면으로 도전해 승리를 거머쥐는 것.

그것이 잉그리스 유크스의 방식이었다.

총격을 종이 한 장 차이로 회피하면서 앞으로 파고드는 잉그리스. 도저히 피할 수 없을 것 같은 총알은 검으로 쳐냈다.

순간적인 판단력으로 회피, 파고들기, 쳐내기를 구사하여 접근해 나갔다.

"후후후……! 미안하지만 나도 얌전히 잡혀 줄 생각은 없거든?!"

"따라잡아 보이겠어요!"

잉그리스와 리플의 거리가 서서히 좁혀져 나갔다.

"기뻐 죽겠다는 얼굴을 하기는! 괜히 나까지 즐거워지잖아!"

그러나 리플의 표정에는 아직 여유가 있었다.

아직 비장의 수는 아직 남아있었다. 나머지는 타이밍만 잘 잡으면 될 뿐이다.

다만, 지금까지의 싸움만으로도 잉그리스의 실력은 대단하다 할 만했다.

판단력도 정확하고, 움직임도 엄청나게 민첩했다. 게다가 움직임 하나하나가 마치 물 흐르듯 자연스러웠다. 아름답기까지 한 움직임이었다.

어쩌면 에리스나 라파엘보다 빠를지도 몰랐다.

에리스에게 들은 정보에 의하면 정체불명의 힘으로 더욱더 빨라진다는 모양이었다.

바닥이 보이지 않는 소녀다. 저렇게 예쁜 얼굴을 하고 있건만.

하지만 그 바닥이 보이지 않는 점도, 프리즈마를 쓰러트리겠다고 호언장담하는 점도 리플로서는 반가울 따름이었다.

잉그리스는 수수께끼 같은 인물이었지만, 뒤집어 말하면 성기사나 하이랄 메나스조차 어찌할 방도가 없는 위협을 타파해 줄 자일지도 모른다는 뜻이다.

리플은 어떻게든 잉그리스가 전력을 발휘하는 모습을 볼 작정이었다.

이윽고, 리플이 오른손으로 발사한 총알을 피한 잉그리스가 눈앞으로 육박해 왔다.

일부러 총구를 들이대기 어렵게 리플의 왼쪽으로 파고드는 잉그리스.

앞으로 한 걸음만 더 내디디면 검이 닿을 거다.

잉그리스로서는 절호의 기회였다.

하지만 리플은 잉그리스가 반드시 여기까지 도달할 걸 예상했다. 이제 그 높은 콧대를 꺾어줄 차례였다.

리플은 공격을 펼치려는 잉그리스에게 비어있던 왼손을 들이댔다.

이윽고 리플의 왼쪽 손아귀에서 황금빛으로 빛나는 총이 모습을 드러냈다.

"?! 한 자루가 더?!"

"맞아! 쌍권총이지!"

타앙!

"크윽?!"

잉그리스는 아슬아슬하게 몸을 비틀어 간신히 직격에서 벗어났다. 그러나 어깨를 맞고 말았다.

옷이 찢기며 총알을 맞은 부분이 뒤로 튕겼다. 여기서 끝나지 않고 충격의 여파로 전신이 크게 밀려났다.

"빈틈! 받아라!"

"아직 멀었어요!"

잉그리스는 뒤로 밀려나면서도 자세를 바로잡으려 애썼다.

가차 없이 추격해 오는 총알을 얼음의 검으로 어떻게든 쳐내는 데는 성공했지만…….

자세를 바로잡았을 무렵에는 리플과의 거리가 처음보다도 더 멀어져 있었다.

"공수 역전! 이래도 다가올 수 있을까?!"

"크윽……!"

리플이 양손의 총으로 탄막을 퍼부었다. 파고들 틈이 없다!

리플의 총은 장전이 필요하지 않다 보니, 맞지는 않더라도 도저히 접근할 여유가 없었다.

총알을 피하고 쳐내는 것이 한계였다.

이대로 계속하다 보면 언젠가는 리플의 총알이 다 떨어질까?

아니면 이쪽의 체력이 먼저 거덜 날까?

"아니, 방법은 있어!"

돌파구가 보였다!

공수가 역전되는 바람에 현재 열심히 뛰어다니는 것은 잉그리스의 몫이었다.

즉, 리플의 다리는 멈춰있는 것이다.

그렇다면……! 잉그리스는 한쪽 다리를 뒤로 당기며 비스듬한 자세로 섰다.

두 손으로 얼음의 검을 움켜쥐고 허리 높이에 대기시킨다.

검의 속도와 정확도를 높이기 위함이었다.

타앙, 타앙, 타아앙!

리플의 3연속 사격이 자신의 앞쪽을 지나가도록 일부러 궤도로 접근했다.

잉그리스의 두 눈이 사냥감을 포착한 맹금류처럼 번쩍였다!

까앙, 까앙, 까아아아앙!

세 차례에 걸쳐 울려 퍼지는 맑은소리. 리플은 눈앞에서 벌어진 광경에 경악했다.

광탄을 받아친 것이다. 똑바로. 리플을 향해서.

"뭐어어어엇?!"

리플이 무심코 소리를 내질렀다.

하이랄 메나스가 된 지도 제법 오랜 세월이 흘렀지만, 상대방이 자신의 사격을 검으로 흘려보낸 적은 있었어도 그대로 되받아친 것은 처음이었다.

리플이 공세로 전환해 제자리에서 공격을 퍼붓자 역으로 그 점을 노린 것이다.

이 얼마나 무시무시한 전투 센스란 말인가.

단순히 힘이 세다고 가능한 짓이 아니었다. 압도적인 실력의 산물이었다.

어떻게 이토록 예쁘장하게 생긴 소녀가 이 정도의 기량을 갖추고 있는 것일까.

"크윽……?! 어딜!"

리플은 자신을 향해 날아오는 총알을 쏘았다.

두 발까지는 맞춰서 떨어트릴 수 있었지만, 한 발은 놓치고 말았다.

"에잇!"

결국 한쪽으로 뛰어서 회피할 수밖에 없었다. 하지만 그 잠깐 리플의 공격에 공백이 생기고 말았다.

피하면서도 잉그리스로부터 시선을 떼지 않으려고는 했지만…….

"앗?! 없어……!"

모습이 보이지 않는다.

그렇게 생각한 순간, 시야 한구석에 아름다운 은발이 두둥실 떠올랐다.

즉, 잉그리스가 벌써 코앞까지 다가왔다는 뜻이었다. 접근을 허용하고 말았다.

"이런!"

"하아아앗!"

콰아앙!

잉그리스는 돌진의 기세를 실어 어깨와 등으로 리플에게 몸통 박치기를 선사했다.

"으아아아아아앗?!"

체중이 가벼운 편인 리플은 그 반동으로 인해 멀리 날아가 버렸다.

다른 일행들이 있는 쪽으로 날아간 리플이 밀리에라 교장이 펼친 결계와 부딪쳤다. 바우웅! 하고 소리가 났지만, 리플은 의외로 별다른 충격 없이 바닥에 착지하는 데 성공했다.

밀리에라 교장이 결계에 충격을 흡수하는 효과를 부여한 것일지도 몰랐다.

"아야야…… 굉장한 돌진이야. 파워가 엄청난걸. 거기다 내 총알까지 되받아치다니. 이런 어처구니없는 기술에 당해본 건 처음이야, 잉그리스."

"저도 일단은 격투기가 아니라 검술 쪽이 특기거든요."

솔직히 말하면, 잉그리스는 쌍권총으로 펼친 탄막을 정면으로 돌파하고 싶었다.

이런 방법에 의지하게 되어 다소 불만이었다.

역시 하이랄 메나스는 강했다. 잉그리스의 노림수가 잘 먹혀들지 않았다.

어쨌든 지금은 대련을 계속할 때다. 아직 끝나지 않았다. 끝내고 싶지 않았다.

"자, 리플 씨. 얼른 다시 시작하……."

그런데 그때, 리플이 뒤쪽에 있던 밀리에라를 돌아보았다.

"결계로 받아줘서 고마워, 밀리에라. 덕분에 한 번만 아프고 끝났어."

"그게…… 저는 아무 짓도 안 했어요. 콰광! 하고 부딪칠 줄 알았는데, 어째선지 리플 씨가 닿는 순간 결계가 빨려 들어가는 것처럼 사라져 버렸어요."

밀리에라 교장이 고개를 갸웃하며 자신의 손가락에 끼워진 반지를 바라보았다.

그 반지가 결계를 펼치는 마인무구인 모양이었다.

"결계가 빨려 들어가다니……. 마나를 흡수한 건가? 밀리에라, 의도적으로 조작하지 않은 게 확실합니까?"

"네, 확실해요."

세오도어 특사가 뭔가 걸리는 부분이 있는지 재차 확인했다.

어쩐지 상황이 이상하게 흘러가기 시작했다.

"저기, 계속해서 대련을……."

하지만 아무도 들어주지 않았다. 지극히 자연스럽게 대련은 끝이라는 분위기가 되어버렸다.

당사자는 끝낼 생각이 추호도 없건만.

"……다른 분께서 마인무구로 시험해 봐주시면 감사하겠습니다.

위험하니 공격이 아닌 능력으로 부탁드릴게요."

"제가 할게요."

리제롯테가 손을 들고 자처해 나섰다.

리제롯테는 비행용 순백의 날개가 돋아나는 마인무구를 소유하고 있었다. 공격용으로 쓰이는 단순한 마인무구들과는 달랐다.

"그럼 부탁드립니다."

"네. 이러면 될까요?"

"고맙습니다. 리플 님. 저 날개에 손을 대 주세요."

"알았어."

리플이 리제롯테의 등에 돋아난 날개를 찰싹찰싹 만졌다.

"저기요……! 아직 대련이 끝나지 않았…… 음으읍!"

"자자, 크리스는 얌전히 있어. 지금 중요한 이야기 중이니까."

라피니아가 잉그리스의 입을 틀어막았다. 그러는 동안에 라피니아의 말대로 중요한 이야기가 진행되었다.

"두 분 모두 뭔가 위화감이 느껴지시나요?"

"아무렇지도 않은걸요."

"응. 평범한 날개야."

"그러면 밀리에라. 이번에는 당신이 리제롯테 양의 마인무구를 빌려서 사용해 주시겠습니까?"

"처, 천사의 날개를 말인가요. 날개를 하기에는 제 나이가……."

"하긴, 날개가 허락되는 건 젊고 귀여운 20대 초반까지지."

"으으으……."

"후후후. 자, 얼마든지 사용하셔도 돼요. 교장 선생님."

"리제롯테 씨! 웃을 수 있는 것도 지금뿐이라고요? 당신한테도 머지않아 그날이 찾아올 거예요!"

"네에……?"

"밀리에라. 학생을 곤란하게 하고 있을 때가 아닙니다."

"알겠어요. 그럼…… 에잇!"

밀리에라 교장의 등에도 순백의 날개가 돋아났다.

"방금처럼 이것도 만져보면 되는 거지?"

리플이 그렇게 말하며 날개에 손을 얹자…….

슈우우욱! 날개가 빨려 들어가듯 자취를 감추고 말았다.

"역시 마나를 흡수하고 있군요. 그것도 밀리에라한테서만……!"

"……하이랄 메나스가 특급 마인을 지닌 성기사의 힘만을 받아들이기 때문……일까요?"

"예. 원래대로라면 리플 님의 의사와 특급 마인의 힘으로 발동되어야 할 무기화 기능이 이상한 형태로 변질되어 있군요. 특급 마인을 지닌 밀리에라의 마나를 제멋대로 흡수하고 있어요. 그렇게 일정한 양의 마나가 쌓이면……."

"앗……?!"

우우우웅!

리플의 몸이 검은 구체로 뒤덮였다. 마석수가 나타날 전조였다.

"역시……! 마석수를 소환하게 되는군요!"

세오도어 특사가 날카로운 표정을 지었다.

"미, 미안해 잉그리스. 뒤를 부탁할게……!"

리플은 그 한마디를 남긴 뒤 정신을 잃고 말았다.

바닥에 쓰러지기 전에 잉그리스가 그녀의 몸을 받아 들었다. 그런데 그때.

"죄, 죄송해요. 더는 한계예요!"

공간을 유지하기 위해 집중하고 있던 레오네가 말했다.

상당한 부담이었는지 레오네의 온몸은 땀으로 범벅이 되어 있었다.

눈앞의 광경이 바뀌면서 원래 있던 교장실로 되돌아왔다.

그와 동시에 머리 위에서 마석수가 떨어져 내렸다.

와장창창!

교장실의 책상이 산산이 조각나고 말았다.

"아아아아! 내 책상이?!"

밀리에라 교장의 비명이 울려 퍼지는 가운데, 잉그리스는 새롭게 나타난 마석수에게 시선을 빼앗기고 말았다.

나타난 마석수는 한 마리뿐. 지금까지와 마찬가지로 귀와 꼬리가 달린 수인종 마석수였다.

하지만 한 가지 다른 점이 있었다.

"커, 커다래……! 뭐야, 이거!"

라피니아의 말대로 커다랬다. 지금까지 등장했던 마석수의 두 배, 아니 그 이상이었다.

육체는 광물처럼 단단했고, 색깔도 더욱 다양했다.

눈동자는 새까만 보석으로 이루어져 있었다. 이를 통해 어둠의 속성을 보유하고 있는 상위 개체임을 짐작할 수가 있었다.

밀리에라 교장의 마나를 흡수하여 더욱 강력한 마석수가 등장했다고 해석하는 것이 타당해 보였다.

"조심해, 라니. 마석수가 된 라알이나 세이린 님 수준으로 강한 녀석이야."

세오도어 특사가 했던 말에 따르면, 현재 리플의 몸에 일어난 현상은 하이랜더가 자신들에게 거스르는 지상인들을 처벌하기 위해 준비한 함정이었다.

솔직히 지금까지 등장한 마석수들은 하이랜더가 준비한 함정치고는 미적지근하다고 생각하던 참이었다.

하지만 과연 하이랜더. 그것이 전부가 아니었다.

이쯤은 되어야 리플을 기사 아카데미로 옮기자고 제안한 보람이 느껴지는 법이다.

"대사랑 표정이 따로 놀잖아, 크리스!"

"이런, 내 실수. 일단은 임무니까 진지한 얼굴로 임해야지."

"아무래도 좋으니까 최대한 빨리 쓰러트려 주세요!"

밀리에라 교장이 그렇게 소리치며 결계용 마인무구를 휘둘렀다. 빛나는 결계가 창밖을 뒤덮었다.

"그리고 제발 부탁인데, 마석수가 전력을 발휘할 때까지 기다렸다가 쓰러트린다거나 하지는 말아주세요!"

밀리에라 교장이 선수를 치고 말았다.

"······저는 장기적인 안목으로 사람을 판단하는 성격인데요."

"무조건 주변의 피해를 최소화하는 방향으로 부탁드려요! 절대로 교장실에 제 개인적인 물건이 많아서 이러는 건 아니고요! 정말이에요! 정말이거든요?!"

"············."

마석수와 싸울 수만 있다면 아무래도 상관없기는 했다.

그리고 확실히 결계용으로 지급된 마인무구는 범위가 넓은 편이었다. 자칫하면 내부의 건물을 파괴할 우려가 있었다.

"레오네. 조금 전의 이공간으로 다시 이동할 수는 없을까?"

"당장은 무리야! 미안해!"

"앗! 여러분, 조심하세요! 무슨 짓을 벌이고 있어요······!"

그워어어어어어어!

마석수가 커다란 포효를 내지르자 주위에 몇 개의 검은색 특이점이 생겨났다.

색깔은 다르지만, 마석수화한 세이린이 방출했던 열선과 비슷한 힘의 흐름이 느껴졌다.

즉, 광선을 발사해 공격하는 기술일 가능성이 높았다.

"광선을 발사할 작정인가 본데요!"

이 건물 안에서 사방팔방으로 광선을 발사했다가는 대참사가 발생할 것이다.

"네?! 마, 막아 주세요!"

밀리에라의 말대로 막아낼 필요가 있어 보였다.

"크리스……! 놀고 있을 때가 아니야!"

"응! 알고 있어, 라니!"

교장실 아래에는 식당이 있었다.

저 위치에서 광선을 발사하면 식당에 피해가 발생할 것이다.

그것만큼은 막아야 했다. 반드시!

"교장 선생님! 잠시 결계를 풀어 주세요! 그다음에는 제가 어떻게든 할게요!"

잉그리스가 밀리에라 교장에게 부탁했다.

"아, 알겠어요! 그럼 잘 부탁드릴게요, 잉그리스 씨!"

밀리에라 교장이 결계를 풀었다.

"맡겨 주세요……!"

이번에는 전력으로 가겠어!

잉그리스는 곧장 에테르 셸을 발동시켰다.

에테르의 푸르스름한 빛으로 뒤덮인 잉그리스가 한 줄기의 섬광과도 같은 속도로 마석수를 향해 돌진했다.

잉그리스가 마석수를 걷어차기 위해 허리를 크게 비틀었다.

"공격을 중단시킬 수는 없어도……!"

광선을 쏘더라도 문제없는 위치까지 날려 버리면 될 뿐!

콰아아아아아아앙!

잉그리스의 발차기가 적중하자 마석수의 거구가 맹렬한 속도로 날아올랐다.

천장과 지붕을 화끈하게 박살 내고 올라간 마석수가 순식간에 콩알만 한 크기로 작아졌다.

하늘 높은 곳에서 검은색의 광선이 주변으로 확산되었다.

식당을 지켜낼 수 있었다. 다행이다.

"잘했어, 크리스! 우리들의 식당을 지켜냈어!"

"잉그리스는 여전히 잉그리스구나……!"

"……우, 우와아! 엄청난 기세로 날아가 버렸네요!"

"터, 터무니없는 괴력이에요……."

"대, 대단한 힘이군요! 어떻게 이런 힘을……."

"죄송해요, 교장 선생님. 천장에 구멍이 뚫리고 말았어요."

잉그리스가 고개를 꾸벅 숙이며 말했다.

"괜, 괜찮아요. 이 정도면 경미한 피해죠."

"다시 떨어지는데요?! 무엇보다 마석수한테 물리적인 공격은 통하지 않으니 걷어차는 것만으로는 쓰러트릴 수 없어요!"

"알았어. 일단 건물 위로는 떨어지지 않도록 해 볼게."

사실 에테르 셸 상태로 찼기 때문에 마석수는 상당한 대미지를 받았을 터였다.

하지만 제대로 쓰러트렸는지 확인할 필요도 있었거니와, 학교 건물에 추락하지 않도록 조치할 필요도 있었다.

"하앗!"

잉그리스는 천장에 뚫린 구멍을 통해서 지붕으로 뛰어올랐다.

이윽고 다른 일행들도 잉그리스를 뒤따라 지붕으로 향했다. 그러고는 다 함께 낙하하는 마석수를 올려다보았다.

"건물로 떨어지지는 않을 것 같네."

"그러게! 정원으로 떨어지겠어."

"떨어지면 곧바로 숨통을 끊죠!"

낙하지점이 살짝 어긋나 있었다. 마석수는 학교 건물이 아니라 정원에 떨어질 듯했다.

하지만…….

"앗! 저쪽에서 누가 와!"

"유아 선배?!"

마침 유아가 정원을 가로질러 지나가고 있었다.

"유아 야아아아아아앙! 위를 보세요, 위! 위험해요오오오오!"

밀리에라 교장이 큰 소리로 외쳐 경고했다.

고개를 들어 올린 유아가 낙하하는 마석수를 목격했다.

"이얍!"

태연한 동작으로 손날을 휘두르는 유아.

촤아악!

떨어지던 마석수의 몸통이 두 동강 나버렸다!

"오오오오오! 유아 선배, 대단해……!"

아무리 에테르 셸을 두른 발차기로 빈사 상태가 되어 있었다지만 저 마석수를 수도로 반 토막 내버릴 줄이야. 훌륭했다. 역시 유아는 주목할 만한 인재였다.

유아의 손으로 절단당한 마석수는 서서히 소멸해 나갔다.

유아 본인은 아무 일도 없었다는 듯이 저벅저벅 기숙사로 돌아갔다.

그 광경을 끝까지 지켜본 세오도어 특사가 한숨을 내쉬며 말했다.

"……검은빛이 사라졌군요. 더 이상 마나의 폭주는 느껴지지 않습니다. 잠시 후면 리플 씨도 눈을 뜨시겠지요……. 오늘은 많은 사실을 알게 되었습니다. 공간 격리용 마인무구도 동작에 문제가 없어 보이고, 한동안은 이 현상이 재발할 일도 없을 테지요. 다들 감사드립니다."

"세오도어 님. 어떻게 한동안 괜찮을 거라고 확신하실 수 있는 건가요?"

레오네가 물었다.

"이 현상이 리플 님 본인과 특급 마인을 지닌 자의 마나를 흡수해서 벌어지는 현상임이 확실해졌기 때문입니다."

"이번 마석수 소환으로 마나가 전부 소진되었고, 현상이 재발할 수준까지 마나가 회복되려면 시간이 걸린다. 그런 말씀이시죠?"

"예. 잉그리스 양의 말대로입니다. 이해가 빠르시군요."

세오도어 특사가 온화한 미소를 지으며 말했다. 역시 남매는 남매인지 세이린이 생각나는 미소였다.

"세오도어 님. 저도 궁금한 게 하나 있는데요."

"예. 뭐가 궁금하시죠?"

"어째서 소환되는 마석수들은 항상 수인종을 기반으로 한 녀석들뿐인가요?"

"……추측이긴 합니다만, 리플 님 본인이 수인종이기 때문일 테지요. 수인종은 육감이라 할 수 있는 초지각 능력이 발달한 인종이라 들었습니다. 심지어는 머릿속으로 염파를 주고받을 수도 있다던가요. 그러한 수인종 간의 연결고리를 이용해 마석수를 불러들이고 있는 것으로 보입니다."

잉그리스도 세오도어의 가설에 동의했다.

밀리에라 교장의 마나를 흡수해 평소보다 강력한 마석수가 소환되었음에도 마석수는 여전히 수인종이었다. 아마도 수인종 마석수에 한정된 소환 능력일 터였다.

"리플 씨한테만 이런 현상을 심을 수 있다는 거군요……."

"맞습니다, 밀리에라. 오히려 이러한 현상을 심기 위해서 수인종을 하이랄 메나스로 만들었을지도 모를 일이죠."

"프리즘 플로로 인해 멸종한 수인종들을 이용하기 위해서…… 말인가요."

밀리에라 교장도 지금만큼은 무겁고 날카로운 표정을 짓고 있었다.

"하이랜더들은 대부분 지상을 하등하게 여기고 있지요……. 무슨 짓을 해도, 무슨 실험을 해도 괜찮다고 생각하고 있습니다. 그렇기에 이런 발상이 가능했던 것이겠죠. 같은 하이랜더로서 부끄러울 따름입니다……."

"리플 씨가 불쌍해……. 동족을 이런 식으로 이용당하다니."

"하이랜드는 우리들을 단순한 도구로 취급하고 있는 건가……."

"정말로 너무해요! 리플 씨는 여태껏 나라를 지켜주셨는데."

"진정해, 다들. 나는 생각하기 나름이라고 봐."

불현듯 리플이 몸을 일으키며 말했다. 정신을 차린 모양이었다.

"뒤집어 생각하면 마석수가 되어버린 동족들에게 안식을 선사해 줄 좋은 기회잖아? 동족들도 마석수인 채로 살아가고 싶지는 않을 테고. 주변에 피해가 나오지만 않는다면 동족들도 분명 기뻐할 거야."

"리플 씨……. 네! 저희가 반드시 피해가 나오지 않도록 하겠어요!"

"고마워. 나는 기절해 버려서 도와줄 수가 없지만, 봐주지 말고 화끈하게 해버려."

"……지금 이야기를 듣고 한 가지 대책이 떠올랐는데, 괜찮을까요?"

잉그리스가 손을 살짝 들며 말했다.

"예, 잉그리스 양. 말씀하세요."

"교장 선생님과 실바 선배, 그리고 라파 오라버니의 협력을 받아서 리플 씨한테 마나를 주입하는 거예요. 그러면 강력한 마석수를 대량으로 끌어들일 수 있을 테지요. 그렇게 나타난 마석수들을 모조리 쓰러트려 나가다 보면……."

리플의 이야기를 들어보니 수인종은 이미 멸종한 상태였고, 새로 늘어날 일도 없어 보였다.

예의 현상을 통해서 소환되는 마석수가 수인종뿐이라면 개체수에 한계가 있을 터였다.

"언젠가는 마석수가 전부 소멸해서 소환 기능도 무력화되지 않을까요?"

"크, 크리스다운 발상이네…… 몽땅 다 소환해서 한꺼번에 쓰러트리자! 이거지?"

"응. 멋진 작전이지?"

잉그리스로서도 실컷 싸울 수 있으니 만족이었다.

라파엘과 밀리에라 교장, 실바의 전력을 직접 확인할 좋은 기회이기도 했다. 유아나 에리스도 예외는 아니었다.

꽤나 봐줄 만한 작전이 되리라. 상상하면 할수록 가슴이 두근거렸다.

"머, 멋지다는 생각은 안 들지만…… 잘 풀린다면 될 것 같기는 하네. 정말로 잉그리스다운 작전이야…….."

"무력을 이용한 방법의 극치네요……. 하지만 저는 의외로 나쁘지 않은 작전이라 생각해요."

"하하하……. 잘 풀리기만 한다면 나도 충분히 가능성이 있다고 봐."

"잠깐, 잠깐만요. 요컨대 총력전이라는 거잖아요……? 이쪽에도 피해가 나올 각오를 해야 한다고요. 어디까지나 최종 수단이에요. 그렇죠, 세오도어 님?"

"확실히 그렇군요. 다른 수단을 조금 더 검토해 본 뒤에…….."

하지만 세오도어의 마지막 말은 교장실 문에 울려 퍼진 다급한 노크 소리에 지워져 버렸다.

"들어오세요~. 뭔가 급한 용무라도 있나요?"

문이 열리고 모습을 드러낸 것은 라파엘과 에리스였다.

"라파 오라버니!"

"에리스!"

라피니아와 잉그리스가 큰 소리로 외쳤다.

"반가워, 라니, 크리스. 미안하지만 인사는 나중에 하자."

"리플……. 걱정했어. 이야기는 다음에 들을게. 지금은 좀 서두르고 있거든."

"두 분 모두 어쩐 일로 찾아오셨나요?"

"세오도어 님을 모셔 가기 위해 찾아뵈었습니다! 웨인 왕자님께서 곧장 성으로 귀환하시길 바라신답니다."

"무슨 일이 있었습니까?"

"인접국 베네픽의 군대가 국경을 넘어 침입해 왔습니다! 당장 대책을 논의하고 싶으시다고……!"

"……?! 알겠습니다. 곧바로 성으로 향하지요!"

세오도어가 심각한 표정으로 고개를 끄덕였다.

영웅왕,

극한의무를 위해 전생하다

그리고 세계 최강의 견습 기사가 되다 ♀

  왕도 외곽의 지표면 근처 상공에 하이랜드의 공중전함이 정박해 있었다.

  선체 하부의 격납고는 개방된 상태였고, 플라이 기어와 플라이 기어 포트가 그 안으로 속속들이 빨려 들어가고 있었다.

  인접국 베네픽과의 국경 지대로 출격하기 위한 기사단의 준비 현장이었다.

  잉그리스 일행도 이 준비에 동원된 상태였다. 일행은 현재 라피니아가 조종하는 플라이 기어 포트에 탑승하고 있었다.

  이 플라이 기어 포트와 이곳에 탑재된 플라이 기어, 그리고 군량 등의 물자들을 공중전함의 격납고에 반입하는 것이 이번 임무의 목표였다.

  플라이 기어 훈련은 아카데미에서도 왕성하게 실시되고 있었지만, 플라이 기어 포트 쪽은 아직 간만 보는 정도였다.

  라피니아로서도 좋은 연습이 될 터였다.

  "후우. 꽤 지친다, 이거."

  라피니아가 이마에 맺힌 땀을 닦았다.

  플라이 기어는 플라이 기어 포트에 탑재하여 접속시키면 동력이 자동으로 충전된다.

  하지만 플라이 기어 포트는 마인무구처럼 직접적으로 마나를 공급할 필요가 있었다.

일찌감치 충전해 두는 것도 가능했지만, 지금은 라피니아가 몸소 동력을 공급해 주고 있었다. 그렇기에 조종하면서 피로감이 쌓이는 것이다.

플라이 기어 포트에 동력 공급이 이뤄지지 않으면 탑재된 플라이 기어들까지 전부 기동 불능에 빠지고 만다. 재충전할 수 없어지기 때문이다.

따라서 플라이 기어 포트에는 반드시 한 명의 담당 기사를 배치하고 있었다.

그것도 되도록 중급 이상의 마인을 소유한 기사여야 했다.

실시간으로 동력을 공급해야 할 상황이 발생할 경우, 하급 마인을 지닌 기사는 플라이 기어 포트를 움직일 정도의 출력밖에 발휘할 수 없기 때문이다.

라피니아처럼 상급 마인을 지닌 상급 기사라면 더욱 좋았다.

플라이 기어 포트의 충전량이나 속력과 같은 성능 전반에 마인의 등급이 영향을 미치기 때문이다.

현재 기사단의 제도에 의하면 플라이 기어 포트와 이곳에 탑재된 복수의 플라이 기어, 그리고 이 기체들을 다루는 인원들까지가 하나의 부대로 취급된다.

라피니아, 레오네, 리제롯테가 아카데미를 졸업해 정식으로 기사단에 입단하면 곧바로 일개 부대를 담당하는 부대장이 될 것이다.

아카데미에서도 이를 감안한 훈련 스케줄을 구상해 나가리라.

"그럼 제가 바꿔드릴까요? 저도 연습해 두고 싶거든요."

"응. 부탁할게, 리제롯테."

라피니아는 조종간을 리제롯테에게 맡긴 뒤, 뱃전에 서 있는 잉그리스 옆으로 다가갔다.

"수고했어, 라니. 마실래?"

"마실래. 고마워, 크리스."

잉그리스가 내민 수통의 물을 꿀꺽꿀꺽 삼킨 라니는 후우, 하고 숨을 내쉬었다.

"아직 옮길 게 한참 남았어. 갈 길이 멀구나."

"리제롯테 다음에는 내가 맡을게."

옆에서 레오네가 말했다.

"나는 오늘 물통 담당이네."

잉그리스가 목에 걸어둔 물통들을 달그락달그락 흔들어 보였다.

"크리스는 오늘 하루 농땡이를 피우기로 작정했구나……. 싸울 일이 없어서 그렇겠지."

"그렇다고 내가 플라이 기어 포트를 조종할 수도 없는 노릇이 잖아?"

"뭐, 싸움이 일어나면 늘 잉그리스가 앞장서서 분발해 주고 있기는 하지만."

"그건 노 카운트야. 크리스가 좋아서 하는 짓인걸. 살아가는 보람인 셈이지."

"인정. 반박의 여지가 없네."

"하하하…… 하긴, 잉그리스한테서 다른 대답을 들으면 오히려 불안할 거야."

레오네가 쓴웃음을 지었다.

"그나저나 배가 워낙 크다 보니 물자를 반입하는 것도 큰일이네. 우리까지 동원하는 것도 이해가 가."

"출격까지 시간도 부족해서 더 그럴 거야."

잉그리스 일행의 눈앞에 있는 공중전함은 이전에 왕성에 추락할 뻔했던 전함보다 두세 배는 거대했다. 배 전체의 장갑과 무장도 훨씬 중량화되어 있어 박력이 굉장했다.

세오도어 특사의 전용함이라는 모양이었다.

"세오도어 님은 정말 배포가 큰 것 같아. 이런 배까지 선뜻 내어 주시다니……."

"아마 하이랜드 본국과 꽤나 위태로운 줄다리기를 하고 있을 거야."

하이랜드 측에서는 아직 지상에 전함을 하사할 생각이 없었다.

따라서 전함을 이용하는 이번 출진은 명목상 '왕국 기사단의 행선지와 세오도어 특사의 시찰 장소가 우연히 일치했다'는 것으로 되어 있었다.

그야말로 눈 가리고 아웅이었다. 그만큼 세오도어가 위험을 무릅쓰고 있다는 뜻이었다.

"안으로 진입하겠어요!"

리제롯테가 플라이 기어 포트를 공중전함의 격납고로 이동시켰다. 리제롯테 본인은 살짝 긴장한 눈치였다.

공중전함의 격납고 내부에는 이미 다수의 플라이 기어 포트가 옮겨져 있었다. 기사단의 관계자들도 잔뜩 보였다.

그들도 이 전함을 다뤄보는 것은 처음인지 여기저기서 술렁거리는 소리가 들려왔다.

"비어있는 공간에 착지하겠어요."

리제롯테가 플라이 기어 포트를 안쪽으로 신중하게 이동시켰다.

"미안! 그 기체는 이쪽에 내려줘!"

불현듯 아래쪽에서 누군가가 말을 걸어왔다. 라파엘이었다.

이곳의 진두지휘를 맡은 모양이었다.

조금 떨어진 장소에는 에리스도 있었다. 작업 상태를 지켜보고 있는 듯했다.

"음음. 라파 오라버니는 궂은일도 남한테 미루지 않고 직접 하는구나. 역시 성실해."

라피니아는 만족스러워 보이는 눈치였다.

"알겠습니다! 그렇게 할게요!"

긴장한 목소리로 대꾸한 리제롯테가 지시받은 장소로 기체를 접근시켰다.

벽이나 다른 플라이 기어 포트와 충돌해서는 곤란했다.

대단할 건 없지만 방심해선 안 되는 작업이다.

잉그리스도 뱃전에서 착지 지점을 주시하고 있었다.

그런데 그때, 또 다른 플라이 기어 포트가 아래쪽을 가로질러

갔다.

처음에는 바닥에 닿을락 말락 한 저공비행인가 싶었다.

하지만 자세히 보니, 누군가가 플라이 기어 포트를 번쩍 들고서 옮기고 있었다.

"오오⋯⋯?! 무슨 힘이 저렇게⋯⋯."

"어, 엄청난걸. 아카데미의 학생이지? 저 애."

"심지어 종기사학과 같은데?"

주변에서 사람들이 수군거렸다. 다만 잉그리스를 두고서 하는 말이 아니었다.

잉그리스는 다른 일행들의 수통을 끌어안고 대기 중이었다.

"유아 선배⋯⋯?"

오늘은 실바를 비롯한 3학년생이 리플의 호위를 맡는 날이었다. 1학년생과 2학년생은 보다시피 출격 준비를 돕고 있었다.

유아는 플라이 기어 포트 한 기를 통째로 들어 올려 안쪽으로 옮기고 있었다. 입구 근처의 자리를 비우기 위해서였다.

아무래도 격납고 안에서 들려오던 술렁거림은 유아의 힘을 보고 놀란 사람들의 목소리인 듯했다.

"후후⋯⋯. 라니, 나도 일하러 갈게!"

"앗! 크리스!"

잉그리스는 플라이 기어 포트에서 뛰어내려 유아에게 접근했다.

"유아 선배, 도와드릴게요!"

"응⋯⋯? 그럼 이걸 안으로 옮겨줘."

유아가 플라이 기어 포트를 통째로 휙 건넸다.

"……윽?!"

묵직!

플라이 기어 포트 본체에 더해서 몇 개의 플라이 기어까지 탑재된 상태다. 그 무게는 절대 만만치 않았다.

"아차차……!"

한 차례 비틀거린 잉그리스는 자신에게 걸어놓은 중력장을 해제해 자세를 바로잡았다.

"후우."

중력장을 해제했더니 그럭저럭 들만했다.

즉, 유아는 기본적으로 이 정도의 힘을 갖추고 있다는 뜻이었다.

"괜찮아?"

"네. 괜찮아요!"

잉그리스와 유아는 플라이 기어 포트를 번쩍번쩍 들어 올려 안쪽으로 옮겼다.

"또 굉장한 녀석이 나타났어!"

"저 애도 아카데미의 종기사학과인가……?! 종기사학과는 대체 뭐 하는 곳이지?!"

"""그나저나 엄청 귀엽다……!"""

특히 마지막 목소리가 가장 많이 들려왔다. 별로 중요한 사실은 아니지만.

"응. 이걸로 끝이네. 고마워, 왕가슴 후배."

이번에도 유아는 잉그리스를 이름으로 불러주지 않았다.

매번 왕가슴 후배라고 불리는 것은 부끄러웠지만, 이 정도로 물러날 생각은 없었다. 대련해 줄 때까지 포기할 수는 없었다.

"아니에요, 유아 선배. 오히려 이 정도로는 땀도 제대로 못 흘리겠네요. 선배는 그렇게 생각하지 않으세요?"

"……별로. 움직이는 건 별로 좋아하지 않아."

"얼마 전에 하늘에서 떨어지는 마석수를 수도로 갈라 버리셨잖아요. 굉장했어요. 어떻게 하셨는지 가르쳐 주실 수 없을까요?"

"……그냥 힘을 담아서 휙 하고 휘둘렀을 뿐이야."

대놓고 거절당하지는 않았지만 애매한 대답만 돌아오고 말았다.

"실전 형식으로 가르쳐 주신다면 정말로 기쁠 것 같은데."

"너는 기쁘지만 나는 아니잖아."

"그, 그건 그렇지만……. 아니면 거래를 하는 건 어때요? 유아 선배의 부탁을 한 가지 들어드릴게요."

"부탁이라. 그럼 나도 가르쳐 줬으면 하는 게 있어."

조금은 관심을 끄는 데 성공한 모양이었다.

"오오…… 뭔가요? 뭐든 말씀해 보세요!"

"어떻게 하면 가슴이 그렇게 커지는 거야?"

"네? 글쎄요……. 이건 날 때부터 이랬다고밖에는……."

잉그리스의 대답을 듣고 유아는 고개를 절레절레 내저었다.

"참고가 안 돼. 나는 거유가 돼서 남들한테 잘 보이고 싶어."

유아가 가슴을 흔드는 시늉을 했지만, 아무것도 흔들리지 않았다.

심지어는 라피니아보다 빈약해 보였다. 체형 자체가 마르고 가냘픈 편이었다.

무엇보다 기사 아카데미에서 이런 말을 하는 사람을 잉그리스는 처음 보았다.

역시 유아는 평범한 사람들과는 뭔가 달랐다.

"그, 그러신가요……. 하지만 무거워서 어깨도 결리고, 괜히 이목만 끌고……. 크다고 무작정 좋은 건 아니에요."

잉그리스는 설명하면서 괜히 부끄러워지고 말았다.

완전히 여자애들이 말할 법한 내용이었다. 영웅왕 잉그리스의 흔적은 온데간데없었다.

적응이란 실로 무서운 것이었다. 이러다 어디까지 익숙해져 버리는 것일까.

"바라던 바야. 나도 왕가슴 후배처럼 온 세상에 가슴골을 과시하고 싶어."

"나, 남들한테 보여주고 다닌 적은 없거든요……!"

실로 끔찍한 발언이 아닐 수 없었다.

거울에 비친 자신의 모습을 보면서 흡족함을 느낀 적은 있지만, 어디까지나 자기만족을 위함이지 남들에게 과시하기 위한 것이 아니었다.

"어쨌든, 나한테 가슴이 커질 방법을 가르쳐 준다면 얼마든지 싸우게 해줄게."

"으, 으음……. 아, 알겠습니다."

잉그리스는 나중에 다른 일행들에게 뾰족한 방법이 없는지 물어보기로 했다.

"그럼 난 이만."

무표정한 얼굴로 대화를 마친 유아는 다른 장소로 터벅터벅 걸어가 버렸다.

유아가 떠나가는 모습을 지켜본 뒤, 잉그리스도 다른 일행들이 있는 곳으로 되돌아갔다.

리제롯테가 조종하는 플라이 기어 포트는 이미 무사히 착지를 마친 모양이었다. 일행들은 한데 모여 다가오는 잉그리스를 바라보고 있었다.

"고맙다, 크리스. 입구 근처를 비워준 덕분에 반입 작업이 훨씬 쉬워졌어."

일행들과 함께 있던 라파엘이 말했다.

"아뇨, 별것 아니에요. 유아 선배와 이야기도 나눌 수 있었고요."

"무슨 이야기를 했어? 또 싸워달라고 부탁했다가 거절당한 거야?"

"잘못 짚었어, 라니. 싸워주는 대신에 뭘 좀 가르쳐 달라더라."

"뭘?"

"가슴이 커지는 방법."

"……후훗. 나, 유아 선배와는 마음이 잘 맞을 것 같아."

"그게 그렇게 중요한 일일까? 무거워서 어깨는 결리고, 괜히 남들한테 이목만 끌잖아. 크다고 무작정 좋은 건 아닌데 말이지."

"…………."

레오네가 잉그리스와 완전히 똑같은 말을 했다.

처음부터 여자로 태어난 레오네가 잉그리스와 똑같은 말을 했다는 말인즉, 잉그리스 본인의 감성도 여자 쪽으로 기울고 있다는 뜻이었다. 딱히 나쁘다는 건 아니지만 아무래도 부끄러운 기분이 들 수밖에 없었다.

단, 유아의 '거유가 돼서 남들한테 잘 보이고 싶다'는 말만큼은 전혀 공감되지 않았다.

남들한테, 그것도 남자한테 잘 보여서 대체 뭐가 좋단 말인가.

이런 점을 감안하면 잉그리스도 아직은 건전하다고 할 수 있으리라.

'가슴이 어느 정도 있어야 드레스가 어울린다'라거나, '거울에 비치는 자신의 모습에서 만족감을 느끼기 위해서'라면 가슴의 필요성에 동의하지만.

"그걸 보고 배부른 소리라고 하는 거야. 아무런 노력도 하지 않고 거유로 태어난 애들이 어떻게 갖지 못한 자의 마음을 이해하겠어."

라피니아가 콧김을 뿜으며 말했다.

"라니, 여러 가지로 시험해 봤구나?"

"맞아. 이래 봬도 엄청 노력하고 있다고!"

"나중에 어떤 방법들을 시험해 봤는지 가르쳐 줘. 전부 효과가 없었다는 뜻이니까 유아 선배한테 다른 방법을 시도하라고 말해

85

둘게."

"시끄러워! 훌쩍훌쩍……."

"자자, 그만들 하세요. 라파엘 님과 에리스 님 앞이잖아요."

"리제롯테는 좋은 걸 가지고 태어나서 그렇게 여유로울 수 있는 거라고!"

"어깨가 결릴 정도로 커다란 것도 아니니까 어떻게 보면 이상적인 가슴이네."

"그, 그런가요……."

말리기 위해 끼어든 리제롯테는 라피니아와 레오네로부터 부러움이 담긴 시선을 받고 당혹감을 금치 못했다.

"거기다 린한테 가슴을 양보하지 않아도 되고 말이지."

"잉그리스 말이 맞아. 리제롯테한테도 한번 체험시켜 줄 필요가 있겠어."

"좋았어. 린! 리제롯테의 옷 안으로 들어가렴!"

라피니아가 리제롯테의 가슴 위에 린을 방생했다.

꼼지락꼼지락!

"꺄악?! 아, 안 돼요. 간지러워요……! 히익!"

리제롯테의 가슴을 한바탕 만끽한 뒤, 린은 다시 잉그리스의 가슴 속으로 되돌아왔다.

"결국 이렇게 돌아온다니까."

잉그리스가 린을 쿡쿡 찌르자 린은 복수라도 하듯이 가슴골 안에서 날뛰었다.

"그, 그러지 마. 린……!"

"역시 큼지막하면 흔들림도 박진감이 넘치는구나. 유아 선배의 마음도 이해가 가."

음음, 하고 고개를 끄덕이는 라피니아.

에리스는 그런 소녀들의 대화를 지켜보면서 한숨을 내쉬었다.

"……라파엘. 현장 지휘관이라면 이럴 때 따끔하게 혼내줘야 하는 거 아니야?"

"앗, 그, 그렇네요. 죄, 죄송합니다. 에리스 씨……."

"어쩔 수 없어요, 에리스 씨. 라파 오라버니는 크리스 앞에만 서면 눈을 못 떼거든요."

"조, 조용히 해, 라니……!"

"와아! 라파 오라버니가 화났다♪"

에리스가 다시금 한숨을 내쉬었다.

"이쪽도 누굴 혼낼 처지가 아니구나……."

그때 잉그리스가 에리스에게 물었다.

"그런데 에리스 씨. 에리스 씨는 뭔가 아시는 거 없나요?"

"뭘?"

"가슴이 커지는 방법이요."

"……하이랄 메나스한테 그런 쓸데없는 질문을 건넨 건 네가 처음이야."

"저한테는 사활이 걸린 문제예요!"

모든 것은 유아와 대련을 하기 위해.

에리스는 곧 베네픽과의 국경 지대로 출격을 해야 하므로 물어보려면 지금뿐이었다.

"알지도 못하거니와, 흥미도 없어. 하이랄 메나스는 하이랄 메나스가 된 시점에서 나이도 먹지 않고, 성장도 하지 않으니까."

"하이랄 메나스가 되기 전에 뭔가 들으신 이야기 없나요……?"

"워낙 옛날이라 아무것도 기억 안 나. 게다가 그런 느긋한 생각이나 할 만큼 평화로운 시절도 아니었고."

"……그 말인즉 무시무시한 적이 있었다는 말씀이신가요?! 설마 마석수? 이미 쓰러트린 건가요? 혹시 아직 살아있다면 꼭 싸워보고 싶네요!"

"……정말이지 너는 머릿속에 싸울 생각밖에 없구나."

에리스는 깊고 깊은 한숨을 내쉬며 머리를 내저었다.

"그런 것보다, 리플은 좀 어때?"

"딱히 변한 점은 없어요. 여전히 마석수를 소환하는 현상은 계속되고 있지만, 주변에 피해가 발생하지 않도록 잘 대처하는 중이에요. 이번에 세오도어 님이 그쪽으로 동행하게 되셔서 돌아오시기 전까지는 현상 유지 체재로 갈 것 같네요."

"……그렇구나. 리플을 잘 부탁할게."

"네. 맡겨 주세요."

잉그리스가 대꾸하자 라피니아가 옆에서 입을 열었다.

"저희도 분발할 테니까 에리스 씨도 베네픽에서 꼭 이겨 주세요! 다 함께 협력해서 마석수로부터 몸을 지켜야만 하는 이 시대에 남의 나라를 침공해 오다니, 몹쓸 인간들이라니까. 아주 호되게 격퇴해 버리세요!"

"……글쎄, 오히려 그런 사태가 벌어지지 않도록 세오도어 님이 배를 타고 동행하는 걸 텐데."

"응? 그게 무슨 뜻이야, 크리스?"

"하이랜드의 특사가 현장에 모습을 드러내면 함부로 손을 댈 수 없을 테니까. 베네픽의 특사는 우리 특사와 다른 파벌에 속해 있으니 자칫하면 지상의 국가 간의 문제가 아니라 하이랜드의 세력 다툼으로 발전할 우려가 있잖아? 세오도어 님이 움직이면 그럴 각오가 있냐고 상대방을 협박하는 효과가 생기는 셈이지."

"……말씀하신 대로입니다. 잉그리스 양은 상황을 보는 눈이 정확하시군요."

어느샌가 모습을 드러낸 세오도어 특사가 미소를 지으며 말했다.

"아, 세오도어 님!"

라피니아가 얼굴을 반짝였다.

"리플 님을 어중간한 상태로 놔두고 자리를 비우게 되어 면목이 없습니다만, 잉그리스 양의 말씀대로 이건 제가 가지 않으면 안 되는 문제입니다. 제가 돌아올 때까지 리플 님과 세이린을 잘 부탁드립니다."

"무력 충돌이 일어나지 않도록 평화적으로 해결되길 바랍니다."

잉그리스가 그렇게 말하자, 옆에 있는 일행들이 저마다 경악한 표정을 지어 보였다.

"응? 왜 그래, 라니?"

"크, 크리스의 입에서 '평화적'이라는 말이 나오다니……?! 뭐, 뭔가 이상한 거라도 집어 먹었어?"

"아니, 난 멀쩡한데? 내가 없는 장소에서 싸움이 일어나면 아깝잖아."

이왕이면 자신이 전장에 나설 수 있을 때 무력 행사를 해주길 바랄 따름이었다.

전장에 나가지 못하는 동안 양국의 전력이 줄어들면 손해다. 싸울 상대가 사라져 버리는 것이나 다름없기 때문이다.

"하하하……. 그런 거구나."

"납득했어. 평소의 크리스였네."

세오도어 특사가 쓴웃음을 지으며 크흠, 하고 헛기침을 했다.

"어, 어쨌든…… 뒷일은 부탁드립니다. 그리고 라피니아 양."

"네?"

"드릴 말씀이 있습니다. 잠시 이쪽으로 와주실 수 있을까요."

세오도어 특사가 라피니아를 선박 안으로 데려가려 했다.

"네, 알았어요."

라피니아는 경계심도 없이 천진난만한 웃음을 지으며 요청에 응했다.

반대로 잉그리스가 느끼는 위기감은 어마어마했다.

"……그러면 저도. 저는 라니의 종기사니 함께 가겠습니다."

라피니아에게 벌레가 꼬인다면 철저하게 떨쳐낼 뿐.

벌레가 될지 모를 상대들도 철저하게 견제해야 했다.

"예. 괜찮습니다. 레오네 양, 리제롯테 양도 함께 가시죠."

하지만 정작 세오도어는 대수롭지 않게 대답했다.

주도면밀한 걸까? 아니면 라피니아에게 별다른 관심이 없는 걸까?

일단 세오도어도 여동생인 세이린처럼 라피니아의 솔직하고 정의로운 성격에 감명을 받은 것처럼 보이기는 했다.

어쨌든 방심할 수는 없었다. 라피니아에게 남자친구는 한참 이르다. 마음에 안 든다.

"그러면 우리는 작업을 계속하겠습니다. 라니, 크리스, 그리고 너희들도. 우리가 자리를 비운 동안 잘 부탁할게."

"리플을 잘 돌봐줘."

잉그리스 일행은 네, 하고 고개를 끄덕인 뒤 라파엘과 에리스에게 작별을 고했다.

그리하여 잉그리스를 비롯한 네 사람은 세오도어 특사를 따라 선박 안으로 들어갔다.

세오도어가 사용 중인 방에는 낯선 연구용 기구들이 가득 들어차 있었다.

다만 물건이 많기는 해도 말끔하게 정리가 되어 있어 방 주인의 성격을 짐작게 했다.

세오도어는 그 안에서 하나의 마인무구를 꺼내 들었다.

그러고는 그것을 라피니아에게 건네주었다.

"뭐라도 도움을 드려야 되겠다 싶어서 이걸 준비했습니다. 받아주세요."

활 형태의 마인무구였다.

하얀색 바탕에 날개 모양의 장식이 달려 있었는데, 라피니아가 평소에 애용하고 있는 샤이니 플로와 몹시 흡사했다.

"제 마인무구와 비슷하게 생겼네요……?"

"예. 베이스는 동일합니다. 그리고 이것도 두 개의 기프트가 내장된 개량품입니다."

"와아! 고맙습니다! 다른 한 가지 기프트의 효과는 레오네와 똑같은 건가요?"

"아니요, 다릅니다. 이 마인무구에는 상처를 회복시키는 능력을 넣어 두었습니다."

"와……! 굉장해! 그런 효과를 지닌 마인무구는 처음 봐요!"

라피니아의 말대로 잉그리스 역시 처음 들어보는 효과였다.

잉그리스가 왕이었던 시대에도 회복 마법은 상당히 희귀한 편에 속했다.

"예. 상당히 희소한 능력이죠. 마구 찍어낼 수 있는 물건은 아닙니다. 그렇기에 당신에게 드리고 싶었습니다. 저는 이 기프트가 라피니아 양의 깨끗한 마음에 어울린다고 생각합니다."

"하하하……. 과대평가세요. 제가 뭐라고……."

"겸손해하실 필요 없습니다. 하이랜드에서는 라피니아 양 같은 인물을 좀처럼 찾아볼 수 없기 때문에 제게는 눈부셔 보일 정도입니다. 분명 세이린의 눈에도 그렇게 비쳤을 테지요."

"……그랬어, 린?"

라피니아가 린에게 물었다. 하지만 린은 심드렁한 표정을 지은 채로 라피니아의 머리 위에 드러누워 있었다.

"만약 리플 님을 지켜드리는 과정에서 누군가가 다친다면 이 마인무구의 힘으로 회복시켜 주세요."

"그럴게요! 여러모로 챙겨 주셔서 감사합니다."

라피니아가 정중하게 머리를 숙여 보였다.

"네, 잘 부탁드립니다. 이러한 능력을 사용할 일이 없도록 해야 바람직하겠지만, 그래도 대비를 해두는 것이 좋겠다 싶었습니다. 밀리에라에게 전달할 시간이 없었는데 대신 잘 이야기해 주셨으면 합니다."

"네! 능숙하게 다룰 수 있도록 돌아가자마자 연습할게요!"

하지만 라피니아의 그 말은 이루어지지 못했다. 아카데미에 돌아가기가 무섭게 실전을 통해 경험을 쌓아야 했기 때문이다.

기사단의 출격 지원을 마친 잉그리스 일행은 출발하는 공중전함을 배웅한 뒤 기사 아카데미로 귀환했다. 때는 이미 저녁 무렵. 출출해질 시간대다.

"하아, 배고프다. 얼른 식당으로 가서 밥 먹자."

라피니아가 배를 문지르며 말했다.

"응, 라니. 오늘부터 새로운 메뉴가 나온다고 들었어."

"참! 그랬지! 기대된다~♪"

"오? 어떤 메뉴인데? 새로운 샐러드나 채소 수프면 좋겠는데."

레오네가 신메뉴 소식에 반응을 보였다.

살찔 것을 우려해서 식단에 신경을 쓰는 레오네다운 대답이었다.

"저는 디저트가 좀 더 다양했으면 좋겠어요. 종류가 워낙 적다 보니 금방 질리거든요."

리제롯테의 희망 사항도 이해는 되었다. 하지만…….

""두 사람 다 틀렸어.""

잉그리스와 라피니아가 나란히 고개를 가로저었다.

"뭐가 나올지 알고 있어? 뭔데?"

""초특대 치즈 등갈비구이랑 초특대 화이트소스 파스타 곱빼기, 초특대 매운맛 파스타 곱빼기…….""

"잠깐만! 죄다 초특대잖아! 뭐가 어떻게 된 거야……?!"

""레시피 응모에 당첨됐거든.""

실은 얼마 전부터 식당에서 신메뉴의 레시피를 모집하고 있었다. 하지만 다들 별로 관심이 없는 것인지, 아니면 지금의 식사에 만족하고 있는지 좀처럼 아이디어를 내는 사람이 없었다.

그렇지만 잉그리스와 라피니아는 적극적으로 의견을 제시했다.

이럴 때는 목소리가 큰 사람이 이기는 법이다. 얌전히 있는 사람이 잘못이다.

"곱빼기는 또 뭐야? 파스타에 다른 재료는 없고?"

""소고기, 돼지고기, 닭고기, 생선이 전부 들어가 있어!""

"우욱……. 듣기만 해도 속이 거북해지네요……."

"마, 맛있어, 그거?"

"응. 보기에는 조금 그렇지만 뱃속으로 들어가면 똑같지, 뭐."

"맞아. 어차피 다 먹을 거, 한곳에 담아서 먹는 편이 좋잖아."

식당 아주머니들도 수고가 줄어들 테니 상부상조하는 셈이다.

"화이트소스도, 매운맛 소스도 새로운 맛이라서 뭘 넣을지 꽤 고민했어."

"결국, 고르기 어려우니까 전부 넣어버리자! 라는 결론에 도달했지."

"기대된다. 라니."

"나도 그래, 크리스."

잉그리스와 라피니아는 눈을 반짝이며 서로의 얼굴을 마주 보았다.

""아하하…….""

레오네와 리제롯테는 그 모습을 지켜보면서 메마른 미소를 지을 뿐이었다.

바로 그때.

콰과아아아아앙!

아카데미의 안뜰에서 굉음이 울려 퍼지더니, 연기가 피어올랐다.

"?!"

"뭐, 뭐야……?!"

"연기가 올라오고 있어!"

"안뜰 쪽이에요!"

곧이어 주변의 학생들이 술렁거리기 시작했다.

잉그리스 일행이 있는 정문에서는 상황을 확인할 수 없었지만, 혼란에 휩싸인 분위기만큼은 전해져 왔다.

"일단 가보자!"

라피니아의 호령과 함께 일행은 문제가 발생한 안뜰로 향했다.

안뜰에 도착하자 학교 건물의 일부가 크게 무너져 있었다. 심지어 불까지 피어올랐다.

무너진 벽 앞에는 쓰러진 마석수의 사체가 굴러다니고 있었다.

얼마 전부터 모습을 드러내기 시작한 대형 마석수였다.

일단 전투 자체는 마무리가 된 듯 보였다.

"불을 꺼야 해!"

"그건 걱정 마! 금방 끌 수 있으니까!"

이미 현장에 있던 3학년 선배들이 진화 작업을 개시하고 있었다.

이쪽은 걱정할 필요가 없어 보였다.

하지만 선배들이 걱정하는 부분은 따로 있는 듯했다.

"그보다 실바 씨는 괜찮은 거야?!"

"실바 씨! 괜찮으십니까?!"

"정신 차리세요!"

3학년 학생들로 이루어진 원 한가운데 실바가 쓰러져 있었다.

상당한 공격을 당했는지 전신이 상처투성이였다.

의식은 가까스로 붙어있는 눈치였지만, 혼자 일어나지를 못해서 다른 학생들이 부축해 일으키는 중이었다.

"실바 선배……?!"

"어, 엄청난 상처야……!"

특급 마인을 지닌 실바에게 이만한 상처를 입히다니. 굉장히 강한 마석수였나? 아니면 개체수가 많아서 물량 공세에 당한 것일까?

뭐가 됐든, 이상 사태가 일어난 것은 분명해 보였다.

"괘, 괜찮아……. 별것 아니다. 그보다 리플 님이 눈을 뜨시기 전에 다른 장소로 모셔다드려라. 이런 모습을 보여드릴 수는 없어. 괜한 걱정을 끼칠 뿐이다."

"아, 알겠습니다!"

실바의 지령을 받은 학생이 리플을 데려가기 위해 행동을 개시했다.

마침 그때, 소란을 듣고 찾아온 밀리에라 교장이 모습을 드러냈다.

"이, 이게 대체……?! 실바 군, 괜찮으신가요?! 당신 정도 되는 학생이 이런 꼴을 당하다니! 무슨 일이 있었던 건가요……?!"

"교, 교장 선생님……. 면목 없습니다. 전부 제 불찰입니다. 죄송합니다."

하지만 몇몇 3학년생들이 실바의 발언에 이의를 제기하고 나섰다.

"그렇지 않아요! 실바 씨 잘못이 아닙니다!"

"맞아요! 이 녀석 때문이에요!"

3학년생들 중 하나가 한 학생에게 달려들었다. 그는 바로……

"라티?"

잉그리스와 같은 종기사학과 소속의 1학년생 라티였다.

언제나처럼 기사학과의 프람도 함께 있었다.

"죄, 죄송합니다……. 당신 말이 맞아요. 저 때문에 이런 일이 벌어지고 말았습니다."

라티는 창백한 얼굴로 고개를 숙이고 있었다.

"죄송합니다, 죄송합니다! 라티는 저를 구하려다가……! 그러니 제 탓이에요! 정말로 죄송합니다!"

프람이 눈물을 글썽이며 거듭거듭 고개를 숙이고 있었다.

"라티, 프람. 뭐가 어떻게 된 거야?"

"아, 잉그리스냐……. 저, 저 선배가 마석수에 당할 뻔한 나를 감싸다가 크게 다치고 말았어……."

"맞아! 너 때문이야! 너 때문에 실바 씨가!"

"그, 그만둬라. 다들……!"

실바가 격분한 3학년들을 제지했다.

"실바 씨……!"

"애초에 이공간에 말려들게 만든 우리들의 실수다. 그리고 마인을 갖지 못한 자를 지키는 것은 우리의 당연한 의무. 다친 곳은 없나?"

실바가 라티에게 물었다.

"네, 넵……. 없습니다."

"그렇군. 그럼, 됐다……."

실바는 그 한마디를 끝으로 의식을 잃고 말았다.

"실바 군……! 크, 큰일이야. 부상이 너무 심해요! 자칫하면 목숨이 위험할지도 몰라요! 당장 의무실로 옮기세요!"

밀리에라 교장이 허둥지둥 지시를 내렸다.

갑작스럽긴 하지만, 아무래도 라피니아가 나설 차례인 듯했다. 세오도어 특사로부터 받은 새로운 마인무구의 힘을 사용할 때가 된 것이다.

"기다려 주세요! 제가 어떻게든 해 볼게요! 시험해 보고 싶은 게 있어요!"

라피니아는 이미 앞으로 걸어가 그렇게 외치고 있었다.

"라피니아 씨? 뭘 하시려고요?"

"아까 세오도어 님께 신형 마인무구를 받았거든요! 겉모습은 똑같지만, 여기에도 두 종류의 기프트가 내장되어 있어요. 그중 하나가 상처를 치료하는 효과예요……!"

"네에?! 세오도어 님도 참, 바쁘셨을 텐데……. 그래도 덕분에 살았어요!"

밀리에라 교장의 얼굴이 환해졌다.

"아직 한 번도 시험해 본 적이 없기는 하지만……. 그래도 시도해 보겠어요! 허락해 주세요!"

지금 같은 상황이 생기면 라피니아는 잉그리스가 부추기기도 전에 솔선해서 움직였다.

자신의 선한 마음이 시키는 대로 행동하는 올곧은 아이였다. 어떠한 상황에서도 겁먹지 않았고, 주눅 들지도 않았다.

라피니아를 손녀딸처럼 여기고 있는 잉그리스로서는 기특할 따름이었다.

라피니아의 진지한 옆모습을 바라보면 무심코 흐뭇한 미소가 지어졌다.

"네, 물론이에요! 꼭 부탁드려요……! 저도 도와드릴게요!"

"걱정 마, 라피니아! 나도 다룰 수 있었으니 라피니아도 분명 가능할 거야!"

"자, 서두르세요! 라피니아!"

"알았어. 꼭 해낼게! 지켜봐 줘, 크리스!"

"응. 잘될 거야. 라피니아라면 할 수 있어."

잉그리스가 고개를 끄덕이자, 라피니아는 호흡을 가다듬으며 정신을 집중했다.

"으으…… 역시 지금까지와는 달라……."

"느낌이 다르다는 것은 지금까지 사용하지 않던 기프트에 힘이 흘러 들어가고 있다는 뜻이에요. 그대로 계속해 주세요."

"아, 알겠습니다……!"

두 개의 기프트를 지닌 마인무구를 제대로 다루기 위해서는 나름의 요령이 필요하리라.

처음에는 애를 먹는 것이 당연했다.

하지만 그것을 극복할 수만 있다면…….

비록 마인의 힘을 빌리는 형태이기는 하지만, 두 개의 기프트를 구분해 사용할 수 있다는 것은 두 종류의 마나의 파장을 자유자재로 조작할 수 있게 된다는 뜻이다.

그리고 마나의 조작은 곧 독자적인 마법을 구사하는 길로 이어진다.

따라서 이러한 요령은 라피니아와 레오네의 실력을 향상하는 데 무척 좋은 영향을 미칠 터였다.

하지만 반대로 이는 하이랜드 측에게 있어 불편한 사실이었다.

라피니아와 레오네를 계기로 지상의 인간들이 독자적으로 마법을 행사하게 된다면, 그리고 이러한 지식이 널리 전파된다면 하이랜드와 지상 간의 힘의 균형이 깨져버린다.

지상의 인간들은 마석수로부터 몸을 지키기 위해 하이랜드에서 마인무구를 하사받아야만 했다.

그 전제를 무너트릴 가능성이 생기는 것이다.

아마 세오도어 특사와 밀리에라 교장도 이러한 사실을 알고 있을 공산이 높았다.

전부 알고도 아무런 말을 하지 않는 것이다.

공중전함 건도 그랬지만, 세오도어 특사한테서는 하이랜드와 지상의 격차를 줄이려는 의도가 느껴졌다.

그것이 과연 어떠한 결과로 이어질 것인가.

알 방법은 없지만, 적어도 지금은 실바를 구하는 길로 이어질 터였다.

밀리에라 교장의 조언에 이끌려 라피니아의 몸이 부드러운 빛으로 뒤덮여 갔다.

"이 빛에 치유의 힘이……?"

"아직이에요. 손끝에 의식을 집중시켜 주세요."

"네……!"

라피니아의 몸을 뒤덮은 빛이 서서히 왼손으로 응축되었다.

빛이 한곳에 모이면 모일수록 눈 부신 빛을 발했다.

이것이 치유의 힘을 지닌 기프트인가.

빛을 구성하는 마나의 움직임은 굉장히 복잡했다. 간단히 재현할 수 있을 것 같지는 않았다.

"잘하고 있어요, 라피니아 씨! 그 빛을 실바 씨한테 비춰주세요."

"네!"

라피니아는 밀리에라 교장의 말에 따라 실바 옆에 무릎을 꿇고 왼손을 내밀었다.

그러자 실바의 전신에 난 상처가 빠른 속도로 아물어 나갔다.

"오오오! 실바 씨의 상처가……!"

"낫고 있어……!"

"좋아……! 되겠어!"

마지막은 라피니아의 말이었다. 라피니아의 이마에는 땀방울이 맺혀 있었다.

익숙하지 않은 탓도 있겠지만, 치유 능력을 지닌 기프트 자체가 상당한 부담이 동반되는 모양이었다.

"으윽……! 큭……."

"라니, 괜찮아?"

"괘, 괜찮아……!"

라피니아의 뺨을 타고 흘러내린 땀방울이 바닥에 뚝뚝 떨어졌다.

실바의 상처는 조금씩 치유되어 가고 있었지만, 이대로는 라피니아가 먼저 한계에 도달할 듯 보였다.

그렇다면…….

"라니, 도와줄게."

잉그리스는 마인무구를 움켜쥔 라피니아의 손에 자신의 손을 살포시 얹었다.

기프트의 효과를 마나 조작으로 구현하는 것은 어려워 보였지만, 라피니아의 마나와 비슷한 파장을 재현해 함께 마인무구에 흘려보내는 것 정도는 가능했다.

마나를 흘려보내면 마인무구가 알아서 치유 효과로 변환해 줄 터였다. 그러니 잉그리스는 변환되기 전의 흐름을 재현할 뿐이었다.

"크리스……?! 응, 이거라면 계속해서 할 수 있겠어!"

라피니아의 왼손이 더욱 환하게 빛났다.

치유의 힘이 강해졌다는 증거였다.

실바의 상처가 치유되는 속도가 훨씬 상승했다.

눈 깜짝할 사이에 원래 상태로 돌아가고 있었다.

"음, 이제 괜찮겠어요! 두 사람 모두 정말 고맙습니다! 자, 실바 군을 의무실로 옮겨 주세요. 상처는 나았으니 금방 눈을 뜰 테죠."

"예!"

"고맙다, 너희들!"

"실바 씨를 구해줘서 고마워!"

3학년생들은 저마다 고맙다는 말을 남긴 뒤 실바를 옮기기 시작했다.

그 모습을 보아하니 실바는 꽤나 인망을 갖춘 인물인 모양이 었다.

"아녜요. 당연한 일을 했을 뿐이에요."

라피니아가 상쾌한 미소를 지으며 대답했다.

"저도 마찬가지입니다."

잉그리스는 웃음을 지었다.

그렇게 3학년생들을 배웅하고 난 뒤, 라피니아는 잉그리스에 게도 미소를 지어 보였다.

"고마워, 크리스! 덕분에 살았어."

선배들에게 보여준 미소보다도 훨씬 귀여웠다. 잉그리스는 만족했다.

후우, 후우…….

하아, 하아…….

하앗. 하앗.

잉그리스의 이마에 구슬땀이 맺혔다.

상기된 얼굴은 분홍색으로 물들어 있었다. 맺혀 있던 땀방울이 뺨과 목을 타고 흘러내렸다.

이윽고 가슴으로 떨어진 땀은 그대로 옷 속으로 스며들었다.

그 모습은 여느 때보다 더욱 요염해 보였다.

원래부터 주목도가 높은 잉그리스였지만, 오늘은 평소보다 많은 이목이 쏠리고 있었다.

남학생들이 땀으로 흥건히 젖은 잉그리스를 흘끔흘끔 쳐다보았다.

하지만 당사자인 잉그리스는 전혀 개의치 않은 채 눈앞의 상황에 집중하고 있었다.

옆에 앉아있던 라피니아도 마찬가지로 땀을 뻘뻘 흘리고 있었다.

"괘, 괜찮아? 잉그리스도 그렇고, 라피니아도 그렇고……."

""괜찮아!""

"그, 그럼 다행이지만."

"색깔 한번 대단하네요, 그거……. 새빨개요."

"매운맛이니까."

초특대 매운맛 파스타 곱빼기.

잉그리스와 라피니가 제안한 식당의 신메뉴였다.

오늘은 아침 댓바람부터 매운맛에 도전하는 중이었다.

"도저히 사람이 먹어도 될만한 색깔이 아니야……."

레오네는 압도당하고 말았다.

"그렇지도 않아. 꽤 맛있는걸."

"자극적인 맛이야!"

"제 눈에도 맛있어 보여요……."

프람이 잉그리스와 라피니아의 편을 들었다.

"에엑?! 이게 맛있어 보인다고요……?!"

"네."

"우리는 북쪽의 알카드 출신이거든. 추운 지방이다 보니 매운 걸 먹어서 몸을 따뜻하게 덥히고 있어. 그래서 익숙한 편이야."

"라티의 말대로예요. 매운 음식은 고향의 맛을 생각나게 해주네요."

"프람도 주문하지?"

"저, 저한테는 양이 너무 많아서요. 초특대에 곱빼기라니."

"그럼 우리 걸 좀 나눠줄게!"

라피니아가 그렇게 말하며 프람의 접시에 빨간 파스타를 덜어냈다.

"와, 고맙습니다."

"오. 나도 주라, 잉그리스."

"응. 얼마든지."

"안 돼! 라티는 안 돼요!"

"에엑?! 어째서?"

"간접 키스가 된단 말이에요!"

"……에휴. 알았어. 안 먹을게."

"오오. 오늘은 웬일로 프람이 하는 말을 고분고분 잘 들어주네?"

실로 보기 드문 광경이었다.

"뭐, 나도 어제 저지른 게 있으니까……. 얌전히 굴어야지."

라티가 볼을 긁적이며 말했다.

"아뇨! 라티는 잘못한 거 없어요! 저를 도와주려다 그런 거잖아요! 그리고 저도 라티를 나무랄 생각은 추호도 없어요! 간접 키스는 싫지만요!"

"……그래, 알았어. 무슨 말을 못 하겠네."

라티가 가시 돋친 말투로 답하자, 라피니아가 따끔하게 충고했다.

"하아. 맨날 그런 식으로 쌀쌀맞게 굴면 프람한테 미움받을걸? 프람은 이래 봬도 꽤 인기가 많은 편이야. 얼마 전에도 러브레터를 받았을 정도인걸. 여자아이가 항상 자기만을 바라본다고 생각하지 않는 편이 좋아."

"뭣……! 그, 그게 사실이야, 프람……?! 상대가 누군데?!"

"오, 당황했다, 당황했어. 알기 쉬운걸~. 거짓말이야, 거짓말.

그렇게 당황할 거면 처음부터 잘 대하지 그랬어.”

“으그극……?!”

몸을 부들부들 떠는 라티.

“맞아요, 맞아!”

라피니아의 등 뒤에 숨은 프람이 주먹을 치켜들며 외쳤다.

하지만 라티가 노려보자 다시 라피니아의 등 뒤로 모습을 쏙 감추고 말았다.

“그만해, 라피니아. 거짓말을 하면 못써.”

레오네가 키득키득 웃으며 라피니아를 혼냈다.

“맞아, 라니. 원래 철들기 전의 남자애들은 좋아하는 애한테 솔직하지 못한 법이야. 라티도 조금만 더 자라면 프람과 찰싹 붙어 다니게 될걸.”

“정말인가요? 잉그리스!”

“응. 남자애들이라는 건 원래 그런 거야.”

“멋대로 정하지 마아아아앗!”

라티가 비명을 내질렀다. 반면에 라피니아는 어리둥절한 표정을 지었다.

“남자애한테 흥미도 없는 크리스가 그런 말을 해봤자 설득력이 없는데……?”

“하긴. 전에도 누가 멋지냐고 물어봤더니 프리즈마라고 대답했지, 아마?”

“그건 그거고 이건 이거지.”

잉그리스가 적당히 대답하자 다른 일행들은 고개를 갸웃했다.

대체 뭐가 다르다는 거지? 그렇게 묻고 싶은 눈치였지만 굳이 설명은 하지 않기로 했다.

"어쨌든, 프람을 구하려다가 마석수의 공격을 받았다 이거지?"

"맞아. 그때 실바 선배가 나를 감싸고 대신 공격받았어. 너희 덕분에 무사히 끝났으니 망정이지, 큰 잘못을 저지르고 말았어. 다음번에 만나면 제대로 사과할 거야."

"하지만 그 선배, 별로 화난 것 같지는 않은 눈치던데요. 그런데 또 잉그리스나 유아 선배를 대하는 태도를 보면 종기사학과 분들을 싫어하는 것 같기도 하고……."

"아! 알겠다……!"

"뭐를 알았는데, 라니?"

"분명 선배는 남자를 좋아하는 걸 거야……! 그래서 라티한테 만 상냥하게 대해준 거지! 어때, 내 가설이?"

"무슨…… 그, 그럴 리가 없잖아?!"

"동감이다. 남의 취향을 멋대로 정하지 마."

그때 느닷없이 일행의 대화에 끼어든 이가 있었으니, 바로 장본인인 실바였다.

"앗, 저기……! 어제는 정말로 죄송했습니다! 제가 바보 같은 짓을 하는 바람에 큰 부상을……!"

라티가 고개를 크게 숙이며 실바에게 사과했다.

"신경 쓰지 마라. 잘잘못을 따지자면 너희를 공간 격리에 휘말리게 만든 내 실수다. 게다가 나야말로 너희들의 도움을 받았다. 사과의 뜻과 감사의 말을 전하지. 고맙다."

이번에는 실바가 잉그리스와 라피니아를 향해 고개를 숙였다.

그것을 본 라피니아는 잉그리스의 손을 잡아끌며 자리에서 벌떡 일어났다.

그러고는 고개를 꾸벅 숙였다. 옆에 있는 잉그리스의 머리까지 꾹 누르면서.

"아뇨, 저희야말로 건방진 말을 해서 죄송합니다! 모두 사과했으니 이걸로 비긴 셈이죠?"

빙그레 미소 지은 라피니아는 실바에게 손을 척 내밀었다.

이런 뒤끝 없는 친화력도 라피니아의 매력이었다.

자잘한 일에 구애되지 않는 인간성. 지나간 일은 강물에 흘려보낼 줄 아는 도량을 지니고 있었다.

"그래. 그러도록 하지."

실바와 라피니아가 악수를 나누었다.

꽤나 흐뭇한 광경이었다.

하지만!

"자, 라니는 악수 끝. 다음은 제 차례네요."

잉그리스가 냉큼 끼어들어 라피니아와 실바 사이를 갈라놓았다.

가족도 아닌 남성이 라피니아와 신체 접촉을 하는 것은 바람직하지 못했다.

충분히 경계해서 나쁜 것은 없었다.

◆ ◇ ◆

그로부터 일주일.

리플에 대한 문제는 현상 유지가 이루어지고 있었다. 잉그리스 일행도 변함없이 교대로 호위를 맡고 있었다.

오늘은 잉그리스를 비롯한 1학년생들이 담당하는 날.

리플이 의식을 잃어 마석수가 출현하면, 레오네가 곧바로 신형 마인무구를 이용해 이공간에 격리했다.

그리고 잉그리스 일행은 격리된 마석수를 소탕해 나갔다.

오늘도 얼마 전부터 모습을 드러내기 시작한 강화형 수인종 마석수가 출현했다.

"나한테 맡겨!"

선두로 나선 잉그리스가 양손의 검지를 세워 마석수에게 향했다.

그리고 양손에서 쏟아져 나오는 에테르 피어스의 푸르스름한 빛.

피슈슈슈슈슈슉!

안면을 시작으로 목, 어깨, 가슴, 배, 다리, 발까지.

전신에 수많은 구멍이 뚫린 마석수는 한 걸음도 떼지 못한 채 그 자리에 허물어지고 말았다.

"어, 어라……?"

라피니아가 잉그리스의 움직임에 고개를 갸웃했다.

"또 왔어! 조심해!"

레오네가 경고하듯 소리쳤다.

"응, 맡겨 줘!"

잉그리스는 라피니아의 반응을 잠시 뒷전으로 미뤄두고 새로 등장한 마석수에게 다가갔다.

피슈슈슈슈슈슈슉!

다시 한번 무자비하게 에테르 피어스를 난사하는 잉그리스.

마석수는 뭘 해 볼 겨를도 없이 벌집이 되고 말았다.

"크리스……?"

라피니아의 고개가 더욱 크게 기울었다.

"계속 오네……. 또 한 마리!"

잉그리스가 아무것도 없는 허공을 바라보며 말했다.

"어……? 아무것도 없잖아?"

레오네가 의아해하며 물었다. 하지만 잉그리스는 공간의 일그러짐, 즉 마나의 흐름을 통해 마석수가 나타날 전조를 느낄 수 있었다.

"아니…… 알 수 있어. 느껴지거든!"

잉그리스는 머리 위쪽의 한 지점을 향해 손바닥을 내밀었다.

에테르 스트라이크!

쿠고고고오오오오오!

거대한 에테르의 탄환이 공중으로 치솟았다.

"잠깐…… 잠깐만, 크리스?! 아까부터 무슨 짓을……!"

"하아아앗!"

불현듯 잉그리스가 에테르 스트라이크를 뒤쫓듯 바닥을 차고 점프했다.

그때, 에테르 스트라이크의 진로 위에 느닷없이 마석수가 모습을 드러냈다.

예측이 적중한 것이다. 마석수는 나타나기가 무섭게 에테르 스트라이크에 삼켜져 소멸했다.

"이런……."

그러자 공중으로 뛰어오른 잉그리스는 아쉽다는 듯이 중얼거리며 움직임을 멈추었다.

마석수를 소멸시킨 에테르 스트라이크는 그대로 계속해서 올라갔다.

와장창창……!

유리가 깨지는 듯한 굉음이 울려 퍼지더니, 레오네가 마인무구로 만들어 낸 공간이 붕괴하기 시작했다.

"어, 엄청난 위력인걸! 이 공간을 이렇게 간단히 파괴해 버리다니……!"

잉그리스의 에테르 스트라이크는 예전에 밀리에라 교장이 만들어 낸 시련의 미궁도 파괴한 전력이 있었다. 당연한 결과였다.

이공간이 파괴되자 주변의 경치가 원래 장소인 학교 교정으로 되돌아왔다.

에테르 스트라이크는 석양이 진 하늘로 높이 올라가 보이지 않게 되었다.

"아하하……. 예쁜 불꽃놀이라도 보는 것 같네요."

리플을 간호하고 있던 리제롯테가 반쯤 질렸다는 듯이 감상을 늘어놓았다.

"흐음……."

하지만 잉그리스는 여전히 씁쓸한 표정을 짓고 있었다.

"대체 어떻게 된 거야, 크리스? 항상 상대가 쓰러지면 울고불고 외쳐도 억지로 일으켜서 싸움을 계속했으면서……. 이렇게 빨리 해치워 버리다니 크리스답지 않아."

"……나, 그렇게 피도 눈물도 없는 짓을 한 적은 없는데?"

"아니. 비슷한 짓을 하기는 했어……."

"역시 라피니아는 잉그리스를 잘 이해하고 있네요."

레오네와 리제롯테가 옆에서 고개를 끄덕였다.

"……."

그때 라피니아가 손뼉을 짝 쳤다.

"앗! 나 몰래 뭔가 맛있는 거라도 먹으러 갈 생각이구나?! 그래서 빨리 해치운 거야!"

"아니야. 연구를 좀 하고 있었어."

"무슨 연구?"

"신기술 연구."

"""신기술?!"""

"맞아! 라니와 레오네도 새로운 기술을 익혔잖아?"

"익히기는 했지만, 기술이라기보다는……."

"마인무구의 기프트지."

"알고 있어. 그래도 좀 부러워서 나도 뭔가를 개발해 보려고."

불현듯 잉그리스가 눈을 반짝이며 환한 미소를 지어 보였다.

"그리고 이왕이면 역대 최대 위력을 목표로 해 볼 생각이야!"

그렇다면 역시 에테르를 사용한 기술이 되어야 하리라.

최근 에테르 피어스를 양손으로 발사할 수 있게 되면서 잉그리스의 에테르 조작 능력도 꽤나 상승했다.

덕분에 머릿속에 한 가지 기술이 떠오르기는 했지만, 지금은 시행착오를 겪는 중이었다.

"으음……. 뭐, 뭔가 무시무시한 일이 벌어질 것 같아."

"그, 그러게……."

"지, 지금도 충분히 강하다고 생각하는데요……."

잉그리스는 조용히 고개를 가로저었다.

"남들과 비교해 봤자 의미 없어. 내가 납득할 수 있는가가 관건이야. 어쨌든, 신기술을 개발하려다 보니 연습도 덩달아 과격해지더라. 하지만 강한 공격을 하면 상대가 금방 쓰러져 버리니 원……. 아아, 강한 적이 나와줬으면 좋으련만……."

"……결국 평소와 같은 결론에 도달해 버렸네. 역시 크리스는 크리스야."

"하하하……. 하지만 우리도 뒤처지지 않도록 분발해야겠지."

"일단 리플 님이 정신을 차리시면 교장실로 돌아가죠. 인수인계할 시간이니까요."

다음은 실바가 소속된 3학년생이 호위를 맡을 차례였다.

교장실에서 당번을 맡는 동안 일어났던 일을 보고하고 인수인계가 이루어지는 것이다.

잉그리스 일행은 정신을 차린 리플과 함께 교장실로 향했다.

교장실 문 앞까지 도착하자, 안에서 밀리에라 교장의 커다란 목소리가 들려왔다.

"무, 무슨 말씀이신가요! 그건 횡포예요……! 현재 큰 피해는 나오지 않고 있어요! 임무에 문제는 없어요!"

쾅, 쾅! 책상을 두드리는 소리도 들려왔다.

상당히 흥분해 있는 눈치였다.

"어라……? 별일인걸. 밀리에라가 화를 내고 있다니."

리플이 문 너머에서 들려오는 소리를 듣고 놀라서 말했다.

"그런가요? 저는 곧잘 혼나는 편인데."

"이, 잉그리스는 여러모로 눈에 띄는 편이니까……. 뭐, 들어가보자."

이쪽도 교장실에 용건이 있으므로 들어가지 않을 수는 없었다.

방문에 노크하자, 분노를 억누른 듯한 목소리로 들어오라는 대답이 들려왔다.

"실례할게요."

안으로 들어가자 낯선 인물이 있었다.

회색의 머리카락을 지닌 장신의 남자 기사였다.

손에는 상급 마인이 빛을 발하고 있었다.

꽤나 지위가 높은 기사인 듯했다.

나이는 20대 후반에서 30대 전반 정도일까.

차림새는 라파엘과 약간 달랐다. 소속이 다르다는 뜻이었다.

잉그리스가 알기로는 왕 직속 근위기사단의 복식이었다. 아카데미 수업에서 배운 적이 있다.

참고로 라파엘이 속한 기사단의 정식 명칭은 성기사단이었다.

양쪽 모두 왕국 주력급의 규모와 전력을 지니고 있어 양대 기사단이라 불렸다.

이미 교장실에는 실바를 비롯한 3학년도 찾아와 있었다. 이들도 근위기사와 밀리에라 교장의 이야기를 듣고 있었던 모양이었다.

3학년들의 표정은 차마 밝다고 하기 힘들었다. 경악과 분노, 거북한 감정을 엿볼 수 있었다.

실바 역시도 적잖이 당황한 눈치였다.

"혀, 형……! 다시 생각해 주면 안 될까?! 교장 선생님의 말씀대로 우리는 잘하고 있어! 그럴 필요 없다도!"

"하지만 실바 너, 얼마 전에 크게 다쳤다면서? 내가 얼마나 걱정한 줄 알아……?! 그 소식을 들었을 때는 심장이 튀어나오는 줄 알았단 말이다……!"

"그, 그건 내 실수였을 뿐이야……! 다른 우수한 학생들이 잘 커버해 주었어! 그러니 난 괜찮아!"

실바가 근위기사와 언쟁을 벌이고 있었다.

"형이라니……?"

"근위기사단장 레더스 에이렌. 실바 님의 형님이세요."

잉그리스가 묻자 리제롯테가 설명해 주었다.

그러고 보니, 머리 모양이 다르기는 해도 머리카락 색은 비슷했다. 생김새도 닮은 구석이 있었다.

레더스는 교장실에 들어온 잉그리스 일행을 바라보았다.

정확히는 리플을 쳐다보고 있었다. 레더스가 상쾌한 미소를 지었다.

"이거, 리플 님. 반갑습니다."

"어, 그래……. 반가워."

"마침 밀리에라 님과도 이야기하던 참이었습니다. 실은 오늘 리플 님께 전해드릴 말씀이 있어서 말이죠."

"응. 뭔데?"

"국왕 폐하의 명령에 따라 기사 아카데미로부터 퇴거해 주셨으면 합니다."

"퇴거……?! 그래서 어디로 가는데?"

"일시적으로 근위기사단의 보호 아래 둘까 합니다."

"일시적으로……?"

"예. 무례를 무릅쓰고 분명히 말씀드리자면 이후에는 하이랜드로 돌아가시게 되지 않을까 싶습니다. 국왕 폐하께서는 새로운 하이랄 메나스를 맞아들일 생각이십니다."

"……!"

리플은 숨을 집어삼키며 눈을 부릅떴다.

"과연……."

잉그리스가 중얼거렸다. 그것도 하나의 해결책이라는 사실을 부정할 수는 없었다.

실제로 리플 본인도 비슷한 제안을 한 적이 있었다.

하지만 이는 웨인 왕자와 세어도어 특사가 택하지 않은 수단이었다.

특히 세오도어 특사는 하이랜드 측의 창구나 다름없는 존재였다.

즉, 세어도어 특사의 의견은 하이랜드 측의 의견이라 봐도 무방했다.

그와 정반대의 행보를 보인다는 것은…… 아무래도 단순히 리플 하나만의 문제가 아닌 듯했다. 다분히 정치적인 문제가 엮여 있으리라.

하지만 그러거나 말거나 라피니아는 얼굴을 새빨갛게 물들이며 길길이 날뛰었다.

"뭐라고요……?! 어째서 그런 지독한 짓을 하는 건가요?! 저희는 지금까지 줄곧 리플 씨의 도움을 받으며 살아왔잖아요?! 그런데 상황이 살짝 틀어졌다는 이유만으로 내쳐버리고 다른 사람을 들이겠다니……! 리플 씨는 물건이 아니에요! 리플 씨가 큰일을 겪은 지금이야말로 여태껏 받은 도움에 보답해 드릴 때 아닌가요?!"

젊고 풋풋한 논리였다. 순수하고, 치기 어렸으며…… 그래서
귀여웠다.

라피니아라면 당연히 이렇게 말할 줄 알았다.

오히려 이렇게 말하지 않았더라면 병이라도 걸렸나 하고 의심
했을 것이다.

"응, 라피니아의 말대로야……!"

"맞는 말이에요……!"

레오네와 리제롯테는 라피니아의 말을 듣고 작게, 하지만 분명
하게 고개를 끄덕여 보였다.

"라파엘 님의 여동생인가. 내게 뭐가 옳은지를 따져봤자 곤란
해. 이건 국왕 폐하의 명령이다."

"그러면 저를 국왕 폐하 앞으로 데려가 주세요! 직접 말씀드릴
테니까요!"

보아하니 정말로 국왕 폐하의 면전에 대고 한마디라도 할 기세
였다.

상대를 화나게 하기 전에 말리는 것이 좋을까?

일단 잉그리스는 마음의 준비를 해 두기로 했다.

하지만 의외의 인물이 도움의 손길을 건네 왔다.

실바가 라피니아의 어깨에 손을 척 얹더니, 라피니아를 감싸듯
앞으로 나선 것이다.

"이 애 말대로야, 형! 아무리 국왕 폐하의 명령이라지만 뭔가
잘못되었다는 생각밖에 안 들어! 근위기사단장으로서 폐하를 설

득해 줘⋯⋯!"

의견이 일치한 라피니아와 실바가 서로의 얼굴을 마주 보더니, 고개를 한 차례 끄덕였다.

이 정도라면, 뭐, 허용 범위였다.

하지만 라피니아의 어깨에 손을 얹는 것은 관뒀으면 했다.

당사자들은 흥분해서 깨닫지 못한 눈치였지만, 잉그리스는 신경이 쓰였다. 몹시 신경이 쓰였다.

"아니, 그럴 생각은 없다."

"어째서인가요?! 리플 씨가 어찌 되어도 좋다는 건가요?!"

"그런 건 아니지만⋯⋯ 우선도의 문제다. 나도 개인적으로 왕의 의견에 찬성하는 입장이야."

주변에 미칠 피해를 우려한다는 뜻일까?

확실히 일반인들을 생각하면 그쪽이 안전한 방법인 것은 사실이었다.

"대체 어째선데?! 형!"

"네가 상처를 입을까 봐 무서워서 그렇다⋯⋯! 이곳에 리플 님이 남아있다면 또 똑같은 일이 벌어질지도 모르잖아! 걱정이 안되겠냐⋯⋯?!"

레더스는 두 눈을 부릅뜨며 매우 진지한 태도로 소리쳤다.

""⋯⋯⋯⋯.""

전혀 예상치 못한 답변에 라피니아와 실바는 당황한 모양이었다.

하지만 잉그리스는 레더스의 마음도 이해가 갔다.

잉그리스에게 라피니아가 있듯이 레더스에게는 실바가 있는 것이리라.

그저 귀엽고 소중할 수밖에 없었다. 그래서 잉그리스는 레더스에게 약간의 친근감을 느끼고 있었다.

"하지만 이쪽이 순순히 따른다고 해서 과연 하이랜드 측이 약속을 지켜줄까요?"

잉그리스가 침묵을 깨트리며 앞으로 나섰다.

은근슬쩍 라피니아의 어깨에 놓여있던 실바의 손을 치우면서.

"무슨 뜻이지? 하고 싶은 말이 뭔가?"

그래도 레더스는 일개 종기사학과 학생에 불과한 잉그리스의 말을 들어줄 만한 도량은 지니고 있는 모양이었다. 잉그리스는 계속해서 설명해 나갔다.

"리플 씨가 기사 아카데미에 체재하고 있는 것은 세오도어 특사의 판단이기도 합니다. 즉, 하이랜드 측의 결정이라는 뜻이죠. 그런데 그 결정을 뒤집는다…… 즉, 레더스 님께서 말씀하시는 하이랜드란 특사와는 다른 파벌—— 교주련 측의 세력일 테지요."

교주련. 정식 명칭은 교주 연합.

이곳과 대립하는 파벌로는 대공파가 있었다. 정식 명칭은 삼대공파.

이 두 파벌이 바로 하이랜드의 양대 세력이었으며, 세오도어 특사는 대공파 소속의 인물이라는 듯했다.

원래 이 나라는 교주련과 대공파가 번갈아 가면서 특사를 맡고 있었고, 리플은 교주련에서 하사받은 하이랄 메나스였다.

"그래. 맞는 말이다."

"이번에 리플 씨의 몸에 일어난 이변은 교주련 측에서 가한 제재죠? 바꿔 말하면 분노의 표현이 되겠네요. 기존의 밸런스가 대공파로 기울려 하는 것을 용납할 수 없다는 뜻이겠죠."

"……우리는 그렇게 인식하고 있지 않다. 어디까지나 리플 님의 신변에 일어난 개별적인 문제라고 보고 있다."

"과연. 세오도어 특사와는 다른 견해군요."

"세오도어 님은 대공파다. 대립하는 상대이다 보니 억측을 끼워 넣는 것도 무리가 아니지."

"혹시, 하이랜드 측에서 하이랄 메나스 교체해 주겠다는 확약은 얻으신 상황인가요?"

"아니……. 현재 교섭 중이라고 들었다."

"그렇다면 교섭이 장기화될 가능성까지 염두에 두고, 준비를 확실하게 한 다음에 리플 씨를 데려가시는 게 좋지 않을까요? 리플 씨가 아카데미에 체재 중인 현재, 학생들이나 주변 마을에 딱히 커다란 문제는 발생하지 않고 있어요. 그런데 만일 근위기사단으로 거처를 옮겼다가 피해가 발생한다면 근위기사단은 아카데미의 학생만도 못하다는 비난을 면치 못하겠죠."

"문제가 없다는 것은 주관적인 견해에 불과하다. 문제라면 있다. 실제로 실바 정도 되는 녀석이 다쳤잖나."

역시나 동생 바보인 레더스는 납득하지 않았다.

하지만 예상했던 반응이었다. 잉그리스는 이를 역으로 이용하기로 했다.

"맞아요. 실바 선배마저 다칠 정도의 위협이죠. 그러니 더더욱 준비를 허투루 할 수는 없다고 봅니다."

"윽…… 무슨 준비를 말하는 거지?"

"세오도어 특사께서 마련해 주신 신형 마인무구가 필요합니다. 이쪽의 피해가 적은 이유는 그 마인무구 덕분이죠."

반드시 그렇다고 단정할 수는 없지만, 일단은 몰래 넘어가기로 했다.

지금은 마인무구에 그만한 가치가 있다고 믿게 할 필요가 있었다. 인수인계 기간이라는 이름의 유예를 만들어 내기 위해서였다.

지금 이 자리에서 리플을 연행당해 아무것도 못 하게 되는 상황만큼은 피하고 싶었다.

유예를 통해서 번 시간 동안 다음 수를 짤 작정이었다.

사실, 이미 잉그리스의 머릿속에는 한 가지 계획이 들어 있었다.

하지만 다른 일행들이 이를 어떻게 여길지 불명이므로, 나중에 따로 물어볼 생각이었다.

"흠. 세오도어 님께서 만드신 마인무구라."

"마인무구의 인수인계와 적합한 인원의 선별, 사용 훈련 등 준비를 마친 다음에 리플 님의 거처를 옮기는 쪽이 더 안전해 보이네요."

"으음⋯⋯."

레더스는 상당히 넘어온 듯 보였다.

임무를 안전하게 완수해 내고 싶은 것은 레더스도 마찬가지다.

국왕의 명령이라 하더라도 며칠 정도의 짧은 기간이라면 기사단장의 재량으로 유예를 마련하는 것이 어렵지는 않을 터였다.

"인수인계 담당은 실바 선배에게 부탁드리는 게 어떨까 싶은데요. 리플 님의 호위에서는 잠시 물러나셔야겠지만요."

잉그리스가 마지막으로 결정타를 날렸다.

"음, 그러면 되겠군. 그렇게 하지."

호위에서 인수인계 담당으로 임무가 바뀌면 실바는 곧바로 안전이 보장된다.

레더스의 성격으로 보아 바라던 바일 터였다.

"제게는 결정권이 없으니⋯⋯ 교장 선생님. 이걸로 괜찮을까요?"

잉그리스가 밀리에라 교장을 쳐다보며 물었다.

하지만 바로 그때, 라피니아가 잉그리스의 눈앞에 얼굴을 불쑥 들이밀었다.

꽈악!

라피니아는 잉그리스의 두 뺨을 양쪽으로 잡아당기며 외쳤다.

"괜찮기는 뭐가아아앗! 무슨 생각이야? 리플 님을 이대로 못 본 척 내버려 둘 셈이야?! 안 돼, 절대로 안 돼! 아무리 크리스라도 이것만큼은 양보하지 않을 거야!"

"히, 힌허해. 라히아 힐망하에 항 생가흔 업허. (지, 진정해. 라니가 실망하게 할 생각은 없어.)"

볼을 잡아당기는 바람에 제대로 말을 할 수가 없었다.

"뭐……? 그게 무슨 뜻이야?"

"내하 행각하흔 건 흘 똑하한아. (내가 생각하는 건 늘 똑같잖아.)"

"……강한 적하고 싸우고 싶다, 맛있는 음식을 먹고 싶다, 귀여운 옷을 입고 싶다?"

"그히호 언혜하 라니해 아훈이히. (그리고 언제나 라니의 아군이지.)"

"……믿어도 되는 거지? 믿는다? 괜찮은 거지?"

"갠한하!"

잉그리스가 고개를 끄덕이자, 라피니아는 마침내 볼을 놓아주었다.

"대, 대화가 성립하다니 신기하네요……. 저는 무슨 말을 하는지 전혀 모르겠어요."

"어째선지 저런 식으로도 말이 통하더라니까, 쟤네……. 이쯤 되면 특수 능력이야."

리제롯테와 레오네가 속닥거렸다.

"아, 알겠습니다. 잉그리스 양과 레더스 씨의 방침대로 가겠어요……."

밀리에라 교장은 조금 전까지 분노에 찬 눈치였지만 지금은 고개를 끄덕여 주었다.

잉그리스의 의도를 간파했기 때문이리라.

"리플 님도 괜찮으시겠습니까?"

"응……. 난 괜찮아. 모두가 정한 의견에 따를게."

리플도 레터스의 물음에 살짝 고개를 끄덕였다.

"그럼 정해졌군. 내일부터 당장 근위기사단 쪽으로 인수인계를 시작하죠. 괜찮겠습니까? 밀리에라 님."

"아, 네……. 그렇게 하죠."

"실바도 괜찮겠지? 잘 부탁한다."

"알겠어, 형……."

실바도 감정을 꾹 억누르며 수긍했다.

마지막으로 레더스는 잉그리스를 쳐다보았다.

"잉그리스 양이라고 했나. 자네는 종기사학과인가……?"

"네. 종기사학과 1학년인 잉그리스 유크스입니다."

"흐음……. 자네의 화술, 대담함, 두뇌, 모두 나이에 비해 훌륭하더군. 밀리에라 님이 격노하는 바람에 대화가 통하지 않아서 곤란하던 차였는데, 덕분에 살았다. 하마터면 일방적으로 나쁜 놈이 될 뻔했어."

"어쩔 수 없잖아요……. 저한테도 입장이란 게 있다고요."

밀리에라 교장이 퉁명스러운 얼굴로 내뱉었다.

그녀도 리플의 호위라는 무거운 책임을 등에 지고 있는 몸이었다.

불평 한마디쯤 하고 싶어지는 것도 이해는 갔다.

"말씀 감사합니다."

잉그리스는 레더스에게 꾸벅 고개를 숙여 보였다.

"자네 이름은 기억해 두도록 하지. 아카데미를 졸업하면 근위 기사단에 지원해 보게나. 마인과 두뇌는 별개다. 종기사라는 이유로 하찮은 인재 취급하는 것은 낡은 사고방식이야. 자네의 능력을 충분히 살릴 만한 자리를 마련해 두겠네. 참모직 쪽이 괜찮겠군."

"아뇨, 저는 최전선에 배속받기를 희망하고 있습니다. 기껏 제안해 주셨는데 죄송합니다."

잉그리스는 즉시 거절의 뜻을 표했다.

권모술수가 판을 치는 참모직에 앉아 두뇌 노동을 하라니, 제일 싫었다.

왕이라는 더욱 무거운 자리에서 실컷 해왔던 일이다. 더는 지긋지긋했다.

"크흠……?! 그, 그렇다면 어쩔 수 없지."

레더스는 몹시 무안한 눈치였다. 기뻐하리라고 생각했던 모양이다.

그 모습이 재밌었는지 라피니아는 키득키득 웃고 있었다.

"그러면 나는 이만 실례하지. 이후에 우리 쪽에서도 담당자를 보낼 테니, 잘 부탁한다."

레더스는 그 말을 남기고 교장실을 뒤로했다.

"후후훗. 크리스가 어떤 애인지 완전히 잘못 짚었어, 저 사람."

"그러게. 라니도 아카데미를 졸업하고 근위기사단으로 가는 건 참아줘."

잉그리스는 라피니아를 따라가야 했기에 후방으로 빠지게 될 것 같은 근위기사단은 사양이었다.

"그러길 바란다면 납득이 될 만한 이야기를 들려줘야 할걸. 뭘 꾸미고 있는 거야?"

"일단은 리플 씨가 당장 끌려가는 것을 막았을 뿐이야. 국왕 폐하의 명령인 이상 진짜로 저항하면 반역자가 되어버리니까. 뭐, 라니가 그러길 원한다면야 나는 딱히 상관없지만……."

"사, 상관없긴 뭐가 없어요?! 쓸데없는 생각 하지 마세요……!"

"으, 은근슬쩍 엄청난 소리를 하는구나…… 잉그리스."

밀리에라 교장과 리플이 깜짝 놀라서 말했다.

"아, 아무리 나라도 그렇게까지 할 생각은 없어……! 라파 오라버니랑 적이 되는 거잖아? 유미르도 어떻게 될지 모르고……."

"그건 그래. 그래서 얌전히 협력하는 척 시간을 번 거야. 그사이에 좋은 생각을 떠올리려고."

"응……! 어디 보자, 좋은 생각이라. 좋은 생각……."

라피니아는 아주 진지한 얼굴로 고민에 빠졌다.

"교장 선생님, 멋대로 건방진 짓을 해서 죄송합니다."

"아뇨, 괜찮아요. 잉그리스 양의 의도는 이해가 갔으니까요. 저도 머리에 피가 쏠려서 냉정을 잃은 상태였어요. 자칫 레더스 씨를 화나게 했었다면 이 유예 기간조차 받지 못했을지도 모르죠……."

"그보다 교장 선생님, 지금부터 무슨 수를 써야 하나요? 시간이 없어요. 어서 뭐라도 해야 합니다……!"

실바의 말투와 표정에서 초조함이 묻어났다. 상당히 필사적인 눈치였다.

뭔가 특별한 사정이라도 있는 것일까? 형에 대한 반발일까?

"하, 한 가지 방법이 떠오르기는 했습니다만……."

"그게 뭐죠? 교장 선생님?!"

"리플 씨한테…… 저와 실바 군처럼 특급 마인을 지닌 인간의 마나를 흡수시키는 거예요……. 그렇게 하면 마석수가 소환될 테고…… 더 이상 소환되지 않을 때까지 계속해서 마석수를 쓰러트리는 거죠. 지금까지 모습을 드러낸 마석수는 전부 수인종이었잖아요……? 수인종 마석수의 수는 유한해요. 따라서 마석수를 전멸시킨다면…… 리플 님에게 일어난 이변을 사실상 무효화시킬 수가 있어요……."

밀리에라 교장이 어디선가 들어본 적이 있는 설명을 늘어놓았다.

"헛……?! 어, 엄청 터프한 방법이군요……!"

"그, 그렇죠. 이번에 얻은 유예 기간 동안 실행에 옮겨볼까…… 하고 생각 중이에요."

벌레라도 씹은 듯 굉장히 찜찜한 말투였다.

절대로 하고 싶지 않다는 밀리에라 교장의 본심이 고스란히 느껴졌다.

"밀리에라……?! 그건 잉그리스가 말했던……!"

"마, 맞아요."

바로 그랬다. 짧은 시간 동안 사태를 해결하기 위해서는 과격한 수단에 기대하는 수밖에 없었다.

게다가 딱히 국왕의 명령을 어기는 것도 아니었다.

인수인계 과정에서 평소처럼 마석수가 소환되어 버렸을 뿐이니까.

"이, 잉그리스. 혹시……."

"설마……."

"크리스, 처음부터 이걸 노리고 레더스 씨한테……?!"

다른 일행들이 의심의 눈길을 보내왔다.

"……모두 열심히 하자!"

잉그리스는 빙그레 웃으며 얼버무렸다.

"저, 절대로 안 돼! 너무 위험해! 지금 여기에는 에리스는 물론이고 라파엘에, 웨인에, 세오도어 님까지 없잖아?! 아카데미의 인원들만으로 그런 위험한 짓을 벌이게 놔둘 수는 없어!"

그렇게 소리친 것은 다름 아닌 리플이었다.

리플의 입장에서 보자면 당연한 노릇일지도 몰랐다.

리플은 밝은 성격의 소유자로, 매사를 깊게 생각하지 않는 편이었다.

하지만 한편으로는 사명감이 무척 강한 인물이기도 했다. 또한 하이랄 메나스로서 사람들을 수호하는 데서 자신의 존재 가치를 찾고 있기도 했다. 말과 행동을 통해서 쉽게 짐작할 수 있는 부분이었다.

"그런 짓을 시킬 바에야 내가 얌전히 하이랜드로……!"

그러니 아카데미 학생들에게 목숨을 건 총력전을 시킬 생각은 추호도 없을 터였다.

차라리 자신의 몸을 내주는 것이 낫다고 생각하는 모양이었다.

"하지만요, 리플 씨. 그게 가장 평화로운 방법이라고 장담할 수는 없지 않을까요."

"어……? 무슨 뜻이야?"

"레더스 씨는 별생각이 없는 눈치였지만, 세오도어 특사는 이번 일이 교주련 측의 제재라고 여기고 있어요. 저도 그렇게 생각하고요. 그렇다면 교주련 측에서 간단히 하이랄 메너스를 교체해 줄 리가 없겠죠. 제재하려던 상대가 도움을 호소한다고 과연 순순히 구해줄까요? 상당한 사례금을 마련해서 머리를 숙이고 들어간다면 또 모르지만요."

"사례금…… 뭘 준다는 건데? 크리스?"

"아마도 지상의 영토…… 정확히 말하면 마을과 그곳에 사는 사람들이겠지. 세이린 님이 있던 노바 마을을 떠올려 봐, 라니. 부유 마법진을 이용해서 마을째로 하이랜드에 진상하게 되지 않을까."

"……! 그, 그럴 수가……."

리플의 얼굴이 와락 구겨졌다.

"그, 그게 더 나쁘잖아! 세이린 님은 그렇게 하지 않을 거라고 말했지만, 하이랜더 중에 세이린 님 같은 사람이 많지도 않을 테고……!"

"라니가 말한 대로일 거야."

"……저도 잉그리스 양과 같은 의견이에요. 레더스 씨는 어영부영 넘어가셨지만, 윗선에서는 벌써 이야기를 다 끝내 놓았겠지요."

"설령 아니라 하더라도 교섭이 길어지면 근위기사단이 수인종 마석수로 인해 커다란 피해를 보겠죠. 여차하면 왕도에까지 피해가 나올 테고요."

"그건 그것대로 큰일이네요……. 하이랄 메나스의 지휘권은 기본적으로 성기사단을 움직이는 웨인 왕자님께 있어요. 자칫하면 왕자님께서 책임을 지게 될 우려마저……. 그렇게 되면 아카데미의 향방(向方)도 불투명해지겠죠……."

"진짜 최악의 가능성은 이번 사건이 계기가 돼서 내란으로 발전하는 게 아닐까요? 영지를 대가로 교섭했다는 사실을 웨인 왕자가 나중에 알게 된다면 가만히 있을지 의문이네요. 혹은 반발을 예상한 국왕파 쪽에서 선수를 쳐서 웨인 왕자의 배후를 공격할 가능성도 있어요. 근위기사단과 하이랄 메나스를 동원해서 말이죠. 베네픽 군과 협공을 해 온다면 제아무리 성기사단이라 하더라도 못 버티지 않을까요?"

베네픽 군의 특사는 세오도어 특사와 대립하는 교주련 측의 인물이다.

이 나라의 국왕파가 교주련 측과 가깝다면 서로 합심해서 웨인 왕자와 세오도어 특사를 공격할 가능성도 배제할 수는 없었다.

"바, 바보 같은 소리……! 아군의 뒤통수를 치다니, 아무리 형이라도 그런 짓은 하지 않아……! 우리 형은 절대로 나쁜 인간이 아니라고……!"

실바가 외쳤다.

"그렇다면 더 위험하네요. 근위기사단장을 갈아 치우려 들 테니까요. 국가적인 관점에서 보면 인간은 장기 말에 불과해요. 대신할 말은 얼마든지 있죠."

잉그리스가 냉정하게 말했다.

"……너는 항상 싸울 생각으로 들떠있으면서 이럴 때는 무서울 정도로 냉철하군. 어떻게 그렇게까지 담담할 수 있는 거지?"

"글쎄요? 인생 경험이라고나 할까요?"

잉그리스는 웃으며 대꾸했지만, 실바는 당황한 표정을 지어 보일 뿐이었다.

당연한 노릇이었다. 잉그리스가 전생에서 겪었던 경험을 실바가 이해할 수 있을 리 없었다.

"말도 안 되는 소리라고 일축하고 싶네요……. 일축하고 싶지만…… 국왕 폐하와 웨인 왕자의 관계가 온화하지 않은 것은 사실이에요. 최악의 경우로 머릿속에 넣어둘 필요가 있겠네요."

"맞아요, 교장 선생님. 이대로 아무것도 하지 않는다면 최악의 경우 내란이 벌어질 테죠. 반대로 저희의 개입 없이 모든 일이 원만하게 해결되려면…… 어디 보자. 일단은 국왕파 측의 교섭이 길어져야 할 테고, 큰 피해가 나오기 전에 웨인 왕자나 세오도어 특사가 베네픽 쪽의 문제를 해결하고 돌아와야겠죠. 이 과정에서 사태가 최악의 방향으로 진전되려는 조짐을 보인다면 조금 전의 방법으로 해결하는 게 좋지 않을까 싶네요."

"일이 어떻게 흘러가든 매우 신중하게 판단해서 손을 써야겠 군요."

"그렇네요. 후후후……."

물론 잉그리스로서는 마석수를 해치우는 방법 쪽을 원했고, 높은 확률로 그렇게 되리라 생각하고 있었다.

과연 얼마나 강한 마석수가 튀어나올지 가슴이 두근거렸다.

현재 개발 중인 신기술은 어느 정도 강한 상대가 아니면 사용할 수 없었다.

신기술을 받아줄 만한 상대가 등장해 주기를 바랄 따름이었다.

"어휴, 크리스! 무슨 생각을 하는지 다 아니까 히죽거리는 표정이라도 어떻게 좀 해 봐."

"앗, 그렇지. 조신하지 못했어."

잉그리스의 얼굴이 진지한 얼굴로 싹 바뀌었다.

"……뭐, 잉그리스는 평소 그대로네. 덕분에 언제나처럼 어떻게든 될 것 같기도 해."

레오네가 한숨을 푹 내쉬며 말했다.

"그러게요. 마지막에 와서 긴장감이 산산조각 나고 말았어요."

리제롯테도 마찬가지로 한숨을 내쉬었다.

"어, 어쨌든 실바 씨는 이런저런 이유를 붙여서 인수인계 기간을 최대한 연장해 주세요."

"확실히 그러는 게 좋겠군요. 알겠습니다."

"일단은 웨인 왕자님과 세오도어 님께 이번 일에 대해서 알려드릴 필요가 있으니 곧바로 전령을 보낼 준비를 해야겠군요. 그리고 조금 전에도 말씀드렸겠지만, 신중하게 상황을 지켜봐 주시기 바랄게요. 저도 인맥을 최대한 동원해서 교섭이 어떻게 진행되고 있는지 살펴볼게요. 그리고 리플 씨. 이야기는 들으셨을 테니, 자신을 희생시키겠다는 생각은 하지 말아요. 저희를 믿어 주세요."

"으, 응……. 정말로 미안해, 다들……."

리플이 고개를 숙인 채 자그마한 목소리로 대답했다.

"신경 쓰지 마세요. 오히려 좋은 기회를 주셔서 고맙게 여기고 있는걸요."

"크리스! 다들 진지하니까 함부로 농담 같은 거 던지지 마!"

"아호 딘디하게 하호 있허. (나도 진지하게 하고 있어.)"

"싸움에 관해서만 그렇겠지!"

"마하. (맞아.)"

"후후후. 못 말려……. 좋겠다, 잉그리스는. 좋은 의미로 배짱이 두둑하구나."

리플은 잉그리스와 라피니아의 모습을 보고 어렴풋이 미소 지었다.

근위기사단장 레더스가 기사 아카데미에 방문한 지 5일이 지 났다.

리플의 신병은 아직 기사 아카데미에서 맡고 있었다.

실바가 잘 움직여서 인수인계를 늦춰준 것이다.

실바가 기사단장 레더스의 남동생이라는 사실은 근위기사라면 모두가 아는 사실이었다.

따라서 실바가 다소 느긋하게 움직여도, 혹은 일부러 시간을 끄는 것처럼 보여도 표면적으로 문제시하는 자는 아무도 없었다.

게다가 하이랜드와의 교섭이 좀처럼 타결을 보지 못하고 있다 는 점도 여기에 크게 작용했다.

한편, 아카데미 측에서는 출진 중인 성기사단에게 라티와 프람 을 전령으로 보냈다.

라티가 선택받은 이유는 모든 학생을 통틀어 따라올 자가 없는 조종 실력 때문이었다. 플라이 기어의 속도를 한계 이상으로 끌 어낸다고 평가받을 정도였다.

프람은 자처해서 라티의 호위를 맡았다.

또한 플라이 기어에 문제가 발생했을 경우에 마나를 직접 공급 할 수 있는 동력원의 역할도 겸하고 있었다.

리플과 관련해서는 전령이 돌아오기를 기다리며 현상 유지를 해나가고 있었다.

하지만 이처럼 정신없는 와중에도 자연은 여전히 변덕스럽기 마련.

그날 밤, 왕도에는 프리즘 플로가 내렸다.

반짝이는 무지갯빛 빗방울이 밤하늘을 수놓았다.

그 환상적이고도 무서운 풍경 속에서, 레오네는 리제롯테와 함께 하늘을 날고 있었다.

"리제롯테, 서둘러! 저쪽의 마석수가 민가를 습격하려 하고 있어!"

거대한 까마귀처럼 생긴 마석수가 민가의 지붕을 들이받으려 하고 있었다.

"알았어요! 속도를 올릴게요!"

리제롯테가 단숨에 가속했다.

오늘 잉그리스와 라피니아는 실바를 대신해 3학년생들의 리플 호위를 돕고 있었다. 따라서 지금 이곳에는 두 사람뿐이었다.

주위에서는 정식 기사들이 삼삼오오 흩어져 마석수 소탕에 전념하고 있었다.

기사 아카데미는 기숙사제이기 때문에 기본적으로 통금 시간이 존재했다.

하지만 지금과 같은 사태가 발생하면 밖으로 나가 마석수 소탕을 돕는 것이 허락되어 있었다.

밀리에라 교장에게 특별 과외 학습 허가를 받은 학생에 한한 이야기지만.

단, 레오네는 평소에도 가끔 밤중에 기숙사를 빠져나와 밤거리를 순찰하곤 했다.

교칙 위반이라는 점은 인지하고 있지만, 아직 왕도에 레온이 잠복해 있을지도 모른다고 생각하니 도저히 가만히 있을 수가 없었다.

룸메이트인 리제롯테는 그런 레오네의 활동을 묵인해 주고 있었다. 또 때로는 같이 야간 순찰에 어울려 주기도 했다.

하지만 레오네보다 훨씬 더 교칙을 중시하는 성격이었던 리제롯테는, 교칙 위반을 벌인 다음 날이 되면 늘 들키지 않았나 하고 마음을 졸이고 있었다.

물론 오늘은 프리즘 플로가 내리고 있으므로 당당하게 나와도 나무랄 사람은 없었다.

"접근했어요!"

마석수가 가까워지자 리제롯테가 레오네에게 외쳤다.

"내릴게!"

리제롯테가 손을 놓자, 레오네는 공중에서 싸울 준비를 시작했다.

낙하하는 동안 검은색의 대검이 쑥쑥 거대해졌다.

"야아아아아아압!"

대검을 번쩍 치켜든 레오네는 낙하의 기세를 실어 마석수를 향해 내리쳤다.

하지만 레오네가 마석수를 도륙하기 직전, 빛나는 짐승처럼 생긴 무언가가 옆에서 튀어나와 마석수와 충돌했다.

콰아아아아앙!

그것으로 끝이 아니었다. 빛나는 짐승은 강렬한 섬광을 발하며 폭발했다!

"?!"

그 무시무시한 충격파에 레오네의 대검도 덩달아 밀려났다. 검을 붙잡고 있던 손아귀가 저릿저릿했다.

물론 여기에 말려든 마석수는 무사하지 못했다. 원래 모습을 찾아볼 수 없을 정도로 산산조각이 나고 말았다.

"뭣⋯⋯!"

하지만 레오네가 놀란 것은 그 위력 때문이 아니었다.

"이, 이건⋯⋯ 이건 레온 오라버니의 마인무구로 만들어 낸 뇌수야⋯⋯!"

몇 번이나 본 적이 있었다. 잊지 않았다. 절대로 잘못 봤을 리가 없다.

다시 말해서 이곳에, 바로 근처에 있다는 뜻이었다.

'마침내 꼬리를 잡았어⋯⋯!'

레오네는 눈빛을 바꾸며 주변을 이리저리 훑었다.

"레온 오라버니?! 어디야?! 가까이 있는 거지! 당장 나와!"

"레오네! 갑자기 왜 그래요?!"

근처에 착지한 리제롯테가 물었다.

"지금 그거 봤지?! 번개로 된 짐승! 레온 오라버니가 애용하고 있는 마인무구의 힘이야! 그러니 분명 근처에 있을 거야!"

"······!"

"아! 있다, 저기야!"

리제롯테의 뒤쪽으로 보이는 좁은 골목길의 모퉁이.

그곳에서 뇌수의 모습이 흘끔 보였다.

"놓치지 않겠어!"

레오네는 전속력으로 뇌수가 보인 방향을 향해 달려갔다.

"앗! 레오네! 혼자서는 위험해요!"

리제롯테도 레오네의 뒤를 쫓았다.

뇌수는 골목길의 모퉁이를 지나자 스르륵 자취를 감추었고, 다음 모퉁이에서 유인하듯 모습을 드러냈다. 그리고 다시 그쪽으로 다가가면 자취를 감추길 반복했다.

레오네와 리제롯테는 자신이 어디쯤 있는지 점점 알 수 없게 되고 말았다.

"레오네! 저희를 유인하고 있는 게 분명해요······!"

"그래, 알고 있어! 하지만 나는 가야만 해! 리제롯테는 이만 돌아가도 괜찮아."

"아뇨, 가겠어요! 여차하면 제 날개로 퇴각할 수 있을 테니까요!"

"고마워!"

그렇게 한동안 뇌수를 뒤쫓다 보니, 모퉁이가 끝나고 지하로 이어진 직선 통로가 등장했다.

뇌수는 그 안으로 내려가 모습을 감추었다.

"이 앞이구나······!"

"함정일지도 몰라요. 조심해요."

"알았어. 그럼 간다!"

레오네와 리제롯테는 서로에게 고개를 끄덕인 다음 지하로 이어지는 길을 달려 내려갔다.

지하는 창고를 연상시키는 커다란 공간이었다.

두 사람의 발소리만이 울려 퍼지는 정적 속을 나아가고 있자니······.

불현듯 앞쪽에 뇌수가 나타나며 주변을 환하게 비추었다.

그리고 모습을 드러낸 것은······.

"오랜만이야, 레오네."

명랑한 목소리로 말하고는 있지만, 어딘가 멋쩍은 표정을 짓고 있는 레온이었다.

"오라버니······! 거기다······."

레온 혼자가 아니었다.

혈철쇄 여단의 수령인 흑가면.

그리고 하이랄 메나스인 시스티아도 함께였다.

"레오네, 저 사람들이 누군지 알고 있나요?"

레오네는 뒤쪽에서 따라오는 리제롯테에게 날카로운 목소리로 경고했다.

"리제롯테! 조심해! 저들은 혈철쇄 여단의 수령과 하이랄 메나스야······!"

리제롯테에게 이들은 초면이었다. 성기사였던 레온이라면 봤을 수도 있지만 다른 두 사람은 볼 기회가 없었다.

이전에 문테 특사 암살 소동에서 혈철쇄 여단이 모습을 드러냈을 때도 엇갈리는 바람에 마주치지 못했다.

"……! 악당들의 대장 등장이군요……!"

흑가면은 리제롯테의 그 말에 반응을 보였다.

"우리는 악당 행세를 할 생각이 없다. 무엇이 정의고 무엇이 악인가는 입장에 따라서 바뀌는 법이지."

"장래에 이 나라의 기사가 될 저희가 보기에 당신은 명백한 악당이에요!"

리제롯테는 딱 잘라 대답한 뒤 애용하는 할버드 형태의 마인무구를 거머쥐었다.

"홋. 씩씩한 아가씨군."

"마음 쓰실 것 없습니다. 무지에서 오는 발언일 뿐입니다."

시스티아는 그렇게 말하며 흑가면을 보호하듯 앞으로 나섰다.

리제롯테는 그 모습을 지켜보며 생각했다.

이 흑가면의 정체는 대체 무엇일까?

예전에 레오네로부터 레온이 혈철쇄 여단의 수령일지도 모른다는 이야기를 들은 적이 있었는데, 아무래도 그렇지는 않은 모양이었다.

이렇게 두 사람이 한자리에 있으니 틀림없었다.

레온처럼 특급 마인을 지닌 성기사가 수령이라면 자신의 조직에 하이랄 메나스를 두고 있어도 이상하지는 않았을 것이다.

하지만 이 자는 성기사와 하이랄 메나스를 모두 거느리고 있었다. 대체 정체가 뭘까……?

애초에 어째서 얼굴을 가리고 있는 것일까?

지지자를 모으고, 사람들을 이끌어 나갈 생각이라면 당당하게 얼굴과 이름을 드러내는 쪽이 더 이득이다.

혹시 정체를 드러내면 안 될 이유라도 있는 것일까?

즉, 이것은 이면의 얼굴이고, 대외용 얼굴은 따로 있다고 생각할 수도 있지 않을까.

만약 그렇다면 평소에는 어떤 인물로 살아가고 있을까……?

"어이, 시스티아. 다짜고짜 습격하면 안 된다?"

"그 정도는 나도 알아!"

"글쎄다. 너는 내가 아는 하이랄 메나스 중에서 제일 다혈질이거든. 오늘 밤은 싸우러 온 게 아니니까 자제해 줘."

바로 그때, 레오네가 대검을 휘둘러 티격태격하는 두 사람의 대화를 중단시켰다.

"당신들의 사정 따위, 내가 알 바 아냐!"

거대해진 검은색의 대검이 레온의 머리 위로 내리꽂혔다.

까아아앙!

날카로운 소리와 함께 불꽃이 튀었다.

레온의 손목 보호대가 레오네의 대검을 받아낸 것이다.

"레오네……! 그만둬! 지금은 이런 짓이나 하고 있을 때가 아니야……!"

레온이 말렸지만 흥분한 레오네는 멈출 기미가 없었다.

"이런 짓이라고요……?! 나한테는……! 나한테는 무엇보다 중요한 일이에요!"

레오네는 대검을 원래의 크기로 되돌린 뒤, 멀리 떨어진 거리에서 찌르기를 구사했다.

전력으로 내지른 검의 속도에 마인무구가 늘어나는 속도가 더해지며 레온의 예상을 뛰어넘는 기술로 변모했다.

그 결과, 레오네의 혼신의 찌르기가 레온의 어깨를 살짝 스치고 지나갔다.

"……! 과연. 성장했구나……!"

"놓치지 않을 거야!"

대검을 가로로 휘둘러 공격을 이어가는 레오네. 그러나 아쉽게도 레온은 뒤로 점프해 회피해 버렸다.

심지어 레온은 분신이라도 남기듯 물러나기 전에 뇌수를 배치했고, 레오네의 대검은 그대로 뇌수를 후려치고 말았다. 결국 뇌수가 폭발하며 그 충격으로 대검이 크게 튕겨나 버렸다.

"큭……!"

"레오네! 부탁이니까 이야기를 좀 들어봐……!"

"입 다물어요! 나라도, 가족도, 고향도, 긍지도 전부 버리고 도망간 사람한테 들을 이야기 따위 없어요……!"

레오네는 자세를 바로잡은 뒤 다시금 레온에게 덤벼들었다.

"흥. 나보다 혈기가 좋은 녀석도 다 있군."

"어쩔 수 없지. 피를 나눈 남매간의 문제다. 우리가 끼어들 자리는 없어. 잠시 상황을 지켜보자고."

기가 막힌다는 듯이 말하는 시스티아와 가만히 지켜보는 흑가면.

"아르시아 가문의 아가씨도 손을 대지 말아줬으면 좋겠군. 가세하겠다면 우리도 동지 레온을 지키기 위해 움직일 수밖에 없어."

"……그러죠."

리제롯테가 짧게 대답했다.

레오네가 워낙 심각한 분위기다 보니 리제롯테로서도 솔직히 가세하기 난감한 상황이었다.

그건 그렇고, 이 흑가면은 리제롯테가 누구인지 아는 눈치였다.

확실히 리제롯테가 아르시아 전 재상의 딸이기는 하지만, 아직 기사 아카데미에 다니고 있는 1학년 학생에 불과했다.

이런 사소한 정보까지 얻을 수 있을 정도로 혈철쇄 여단의 협력자와 내통자가 곳곳에 뿌리박고 있는 것일까.

아르시아 가문을 섬기는 사람 중 한 명일지도 몰랐다. 혹은 기사 아카데미 내부의 인물일지도.

까아아앙!

다시금 불꽃이 튀고 충격음이 울려 퍼졌다.

이번에는 조금 전과 다르게 레온이 레오네의 대검을 양쪽의 손목 보호대로 붙잡아 멈추고 있었다. 두 사람의 거리도 상당히 근접했다.

"아버지도 어머니도 더는 안 계셔요……! 하지만 남겨진 아르멘 마을 사람들 때문에라도 저는 오라버니를 용서할 수 없어요!"

"그 아르멘 마을이 없어지면 죽도 밥도 안 되잖아……?! 지금은 그만큼 심각한 사태라고!"

"네……?!"

레오네가 눈썹을 찌푸린 순간, 흑가면이 입을 열었다.

"왕궁 측은 교주련과의 관계 개선을 위해 지상의 영토를 제공하기로 한 눈치다. 그리고 그 대상이 되는 마을은…… 아르멘과 시아로트다."

"“뭐라고요……?!”"

흑가면의 말에 레오네는 물론이고 리제롯테까지 충격을 받았다.

아르멘은 레오네의 고향이었으며, 시아로트는 리제롯테의 고향이었다.

"아르멘과 시아로트가……?!"

"어, 어째서?! 어째서 그렇게 되는 건데요?!"

동요하는 레오네와 리제롯테에게 흑가면은 나지막이 설명했다.

"딱히 이상한 일이 아니야. 아르멘은 얼어붙은 프리즈마를 감시한다는 역할을 마쳤고, 시아로트의 주인인 아르시아 재상은 자리에서 물러나 국왕파로부터도, 왕자파로부터도 거리를 두게 되었다. 바꿔 말하면 양쪽 모두에게 쓸모없는 인간이 되었다는 뜻이지. 하이랜드에 바쳐도 가장 문제가 적은 영토들인 셈이다."

"그게 문제가 아니잖아!"

"어째서 그렇게까지 할 필요가 있는 건가요?! 전혀 옳은 결정이라는 생각이 안 들어요!"

레오네와 리제롯테가 심각한 목소리로 항의했지만 흑가면은 대수롭지 않게 흘려넘겼다.

"나한테 물어봤자 소용없다. 우리도 그 결정을 인정하지 않기 때문에 이곳에 있는 것이니까."

"그렇다! 착각하지 마라! 분노를 쏟아낼 생각이라면 하이랜드에 백성들을 팔아넘기면서까지 비위를 맞추려 드는 네놈들의 어리석은 왕에게 해라!"

""으……?!""

시스티아의 비판은 지당했다. 레오네와 리제롯테는 반론할 수가 없었다.

"흥. 그런데도 이 나라는 국왕파니 왕자파니 쓸데없는 다툼이나 하고 있지. 팔자도 좋아. 눈이 멀어버려서 무엇이 가장 소중한지 보이지 않는 거야. 그리고 그런 안하무인한 태도가 무고한 백성들을 죽음으로 몰아넣지. 나는 이 남자를 좋아하지는 않지만, 미련한 왕족 놈들보다는 훨씬 현명하다고 생각한다."

시스티아가 레온을 쳐다보며 말했다.

"……관둬. 내 선택으로 아르멘 마을과 부모님, 그리고 여동생까지 불행해지고 말았어. 난 현명하지 않아. 주변 사람들의 기대에 부응해 주지 못한 멍청이야, 나란 놈은. 결국 나를 위해서 한 행동에 지나지 않아."

"시스티아. 이렇게 보여도 레온은 상냥한 남자다. 자신의 대의와 소중한 사람들의 행복이 모순을 일으켰을 때, 자신이 돌봐주지 못했던 자들을 걱정하며 마음 아파하지. 그러니 너무 파고들지 마라."

"옛. 알겠습니다."

"그리고 저 아이들도 장차 왕국의 기사가 될 후보생들이다. 마음속에 담아둘 수밖에 없는 말과 행동들도 있을 테지. 지상의 국가가 떠안은 내부 문제는 그 나라에서 해결하는 게 옳다. 우리가 참견할 일이 아니야."

"명심하겠습니다."

시스티아는 거만하고 고압적인 인물이었지만 흑가면에게는 절대복종인 듯했다.

"영문을 모르겠어⋯⋯! 어째서 우리들한테 그 사실을 가르쳐 주는 거야?!"

"레오네의 말이 맞아요. 뭘 노리는 거죠⋯⋯?!"

"다른 뜻은 없다. 정보 제공이다. 너희에게도 필요한 정보였을 테지? 하이랄 메나스의 교체가 행해지는 것은 나흘 후. 하이랜드 측의 배가 찾아오면 그곳에서 최종적인 조약 체결과 환대가 이뤄진다고 하더군. 그리고 바로 다음 날에 하이랄 메나스를 넘겨준다는 모양이다. 우리는 조약이 끝나기 전에 하이랜드의 배를 습격해 하이랜드 측의 사자를 습격할 예정이다. 우리의 적은 지상을 먹잇감으로 삼으려는 하이랜드뿐."

"⋯⋯!"

혈철쇄 여단의 하이랜더 습격 계획이었다.

설마 그 계획을 사전에 알려주다니.

"너희들도 너희 나름대로 계획과 생각이 있을 테지? 뭔가 행동을 일으킬 생각이라면 우리에게 맞춰서 움직이는 게 좋을 거다. 잘 이용해 보도록."

"그 말을 믿으라고?! 당신들은 적이잖아!"

"동감이에요!"

"믿든 말든 그건 너희들의 자유다. 이번 일을 아카데미의 책임자에게 전할지 말지까지 포함해서 말이지. 우리로서는 꼭 전달해서 계획을 방해하지 말아줬으면 하는 바람이다."

"".............""

레오네도, 리제롯테도 당장은 아무 말도 하지 않았다.

"전할 말은 전했다. 그럼 이만 실례하지."

그 말을 끝으로 흑가면은 발걸음을 돌렸고, 시스티아도 곧장 그의 뒤를 따랐다.

레온만이 잠시 자리에 남아 두 사람에게 말했다.

"너희도 알겠지만…… 여기서 우리를 막아서 봤자 소용없어. 아니, 설령 쓰러트린다고 하더라도 아르멘과 시아로트가 양도되는 것을 막을 인간이 없어질 뿐이야. 그러니…… 지금은 관두는 게 좋아. 그럼 또 보자."

"……오라버니! 그래도 저는…… 무슨 이유가 있더라도……!"

"그래. 레오네, 네게는 너만의 신념과 사명이 있을 테지…….

망설이지 말고 그걸 관철하면 돼. 널 말리는 사람은 아무도 없어. 그래도 굳이 한마디만 하자면……. 성장했구나. 나는 아무것도 해주지 못했지만…… 기뻤다. 앞으로도 힘내라."

레온은 희미하게 웃어 보이고는 흑가면을 따라갔다.

"오라버니……."

어린 시절, 레온은 늘 자신을 향해 저 사람 좋은 웃음을 지어주었다.

레오네는 자기도 모르게 그리움을 느끼고 말았다.

하지만 지금의 그녀에게는 허락되지 않은 감정이었다.

중요한 순간에 각오가 무뎌져 버릴지도 몰랐다.

"큭……!"

레오네는 머리를 마구 흔들러 그리움을 떨쳐냈다.

"레오네, 이번 일……. 어떻게 할까요?"

"……교장 선생님한테는 전달해 드리는 게 좋겠어. 돌아가서 말씀드리자."

"알았어요. 아르멘도 시아로트도 반드시 지켜내겠어요……!"

이후 레오네와 리제롯테는 아케데미로 돌아가 오늘 밤 일어났던 일을 밀리에라 교장에게 전달했다.

마침 그 자리에는 잉그리스도 함께 있었다. 혈철쇄 여단의 계획을 들은 잉그리스는…….

"호오……. 그럼 우리는 혈철쇄 여단도 붙잡고, 수인종 마석수도 전부 쓰러트려 버리면 되겠네? 후후후……. 마석수만 상대하는 것보다 훨씬 즐겁겠어."

아나나 다를까 눈을 반짝이며 기뻐했다.

늦은 밤. 기사 아카데미의 식당.

""오래 기다리셨습니다. 아가씨.""

잉그리스와 라피니아가 왕궁에서 쓰는 메이드복을 입고 테이블로 다가왔다. 그러고는 레오네와 리제롯테 앞에 들고 온 접시들을 늘어놓았다.

"초특대 매운맛 파스타 곱빼기입니다."

"초특대 치즈 등갈비구이입니다."

"초특대 화이트소스 파스타 곱빼기입니다."

"식후 디저트인 홀케이크 세트입니다."

쿠웅! 쿠웅! 쿠웅! 쿠웅!

테이블 위에 굉장한 존재감을 발하는 거대한 접시들이 놓였다.

"주, 주문한 적 없어, 이런 거!"

"저, 절대로 다 못 먹을걸요……?!"

비명을 내지르는 레오네와 리제롯테.

""응. 알고 있어.""

물론 농담 삼아 해 본 말이었다. 어디까지나 본인들이 먹기 위해 준비한 음식이었다.

""잘 먹겠습니다!""

눈앞의 음식들을 맹렬하게 먹어 치우기 시작하는 잉그리스와 라피니아.

"으음! 역시 맛과 양의 균형은 학교 식당이 제일인 것 같아! 우리 전용 메뉴까지 있고!"

"동감이야. 거기다 공짜니까."

"하지만 큰일이네. 이제 곧 교장 선생님과 약속한 무료 기간이 끝나버릴 텐데."

"괜찮아. 내일 작전이 잘 풀리면 기간을 연장해 주겠다고 교장 선생님이 약속해 주셨어."

"정말?! 잘했어, 크리스! 절대로 실패하지 않겠어!"

"응. 그러기 위해서라도 지금부터 배를 단단히 채워 놓아야지."

"지당한 말씀! 좋았어, 그럼 힘내서 먹어 보실까!"

"그러자. 라니."

우걱우걱우걱우걱!

대화를 나누는 동안에도 산처럼 쌓인 요리들이 엄청난 기세로 사라져 갔다.

""………….""

이제는 익숙해진 광경이었기 때문에 레오네와 리제롯테도 딱히 두 사람의 식사량과 먹는 속도에 토를 달지는 않았지만…….

메이드복 차림은 조금 신경이 쓰였다.

"그런데 그 차림은 대체 뭔가요?"

"내일을 위한 예행 연습이야?"

내일은 국왕파와 교주련 측의 조약이 정식으로 체결되는 날이었다.

내일 잉그리스와 라피니아가 작전 활동을 하기 위해서는 이 복장이 필요했다.

"응. 맞아."

"메이드처럼 행동할 수 있도록 연습이라도 할까 해서. 귀여운 옷이라서 크리스한테 한번 입혀보고 싶기도 했고. 내일이 되면 그럴 여유도 없으니까."

"어울려, 잉그리스. 엄청 예쁜걸."

"뭘 입어도 예쁘네요, 잉그리스는."

"후훗. 고마워."

잉그리스도 거울 앞에서 똑같은 생각을 했으므로 두 사람의 칭찬을 순순히 받아들이기로 했다.

"크리스, 그러지 말고 제자리에서 한 바퀴 돌아봐. 빙글 돈 다음에 메이드처럼 우아하게 웃는 거야."

"그래. 알았어."

잉그리스가 조용히 몸을 일으켰다.

그리고 제자리에서 몸을 한 바퀴 회전시키자 옷자락과 기다란 머리카락이 두둥실 떠올랐다. 그리고…….

"어서 오세요, 주인님."

고개를 살짝 숙이며 빙그레 미소 지었다.

"풉……."

"……후훗."

"아하핫……!"

그런데 어째선지 다른 일행들은 웃음을 참고 있는 것처럼 보였다.

"응?"

고개를 갸웃하고 있자니, 라피니아가 잉그리스의 뺨으로 손가락을 가져왔다.

"뺨에 밥풀 묻었어. 귀여운 덜렁이 메이드가 여기 있었네?"

"후후후. 못 말려……. 누구는 긴장해서 위가 아플 지경인데."

"아하핫. 두 사람은 평상시와 다를 게 없네요. 오히려 안심했어요."

웃음거리가 되고 말았지만, 덕분에 긴장이 누그러들었다면 잘된 일이다.

"뭐가 그렇게 즐겁냐, 너희들은……."

그때 근처를 지나가던 실바가 기가 막힌다는 눈으로 이쪽을 바라보았다.

"아, 실바 선배."

"안녕하세요. 어떤가요, 크리스의 메이드복 차림은? 귀엽죠?"

"……장난이나 치라고 그 옷을 준비한 게 아니야. 정말이지, 처음부터 그랬지만 너희들은 시종일관 긴장감이 없구나."

내일 왕궁으로 잠입할 수 있도록 임시 메이드 업무를 마련해 준 것은 다름 아닌 실바였다.

근위기사단은 왕궁과 끊으려야 끊을 수 없는 관계였다.

기사단장 레더스의 동생이면서 특급 마인까지 가지고 있는 실바는 왕궁에서도 은근히 영향력이 있는 편이었다.

"실바 선배는 살짝 긴장하신 모양이네요?"

실제로 식사가 담긴 접시를 든 실바의 손은 상당히 굳어 있었다.

"당연하지. 내일이 되면 여러 가지로 결착이 날 테니까. 일이 하나라도 틀어지면 리플 님은 자신을 책망하게 되겠지. 그렇게 만들고 싶지는 않아. 그러기 위해서는 특히 너희 두 사람의 활약이 중요하다. 내가 어떻게 개입할 수가 없으니까 말이야."

내일 잉그리스와 라피니아는 아카데미의 주력들과 따로 행동하게 될 예정이었다.

"정말로 잘 부탁한다. 리플 님을 위해서."

실바는 리플이 몹시 걱정되는 눈치였다.

그러고 보니 리플은 실바한테 아무런 문제가 없다고 여기는 눈치였거니와, 상성이 좋다고도 말했다.

그만큼 정중하고 신사적인 태도로 대하고 있었다는 뜻일까.

실바는 본인이 커다란 상처를 입었을 때도 리플을 걱정하고 있었다.

게다가 하이랄 메나스인 리플의 무기 타입은 총이었고, 실바가 평소에 사용하고 있는 무기 또한 총이었다. 뭔가 관계가 있는 것일까?

"실바 선배는 리플 씨를 좋아하시나요?"

역시 이럴 때 라피니아가 있으면 도움이 된다.

파고들기 힘든 부분, 즉, 신경은 쓰이지만 민감한 부분을 대놓고 물어봐 주었다.

"뭣……! 바보 같은 소리 마……! 그런 천박한 감정이 아니다!"

귀까지 새빨갛게 물들이며 당황하는 것으로 보아 정곡을 찌른 듯했다.

라피니아는 생글생글 웃고 있었다.

레오네와 리제롯테는 흐뭇한 표정으로 실바를 바라보고 있었다.

"흐음. 딱히 나쁜 것도 아니잖아? 안 그래, 크리스?"

"맞아. 나도 그렇게 생각해."

"당연히 나쁘지! 하이랄 메나스를 앞에 두고 그런 무례한 생각을 하겠냐……! 확실히 무척 존경하고는 있지만…….."

"무슨 일이라도 있었나요?"

"옛날에…… 아직 어린애였을 무렵에 마석수에게 습격당한 나를 구해주신 적이 있다. 하지만 리플 님께서 오시기 전에 나와 함께 있던 친구는 죽고 말았지……. 무인자였던 그 녀석은 나를 감싸다가 그만……. 내가 약해서 친구를 죽게 만든 셈이지."

실바가 눈을 내리깔며 나지막이 이야기했다.

돌이켜 생각해 보면, 실바는 마인이 없는 종기사인 잉그리스와 유아가 리플의 호위에 끼는 것을 반대했었다.

무인자를 싫어하는가 싶다가도, 같은 종기사인 라티는 몸을 던져 지켜주었다.

심지어 불평 한마디 하지 않았을 정도로 친절했다.

즉, 힘없는 무인자는 위협으로부터 최대한 멀리 떨어트려 놓고, 그런데도 위험한 상황이 닥친다면 무슨 일이 있어도 지키겠다고 생각하고 있는 듯했다.

잉그리스와 유아는 그런 배려가 필요 없는 예외였기에 첫 대면에서 괜한 말다툼이 발생하고 말았지만……. 그래도 수많은 평범한 무인자들한테는 의지가 되는 인물일 것이다.

"이런, 죄송해요. 괴로운 이야기를 하게 만들어서……."

라피니아가 미안하다는 얼굴로 말했다.

"아니, 됐어. 이걸로 너희들이 의욕을 내준다면야. 리플 님은 울고 있던 나를 끌어안으며 위로해 주셨다. 죽은 친구를 위해서라도 강해져서 몇십 배, 몇백 배에 달하는 사람들을 지켜주라고. 그 말씀이 있었기에 지금의 내가 있는 거다. 언젠가 리플 님과 함께 싸우게 날을 목표로 수련을 거듭해 왔거든."

"혹시 실바 선배가 마인무구로 총을 사용하시는 이유도 리플 씨 때문인가요? 리플 씨가 총 타입의 하이랄 메나스라서?"

"그래, 맞아. 그래야 리플 님과 함께 싸우기 쉬울 테니까."

잉그리스가 묻자 실바는 살짝 기쁜 듯한 목소리로 대답했다.

"역시 하이랄 메나스는 나라와 사람들을 지켜주는 여신님이구나."

"그러게요. 훌륭한 분이네요, 리플 님은."

레오네와 리제롯테도 감명을 받은 듯 끄덕여 보였다.

"하지만 리플 님한테 이 이야기는 하지 말아줘. 얼마 전에도 옛날 일을 설명하면서 감사를 드린 적이 있었지. 나를 기억해 주시고는 있었지만…… 어째서인지 괴로운 얼굴을 하시더군. 괜히 힘들게 해드리고 싶지는 않아."

"네, 알겠어요. 그런데 어째서 괴로워하신 걸까?"

"글쎄. 나도 모르겠어."

라피니아와 잉그리스는 고개를 갸웃하는 수밖에 없었다.

"억지로 캐물을 생각은 없어. 하이랜드로 돌아가지 않고 이 나라에 계속 있기만 한다면…… 언젠가 속마음을 말씀해 주실 날도올 테지."

"네. 그러기 위해서라도 내일은 열심히 해야겠네요! 안 그래, 크리스?"

"맞아, 라니. 이쪽 일은 저희한테 맡겨 주세요, 실바 선배. 그리고 그쪽 일은…… 최대한 천천히 처리해 주세요. 저희 일이 다끝나면 그쪽으로 가서 싸우고 싶거든요."

"……얼마나 싸워야 만족하는 거냐? 넌."

"흠, 글쎄요. 배가 고프지 않은 한?"

"…………."

잉그리스가 씨익 웃으며 대답하자 실바는 말문이 막히고 말았다.

그리하여 다음 날. 하이랜드와의 조약이 체결되는 날이 다가왔다.

"어이, 신입 아가씨들! 다음은 이쪽을 부탁할게!"

""네, 갈게요!""

메이드복 차림의 잉그리스와 라피니아는 씩씩하게 대답한 뒤, 요리를 옮기는 왜건에 거대한 그릇들을 잔뜩 쌓아 성의 주방을 나섰다.

주방에서 파티 회장인 대강당으로 요리를 옮기기만 하면 되는 간단한 일이었다.

두 사람은 일거리가 많은 오늘 하루만 고용된 몸이었기에 할 수 있는 일은 이 정도가 고작이었다.

하지만 이게 생각보다 무척 즐거웠다.

"우와아아~! 맛있어 보인다! 정말 맛있어 보여!"

"궁중 요리는 확실히 수준이 다른걸……!"

알록달록한 색깔, 세련된 향기, 그리고 풍미가 느껴지는 맛…….

일류 요리사가 최고급 재료를 가지고 심혈을 기울여 요리해 낸 결과물이다.

기사 아카데미의 식당 음식도 나쁘지는 않았지만, 아무래도 차이가 날 수밖에 없었다.

"앗, 라니. 그거 너무 먹었어. 산처럼 쌓여있던 새우가 없어지려 하잖아."

"크리스야말로 고기를 몇 조각이나 집어 먹는 거야."

정원과 맞닿아 있는 기다란 복도. 두 사람은 왜건을 끌고 가면서 남들 몰래 음식을 집어 먹는 데 매진하고 있었다.

원래는 결코 해선 안 될 짓이었다. 두 사람도 잘 알고 있었다.

하지만 하이랜드의 사자를 환영하기 위해 마련된 이번 파티는 혈철쇄 여단의 습격으로 엉망진창이 될 예정이었다.

그렇다면 조금이라도 많이 먹어두는 것이 요리를 위한 길이었다.

쿠구구…… 쿠구구구……

그때 멀리서 묵직한 진동음이 울려 퍼졌다.

머리 위. 아니, 훨씬 높은 곳. 하늘 저편에서 나는 소리였다.

저녁놀로 물든 구름을 찢어발기며 하이랜드의 공중전함이 모습을 드러냈다.

"우와아……. 정말 커다랗네. 세오도어 님의 배와 맞먹거나 그 이상일지도……!"

"그렇네. 책임자가 누구일까."

"……이왕이면 세오도어 님이나 세이린 님처럼 멀쩡한 사람이면 좋겠는데. 그 사람을 지키는 것도 임무에 포함되니까……."

잉그리스와 라피니아가 잠입한 것은 혈철쇄 여단의 습격으로부터 왕궁과 하이랜드의 사자를 지키기 위해서였다.

왕궁이나 근위기사단에는 일부러 습격 정보를 전달하지 않은 상태였다.

밀리에라 교장의 판단이었으며, 잉그리스의 희망 사항이기도 했다.

"아니면 라알이나 뮤테 같은 느낌의 사람이려나……. 그렇다면 지키는 보람이 없는데."

라피니아가 으으, 하고 앓는 소리를 냈다.

"그러고 보니 지금껏 국왕 폐하를 본 적이 없네."

"그러게. 혹시 국왕 폐하도 나쁜 사람일까? 웨인 왕자와 사이가 나쁘다고 했잖아? 왕자는 좋은 사람이었으니……."

"후훗. 그럴지도."

귀여운 발상이었다. 라피니아의 논리대로라면 좋은 사람끼리 사이가 틀어지는 일은 없어야 했다.

하지만 실제로는 좋은 사람끼리든, 나쁜 사람끼리든 입장과 사고방식에 따라서 얼마든지 불화가 생길 수 있기 마련이다.

결국 중요한 것은 상성이었다. 선악은 관계없다.

"뭐, 나는 어느 쪽이든 상관없어. 싸울 상대라면 얼마든지 있으니까."

레오네와 리제롯테가 흑가면과 시스티아, 레온을 목격했으니 그들이 직접 모습을 드러낼 터였다.

에테르의 사용자와 하이랄 메나스, 그리고 전 성기사.

이들을 한꺼번에 상대할 수 있는 장소가 바로 오늘, 이 파티장이었다. 실로 훌륭했다.

그리고 이들을 포박하는 데 성공하면 곧장 기사 아카데미로 돌아갈 예정이었다.

밀리에라 교장과 실바의 주도하에 실행되는 마석수 섬멸 작전

165

에 합류하기 위해서였다.

그곳에서도 리플이 불러낸 수많은 마석수들과 싸울 수 있을 터였다. 지금껏 마주친 적 없는 강력한 개체가 등장해 줄지도 몰랐다.

"우후후……. 기대된다. 오랜만에 마음껏 싸울 수 있겠어."

"크리스는 평소처럼 태평하구나. 솔직히 나는 좀 긴장했어."

"순수하게 싸움 자체를 즐기면 돼. 강한 적이 나타났다. 그러니 싸운다. 즐겁다. 이렇게 생각하면 딱히 복잡한 것도 없잖아?"

"그, 글쎄……. 달리 여러모로 생각해야 할 것들이 있다고 생각하는데……. 뭐, 크리스다운 사고방식이기는 하지만……."

이후로도 준비는 척척 진행되었고…….

파티의 참석자와 회장을 음악으로 물들이는 악사들, 그리고 경호를 담당하는 기사들이 대강당을 가득 메우고 있었다.

잉그리스와 라피니아도 음식을 나르기 위해 구석에서 대기 중이었다.

그때, 화려한 가운을 두른 초로의 남성이 느긋한 걸음걸이로 모습을 드러냈다.

큰 키에 다부진 골격을 지닌 대장부로, 머리에는 흰머리가 제법 섞여 있었다.

손에 들고 있는 멋들어진 왕홀만 봐도 그가 누구인지는 명백했다. 그 옆에는 근위기사단장 레더스도 대기하고 있었다.

"오오, 국왕 폐하께서 납셨군."

"칼리아스 폐하……!"

"국왕 폐하 만세!"

사람들의 환성이 칼리아스 국왕을 에워쌌다.

이렇게 보니 당당하고 위엄 있는 인물이었다. 인망도 있어 보였다.

그리고 무엇보다…….

"호오……. 국왕 폐하는 특급 마인을 갖고 있구나."

국왕의 오른손등에서 반짝이고 있는 것은 틀림없는 특급 마인이었다.

"와, 그러네. 강할 테니까 지키기도 쉽겠다."

"딱히 그렇지도 않을걸? 국왕 노릇을 하다 보면 훈련할 시간이 별로 없거든."

전생의 경험에 따르면 그랬다. 특히나 성실하게 일했다면 약하지 않을 수가 없었다. 장담할 수 있었다.

"응? 별일이네. 크리스가 싸워보고 싶어 하지 않다니."

"아니, 싸워보고 싶지 않다고 한 적은 없는데?"

"……싸우지 마. 만약 대화를 나눌 기회가 생겨도 이상한 소리 하면 안 된다?"

이윽고 칼리아스 국왕이 모여있는 사람들에게 말했다.

"오늘 밤 하이랜드의 사자를 초대하게 되어 실로 기쁘게 생각한다. 사자께서는 우리의 하이랄 메나스에게 나타난 이변에 대해 아시고는 새로운 하이랄 메나스를 보내 주시기로 약조하셨다. 오늘부로 우리나라의 미래는 더욱 번영할 것이다."

국왕이 왕홀을 높이 치켜들며 말을 맺자 여기저기서 박수 소리
가 들려왔다.

"아르멘과 시아로트에 대한 건 어떻게 된 거야……?! 아무런 언
급도 없는데……. 아, 영지를 넘기지 않아도 되는 건가?"

"그건 아닐걸. 원래 이럴 때는 성과만 말하고 불리한 건 말하지
않는 게 보통이거든."

"……뭔가 치사해."

불만을 표하는 라피니아의 순수한 모습이 또 귀여웠다. 잉그리
스는 흐뭇하게 미소 지었다.

"그럼 하이랜드의 사자를 모시기로 하지. 다들, 실례가 되지 않
게 환영해 드리도록."

국왕은 그렇게 선언한 뒤, 회장의 입구를 향해 머리를 숙였다.

모든 이들이 국왕을 따라 머리를 숙인 가운데, 이마에 성흔이
새겨진 하이랜더가 회장에 모습을 드러냈다.

가장 큰 특징은 눈동자였다. 좌우의 눈동자가 각각 빨간색과
파란색으로 색이 달랐다. 머리카락 색은 전체적으로 하얀데, 앞
머리 일부분만이 눈동자와 마찬가지로 빨간색과 파란색으로 물
들어 있었다.

휘황찬란하게 장식된 갑옷을 걸치고는 있었지만 키는 작은 편
이었다.

"꼬마……?"

그랬다. 모습을 드러낸 것은 10살 정도의 소년 하이랜더였다.

"와…… 귀여운 애네. 눈동자랑 머리카락 색도 예쁘다."

"그러게."

잉그리스가 고개를 끄덕이며 맞장구를 쳤다.

확실히 라피니아의 말대로 귀엽게 생긴 소년이기는 했다.

"소개하지. 하이랜드에서 오신 사자, 이벨 님이다. 젊은 나이에도 불구하고 하이랜드의 아크로드라는 지위에 오르신 분이다. 나도 이렇게 높은 자리에 계신 하이랜더를 만나 뵙는 것은 처음이다."

칼리아스 국왕이 참석자들에게 하이랜더 소년을 소개했다.

"오오……. 그렇게 높으신 분께서 방문해 주시다니."

"그러면 평소에 지상에 오시는 특사님보다……."

"지위가 높으시다는 건가……?"

참석자들의 술렁거림에 이벨은 흥, 하고 콧방귀를 뀌었다.

"지상에 보내는 특사 따위, 외교를 담당하는 일개 심부름꾼이다. 아크로드로서 교주 예하의 군대를 이끄는 나와 똑같이 취급하지 않았으면 좋겠는걸."

그러자 라피니아가 입술을 삐죽 내밀었다.

"……취소. 하나도 안 귀여워."

"그러게."

잉그리스는 다시 한번 고개를 끄덕였다.

"멋지군요!"

"뵙게 되어 영광입니다……!"

"평생의 기념으로 삼고 싶은 날입니다!"

하지만 참석자들은 오히려 환영하고 있는 눈치였다.

"……마음에 안 드네. 저런 식으로 말하는 꼬맹이한테 어른들이 아부나 하고."

"그러게."

잉그리스는 세 번째로 고개를 끄덕였다.

"크리스! 진지하게 듣고 있어……?!"

"어어……? 잘 듣고 있었는데? 왜 화를 내는 거야……?"

"듣기는 무슨! 죄다 흘려들었잖아!"

"아니래도……."

정말로 달리 할 말이 없었을 뿐이었다.

바로 그때, 아크로드 이벨이 웃음을 터트렸다. 물론 잉그리스와 라피니아가 티격태격하는 모습을 보았기 때문은 아니었다.

"크크크크큭…… 하하하하핫! 이거 걸작이군……! 실로 딱한 자들이구나. 불량품인 하이랄 메나스를 교환하는 조건으로 두 개의 마을을 진상하게 되었다는 사실을 모르지는 않을 테고 말이야. 동포의 생명과 재산을 팔아넘기는 셈 아닌가……? 어떻게 다들 그렇게 웃을 수 있는 거지? 어떻게 약탈자인 내게 꼬리를 흔들면서 비위를 맞출 수 있는 거지? 정말이지 흥미로운 사고방식이야."

이벨은 굉장히 즐거워 보이는 얼굴로 과장되게 어깨를 으쓱였다.

"……분하지만 틀린 말은 아니야."

"그러게."

여전히 같은 대답이었지만, 이번에는 혼나지 않았다.

"뭐, 자기들만 무사하다면 아무 상관 없다고 생각하고 있을 테지. 후후후……. 매정한 자들 같으니. 그리고 어리석은 자들 같으니. 조금만 멀리 내다보면 결코 남 일이 아닌데 말이야. 한마디로 우민(愚民)이다, 너희들은."

""""…………""""

이쯤 되면 회장의 분위기가 얼어붙는 것도 무리가 아니었다. 아무도 말을 꺼내지 않았다. 그런 가운데 이벨은 계속 이야기해 나갔다.

"하지만 상관없어. 우매하기는 하이랜드의 백성들도 마찬가지 니까. 자신들의 발밑에 너희들처럼 빼앗긴 자들이 있다는 사실도 모르는, 알려고도 하지 않는 자들이지. 자신들만의 작은 세상에 갇혀 바깥이 어떻게 돌아가는지 상상할 줄도 모르는 우민들뿐. 오십보백보나 다름없지. 뭐, 나야 우민들을 상대하는 편이 편해서 좋지만 말이야. 교주 예하를 위해 임무를 달성할 수만 있다면 그것으로 족하다. 고맙구나, 여전히 어리석어서."

이벨은 비아냥대듯이 정중하게 인사해 보였다.

"핫하하하하! 고마워하실 필요 없습니다, 이벨 님. 우리가 어리 석다는 그 말씀은 실로 지당하실 따름……! 왕인 저부터가 그러하 니 말이지요. 앞으로도 부디 가르침을 내려주시길 부탁드립니다."

칼리아스 국왕은 여봐란듯이 웃어젖히더니 과장된 동작으로

예를 표했다.

그러고는 주위에 모인 참석자들에게 눈짓을 보냈다.

"""부탁드립니다……!"""

다른 참석자들도 국왕을 따라 정중히 예를 표했다.

"……이런 모습은 보고 싶지 않아. 한심해."

"그래? 난 조금 재밌는데."

확실히 라피니아의 말대로 한심한 모습이었다.

하지만 국왕이 평범한 인물이었다면 분명히 이 대목에서 화를 냈으리라.

너무 열을 받은 나머지 말이 나오지 않았거나, 언성을 높이며 반론을 했을 것이다.

그러나 이 칼리아스 국왕이란 자의 태도는 범상치 않았다.

이런 식의 대응이 가능한 인물은 두 부류로 나누어 볼 수 있을 것이다. 인간의 마음을 지니지 않았거나, 강한 신념을 지니고 있거나.

어느 쪽이든 상당히 흥미로웠다.

"크크큭……. 왕이여, 어리석은 인간치고는 제법 재밌는 말을 하는구나……."

이벨이 한쪽 입가를 끌어 올리며 웃음을 지은 순간.

쨍그랑!

회장의 창문이 화려하게 깨져나가며 거대한 그림자가 안으로 뛰어 들어왔다.

그것은 날개가 달린 거대한 도마뱀이었다. 겉가죽에는 보석처럼 알록달록한 색깔의 광석이 박혀 있었다.

"""마석수?!"""

회장이 경악에 휩싸인 가운데, 계속해서 새까만 까마귀 형태의 마석수와 날벌레처럼 생긴 마석수도 모습을 드러냈다.

또 다른 입구에서는 개와 쥐처럼 생긴 마석수도 출현했다.

문제가 생긴 것은 이 회장뿐만이 아니었다. 멀리 떨어진 온갖 장소에서 비명과 노호가 들려오기 시작했다.

"……시작됐어! 혈철쇄 여단의 습격! 그럼 움직이자, 크리…… 어라? 크리스……?"

라피니아 옆에 있었던 잉그리스의 모습이 온데간데없었다.

동시에 회장의 기사들로부터 심각한 고함이 터져 나왔다.

"어, 어이! 위험해! 맨손으로 뭘 하겠다는 거야?!"

"무슨 짓이야, 물러나!"

"안 돼! 멈추래도……!"

그들의 목소리는 한 사람을 가리키고 있었다.

"""돌아와! 메이드 아가씨!"""

그랬다. 이미 잉그리스는 난입한 마석수들 한복판으로 돌진한 상태였다.

크아아아아!

날개 달린 도마뱀 형태의 마석수가 접근한 잉그리스를 목격하고는 입을 크게 벌렸다. 당장이라도 물어뜯을 태세였다.

"하아압!"

잉그리스는 가볍게 도약해 마석수의 이빨을 피했다.

높이는 일부러 마석수의 머리에 아슬아슬하게 닿을 정도로 조절했다. 그리고 공중에서 물 흐르듯 매끄러운 동작으로 앞구르기를 하며 발꿈치로 마석수의 정수리를 내리찍었다.

콰과아아앙!

두개골이 함몰될 정도의 위력으로 타격당한 마석수는 바닥에 납작하게 패대기쳐졌다.

""""헉……?!""""

가련한 생김새에서는 상상도 가지 않는 폭력적인 타격음과 짓이겨진 마석수.

기사들은 눈을 동그랗게 떴다. 하지만 바로 그때, 잉그리스의 모습이 시야에서 휙 사라졌다.

잉그리스가 내리찍은 발꿈치에 힘을 실어 높이 도약한 것이다.

천장 근처에서 날고 있던 날벌레형 마석수의 위를 잡기 위함이었다.

이어서 돌려차기로 날벌레 마석수를 바닥에 내리꽂은 잉그리스는, 그 반동을 이용해 방향을 전환했다.

그리고 곧장 까마귀 형태의 마석수에게 육박했다.

"오오오……?! 엄청나게 빠르군……!"

"게다가 아름다운 움직임이야!"

"정말로 메이드 맞아……?!"

기사들이 등 뒤에서 한마디씩 감상을 늘어놓는 가운데, 잉그리스는 까마귀형 마석수의 커다란 부리를 두 손으로 덥석 움켜쥐었다.

"잠시 협력해 주세요, 손님!"

그러고는 마석수를 통째로 휘두르기 시작했다.

마석수는 잉그리스의 힘에 전혀 저항하지 못하는 눈치였다.

잉그리스는 마석수를 휘두르며 개와 쥐처럼 생긴 마석수가 나타났던 입구에 착지했다.

"받아랏!"

까마귀형 마석수로 다른 마석수들을 쳐 날리는 잉그리스.

개와 쥐 형태의 마석수가 엄청난 속도로 기사들의 머리 위를 날아갔다.

"……?! 히, 힘도 무지막지한데……?!"

"마인무구도 없이 맨손으로……?!"

"아니, 잘 봐봐! 심지어 마인도 없어……!"

날아간 마석수가 조금 전에 격파당한 도마뱀과 날벌레형 마석수 위에 차곡차곡 쌓였다.

마지막으로 잉그리스가 들고 있던 까마귀형 마석수까지 던져놓음으로써 마석수의 산이 완성되었다.

"이 구역의 청소는 메이드인 제게 맡겨주시길."

잉그리스는 미소를 지으며 기사들에게 꾸벅 인사해 보였다.

"힘도, 속도도, 기술도 대단하긴 하지만……."

"그런 것보다도……."

"""아, 아름다워……!"""

완전히 시선을 빼앗겨 버린 기사들.

그러는 동안에 잉그리스는 라피니아를 불렀다.

"라니! 마무리를 부탁해!"

마석수에게 순수한 물리 공격은 통하지 않는다.

그렇기에 지상에 사는 사람들은 하이랜드에서 하사받은 마인 무구가 필요한 것이다.

잉그리스가 한 것은 일시적인 시간 벌기에 지나지 않았다.

내버려 둔다면 금세 회복해 활동을 재개할 터였다.

"알고 있어! 크리스!"

라피니아가 마인무구인 빛의 활의 시위를 당겼다.

피유우우우웅!

확산된 빛의 화살들이 산처럼 쌓인 마석수들 위에서 비처럼 쏟아져 내렸다.

그렇게 라피니아는 일격으로 모든 마석수들의 숨통을 끊는 데 성공했다.

"고마워. 라니."

"별말씀을."

서로를 바라보며 미소 짓는 잉그리스와 라피니아. 그런데 그때, 국왕을 옆에서 지키고 있던 레더스가 두 사람을 알아보았다.

"자네는…… 기사 아카데미의 잉그리스 군인가……?! 거기다

라파엘 님의 여동생까지……. 어째서 이런 곳에 있는 거지?"

"휴일이라서요. 오늘 하루 일하러 왔어요."

"저희는 먹는 게 취미거든요. 군자금으로 용돈을 벌려고요!"

물론 진실을 털어놓을 수는 없었다.

잉그리스와 라피니아는 우후후, 하고 애교 섞인 미소를 지으며 얼버무릴 뿐이었다.

다행히 의심을 받지는 않았다.

"흐음, 그런가. 어쨌든 협력해 줘서 고맙다. 어디서 그런 힘이 나오는지는 모르겠다만, 제법이더구나! 하하하!"

"감사합니다. 하지만 조심해 주세요. 이걸로 끝날 것 같지는 않거든요."

이 마석수들은 혈철쇄 여단의 프리즘 파우더로 만들어진 마석수일 것이다.

프리즘 플로가 내리지 않았으니 틀림없을 터였다.

왕성에 숨어든 혈철쇄 여단의 구성원이 왕성 곳곳에 프리즘 파우더를 뿌린 것이다.

또한, 흑가면은 칼리아스 국왕과 아크로드 이벨의 교섭을 한다는 정보까지 입수한 상태였다.

누구인지는 알 수 없지만, 왕성에 혈철쇄 여단의 협력자가 있는 것은 확실했다. 그것도 상당히 높은 자리에 앉은 인간일 터였다.

이런 마석수들은 서막에 지나지 않았다. 과연 어디서 어떤 수법을 사용할 것인가.

"음, 알고 있다! 근위기사단! 지금 바로 태세를 정비한다! 국왕 폐하와 사자님을 에워싸고, 입구를 봉쇄하라! 창문을 통한 침입에도 대비해라!"

"""알겠습니다!"""

레더스가 지시를 내리자 기사들이 일제히 움직임을 개시했다.

"흥. 짜증 나게 우르르 몰려들기는."

바로 그때였다. 냉소하는 이벨을 호위하고 있던 기사 중 하나가 하늘색으로 빛나는 마인무구 단검을 뽑아 들었다.

"천벌을 받아라……!"

단검을 든 기사가 이벨의 사각에서 몸을 던졌다!

이미 이 자리에 혈철쇄 여단의 협력자가 섞여 있던 모양이었다.

"헛?! 이런, 막아라……!"

칼리아스 국왕이 다급히 소리쳤다.

"알겠습니다."

잉그리스는 기사와 이벨 사이로 파고들어 한 손으로 단검을 붙잡았다.

"큭……! 이거 놔라! 지상을 먹잇감으로 삼는 하이랜더는 사라져야 해!"

"죄송하지만 제게도 지켜야 할 것이 있거든요."

밀리에라 교장이 약속했다.

이곳에서 칼리아스 국왕과 하이랜드의 사자를 지켜낸다면 식당의 무료 이용 기간을 늘려 주겠다고. 그것을 잃을 수는 없었다.

"이봐 너. 쓸데없는 참견이다. 내가 이런 피라미에게 당할 것 같으냐?"

"이거 실례했군요."

"뭐, 됐다. 그대로 붙잡고 있어라."

그렇게 말한 뒤, 이벨은 검지와 중지를 나란히 세웠다.

손가락의 끝부분이 정체불명의 어두운 빛으로 뒤덮여 있었다.

이윽고 이벨은 암살자의 중심에 대고 위에서 아래로 손가락을 스윽 내리그었다.

"어⋯⋯?! 으아아아아악⋯⋯?!"

그러자 암살자의 몸이 둘로 쪼개지며 피 분수를 뿜어냈다. 반토막 난 시체가 바닥으로 쓰러졌다.

"""아아앗⋯⋯?!"""

주위의 기사들이 소리를 내질렀다.

맨손으로 인간을 양단해 버리는 고위 하이랜더의 힘에서 오는 공포.

그리고 암살자의 처참한 죽음으로 인한 전율.

기사들의 목소리에는 이 두 가지의 감정이 전부 깃들어 있었다.

잉그리스는 바로 옆에 있었기 때문에 뿜어져 나온 피를 얼굴과 머리카락에 고스란히 뒤집어쓰고 말았다.

"크리스! 괜찮아?!"

달려온 라피니아가 손수건으로 얼굴을 닦아주었다.

"아, 응. 괜찮아."

그런 잉그리스의 모습을 보고 이벨은 차갑게 웃어 보였다.

"흥. 일부러 피를 뒤집어씌워 줬건만 꽤나 대담한 녀석이군. 다 큰 사내들은 벌벌 떨고 있는데 말이야."

"말씀 감사합니다."

잉그리스는 머리를 꾸벅 숙이며 흘려 넘겼다.

그보다는 방금 이벨이 보여주었던 힘이 신경 쓰였다. 무척이나 흥미로운 힘이었다.

마나의 흐름이 느껴졌으므로 마법의 일종인 듯했다.

하지만 한 번 본 것만으로는 구체적인 부분까진 알 수 없었다.

분명한 것은 평범한 마법이나 마인무구보다 훨씬 빠르고 강력한 마나의 흐름이 느껴졌다는 사실이다. 무척이나 능숙하고 세련된 기술이었다.

정체를 모른다는 것은 좋은 것이다. 싸울 보람이 있는 강자라는 뜻이니까.

잉그리스는 자기도 모르게 미소를 짓고 있었다.

"뭘 웃고 있지? 너는 화가 나면 웃음이 나오는 성격인가?"

"아니요. 메이드라면 웃음으로 손님을 대접하는 것이 당연하지 않겠어요?"

잉그리스 본인이 생각하기에도 훌륭하기 그지없는 변명이었다.

하지만 잉그리스는 그렇다 치고 라피니아는 제대로 화가 난 눈치였다.

"지금 일부러 그러신 건가요?! 악취미예요!"

"그래? 사람을 초대해 놓고 죽이려 드는 쪽이 훨씬 더 악취미 아닐까? 왕이여, 그대는 영토로 나를 낚아 제거하려 한 것인가?"

이벨은 라피니아의 말을 흘려넘기며 칼리아스 국왕을 바라보았다.

"무, 무슨 말씀을……! 이것은 저희의 의사가 아닙니다!"

"그, 그렇습니다! 최근 지상에서는 혈철쇄 여단이라는 족속들이 설치고 있습니다만, 방금 일어난 일도 놈들의 짓일 겁니다!"

"이자의 말이 맞습니다……! 그러한 집단이 등장하게 된 것은 왕으로서 면목이 없을 따름입니다만……."

칼리아스 국왕과 레더스가 열심히 변명을 늘어놓았다.

"흐음……. 믿어 줄 수는 있어. 하지만 그건 그것대로 문제 아닌가? 그대들은 귀중히 모셔야 할 하이랜드의 사자를 본인들의 무능함으로 위험에 처하게 했다. 이 죄를 어떻게 갚을 생각이지?"

"말씀만 하십시오. 이 칼리아스, 어떠한 벌도 달게 받을 각오가 되어 있습니다. 부디 용서를……."

칼리아스 국왕은 이벨 앞에 무릎을 꿇고 엎드렸다. 이마가 거의 바닥에 닿을 정도였다.

"""폐, 폐하……!"""

자신들의 국왕이 이렇게까지 한다는 사실에 기사들은 뭐라 형언하기 힘든 복잡한 표정을 지었다.

"…………."

라피니아도 입은 다물고 있었지만 서글픈 눈으로 그 모습을 바라보았다.

하지만 그런데도 이벨은 잔혹한 웃음을 지우지 않았다.

"부족해. 그 정도로는 모자라지, 왕이여. 사과해서 용서받을 수 있는 것은 서로가 대등한 관계일 때뿐이야. 하이랜드와 지상은 입장이 다르잖아? 자네는 무리를 이룬 가축들의 우두머리에 불과해. 가축은 어디까지나 가축이지. 그러니……."

이벨의 손가락이 칼리아스 국왕의 오른쪽 팔을 어루만지듯 스윽 움직였다.

손끝에는 조금 전과 마찬가지로 정체불명의 빛이 감돌고 있었다.

"……?! 크어어어어억……?!"

피 분수가 뿜어져 나오며 국왕의 팔이 바닥에 툭 떨어졌다.

"팔 한쪽. 사과의 증거로 받아 가겠어."

굉장히 즐거워 보이는 웃음. 기분 나쁜 웃음이었다.

"폐, 폐하아아앗!"

"이, 이 자식이이이!"

"아무리 하이랜드의 사자라 할지라도……!"

"해도 되는 짓과 안 되는 짓이 있다!"

국왕이 다치자 결국 인내심이 한계에 달한 것이리라. 기사들이 살기등등한 태도로 이벨을 에워쌌다.

"어이쿠? 역시 자네들은 나를 제거할 작정이었나?"

레더스도 화가 머리끝까지 났는지 검을 뽑아 들어 이벨에게 들이댔다.

"닥쳐라! 우리의 왕을 모욕하는 자는 누구도 용서치 않는다!"

"당장 멈추거라아앗! 다들 그 입 다물지 못하겠느냐! 더 이상 떠든다면 왕의 이름으로 사형에 처하겠다!"

칼리아스 국왕의 일갈이 대강당에 쩌렁쩌렁하게 울려 퍼졌다.

"""핫?! 부, 분부대로……!"""

국왕의 살벌한 한마디에 레더스와 기사들은 찬물을 뒤집어쓴 것처럼 조용해졌다.

"이, 이벨 님……. 관대한 조치, 감사드립니다."

칼리아스 국왕은 한쪽 팔을 잃고도 이벨에게 머리를 숙여 보였다.

"""폐, 폐하……!"""

스스로가 한심해진 것일까, 아니면 분한 것일까. 기사 중에는 그 모습을 바라보면서 눈물을 흘리는 자들도 있었다.

"크크큭……. 좋아. 조금 전의 실태는 용서하마. 이제부터라도 나를 잘 지키도록."

이벨은 만족한 듯이 고개를 끄덕였다.

그때 라피니아가 잉그리스에게만 들릴 만큼 작은 목소리로 속삭였다.

"이, 있잖아. 크리스……."

"응?"

"정말 이걸로 괜찮은 걸까……? 이게 옳은 거야? 너무해, 이런 건……."

"글쎄. 사람마다 다르지 않을까? 라니가 옳다고 생각하면 그게 옳은 거야."

개인적으로 잉그리스는 칼리아스 국왕의 행동으로부터 일종의 신념과도 같은 것을 느꼈다. 왕으로서의 위엄과 긍지를 자처해서 던져버린 위인이다. 오죽하면 부하 기사들이 분해서 눈물을 흘렸을까.

아무리 짓밟아도 하이랜드와의 공존을 관철하겠다는, 나라와 백성들을 연명시키겠다는 의지가 엿보였다.

이것으로 웨인 왕자와 관계가 틀어진 이유도 짐작이 갔다.

웨인 왕자는 지상의 힘을 키워 하이랜드와의 격차를 줄이려 하고 있었다. 두 사람의 신념이 부딪치는 것도 무리가 아니었다.

이 대립이 과연 어떠한 결과를 낳게 될 것인가.

……뭐, 그건 당사자들이 알아서 분발해 나가면 될 일이다.

잉그리스와는 상관없는 이야기였다. 이 시대에서 일어나는 일들은 이 시대의 사람들이 결정하면 된다.

"그보다, 라니. 서둘러 해야 할 일이 있잖아?"

"어……? 뭘 해야 하는데?"

"이거 말이야."

잉그리스는 바닥에 떨어져 있던 칼리아스 국왕의 팔에 손을 얹었다.

"서두르면 다시 붙을지도 몰라."

라피니아의 신형 마인무구가 지닌 치유 능력을 두고 한 말이었다.

"마, 맞아……! 알았어. 해 볼게!"

라피니아가 진지한 표정을 지으며 고개를 끄덕였다.

반면에 잉그리스는 태연한 태도로 바닥에서 칼리아스 국왕의 팔을 집어 들었다.

"실례합니다. 폐하, 잠시만 가만히 있어 주세요."

그렇게 말하며 상처의 단면에 팔을 들이대자 칼리아스 국왕이 얼굴을 찌푸렸다.

"으윽……?! 뭐, 뭘 하려는 겐가……?!"

"상처를 치료해 볼 생각입니다. 아플지도 모르지만 참아 주세요."

"뭐라고……?"

"가, 가능한 건가?! 잉그리스 군!"

칼리아스 국왕에 이어서 레더스가 잉그리스에게 물었다.

"네. 라니가 할 거지만요."

라피니아가 기프트를 발동시키자 손에 치유의 빛이 깃들었다.

"자! 시작할게요……!"

라피니아는 상처의 접합부에 손을 가져다 댔다. 긴장했는지 라피니아의 표정은 살짝 굳어 있었다.

너무나도 참혹한 상처였기 때문이리라.

잉그리스는 전생에서의 다양한 경험이 있었기에 잘린 팔의 단면 정도는 아무렇지도 않았다. 하지만 라피니아에게는 아직 그만한 경험이 없었다.

며칠 전에 치료해 주었던 실바도 중상이기는 했지만 팔이 절단

당했을 정도는 아니었다.

그런데도 기특한 것은 라피니아의 기프트에서 흔들림을 찾아볼 수 없다는 점이었다.

라피니아의 신형 마인무구에는 두 개의 기프트가 갖춰져 있고, 따라서 각 기프트에 대응되는 마나의 파장을 공급해 줄 필요가 있었다.

라피니아가 의식하지 않고 발동시킬 수 있는 기프트는 오랫동안 사용해 익숙해진 샤이닝 플로뿐이었다.

최근에 손에 넣은 치유의 기프트는 정신을 집중하지 않으면 발동시키는 것조차 어려웠다.

그리고 현재. 그 기프트가 상냥하고도 강력한, 흔들림 없는 빛을 발하고 있었다.

마치 라피니아의 강한 심지를 증명해 주는 듯한 광경이었다. 잉그리스는 뿌듯한 기분을 느꼈다.

칼리아스 국왕의 상처가 피부부터 시작해 서서히 재생되어 나갔다.

"오오……!"

"폐, 폐하의 상처가……!"

"낫고 있어!"

레더스를 비롯한 기사들이 안도의 감정을 드러냈다.

"허, 허나……."

하지만 정작 칼리아스 국왕은 초조한 눈으로 이벨을 쳐다보고 있었다.

국왕이 하고자 하는 말은 이해가 갔다. 그렇다고 부상자에게 무리를 시키는 것도 내키지 않았다.

잉그리스는 칼리아스 국왕을 대변해 주기로 했다.

"이벨 님. 이대로 치유를 계속해도 괜찮을까요?"

"글쎄……? 어떻게 할까? 뭐, 나야 아무래도 좋다만."

"감사합니다."

잉그리스가 그렇게 말하며 고개를 꾸벅 숙이려 하자, 이벨이 제지했다.

"기다려. 대신에 대가를 받겠다. 다른 인간의 팔을 말이지. 왕이 내 비위를 맞추기 위해 다른 누군가를 희생시킨다…… 재미있을 것 같군. 자, 국왕이여. 내 기분을 풀기 위해 팔을 잃는 것은 누구지? 얼른 말해봐라."

"크윽! 그, 그렇다면 저는 치료를 거절하겠습니다! 이대로……!"

"아까운 짓을 해서야 쓰나. 메이드 아가씨들이 기껏 고생해 주고 있잖아? 그 노력을 허사로 만들면 안 되지."

"우리를 얕보지 마시오……! 나라와 폐하를 위해서라면 팔 하나쯤!"

레더스가 앞으로 나서려던 그때였다. 잉그리스가 한발 앞서 그를 제지했다.

"잠시만요. 이벨 님과 대화를 나누고 있는 건 저예요."

떠받치고 있던 국왕의 팔을 레더스에게 맡긴 뒤, 잉그리스는 이벨의 앞으로 나섰다.

"대신에 제 팔로 하시죠. 자요, 잘라 가세요."

"네 팔을? 움직임은 제법 훌륭했다만, 그래봤자 넌 무인자다. 자를 가치도 없어."

"글쎄요. 과연 어떨까요?"

잉그리스는 고개를 갸웃하며 빙그레 미소를 지어 보였다.

그리고 동시에 에테르를 마나로 변환시켜 몸에 둘렀다.

하이랜더인 이벨이라면 이것만으로도 알 터였다.

하지만…… 그의 반응은 잉그리스의 예상을 벗어나 있었다.

"흥. 그 자신만만한 웃음은 뭐지? 한심하구나. 확실히 너는 마인 없이도 제법 강력한 마나를 다루는 모양이다만…… 그깟 저급한 힘을 가지고 뭘 어쩌겠다는 거냐."

에리스를 비롯한 하이랄 메나스는 다들 놀랐건만 이벨은 동요는커녕 비웃기까지 했다.

팔을 잘라낼 자신이 있다는 증거이리라.

이렇게 되면 잉그리스의 기대치도 쑥쑥 상승할 수밖에 없었다.

"오오, 그러시군요……! 그렇다면 더더욱 저로 부탁드릴게요!"

잉그리스의 반짝거리는 눈동자가 이벨의 심기를 건드린 모양이었다.

"뭐가 그렇게 즐거운 거지……! 좋다, 너의 팔을 잘라주마. 여자라고 봐줄 거라는 생각은 하지 않는 게 좋을걸? 나는 너처럼 주제도 모르고 설치는 여자를 싫어하거든……!"

"네! 그거 다행이네요!"

봐주지 않고 공격해 줄 테니까.

"크, 크리스……!"

리피니아가 걱정하는 목소리로 외쳤다.

"걱정 마, 라니. 라니는 폐하의 치료를 계속해 줘."

"으, 응……!"

잉그리스가 라피니아를 쳐다보며 미소 짓고 있는 사이, 이벨의 손끝이 빛으로 뒤덮였다.

"……후훗! 팔이 떨어져 나갔을 때 어떤 비명을 들려줄지 기대되는걸!"

잉그리스는 이벨의 손끝에 소용돌이치는 힘의 흐름에 주목했다.

"역시 평범한 마나의 움직임과는 다르군요……? 여러 종류의 파장이 섞여서 새로운 흐름을 만들어 내고 있다고 해야 하나?"

상당히 복잡한 제어를 통해서 만들어진 결과물로 보였다.

이것이 바로 이벨이 가진 자신감의 원천이자, 마나를 저급한 힘이라고 단정하는 이유일까.

"다 안다는 듯이 지껄이기는! 자아, 팔이 잘리는 고통으로 울부 짖도록 해라!"

이벨의 손끝이 잉그리스의 팔뚝을 스윽 문지르고 지나갔다.

암살자의 몸을 반토막 내고, 칼리아스 국왕의 팔을 잘라낸 무시무시한 공격이다.

그 공격을 허용한 결과…… 잉그리스가 입고 있는 메이드복의 소매가 아주 살짝 찢어졌다.

"뭐, 뭣이······?!"

눈을 부릅뜨며 경악하는 이벨.

"어, 어이······! 지금 분명히 했지?! 아까 전의 그거!"

"맞아, 확실해······! 그런데도 저 메이드 아가씨는······!"

"아, 아무렇지도 않은 건가?"

기사들이 술렁거렸다.

"오오······. 역시 굉장하군요······!"

하지만 잉그리스는 눈을 동그랗게 뜨며 놀라고 있었다.

이벨의 공격이 예상을 뛰어넘은 위력을 보여주었기 때문이다.

팔을 떨어트리겠다고 예고한 데다, 공격 자체도 느렸으니 방어
하기도 무척 쉬웠다.

이벨이 공격을 가하는 찰나의 순간, 잉그리스는 이벨의 움직임
에 맞춰 전신의 에테르를 활성화했다. 방어막을 친 것이다.

바꿔 말하면 미약한 에테르 셸을 발동시킨 셈이었다.

절반이 안 되는 힘으로 발동시켰기 때문에 빛나거나 하지 않고
방어력만을 높일 수 있었다.

수수한 기술이었지만 이렇게 단계적인 힘의 분배가 가능해진
것도 수련의 성과였다. 예전에는 상시 10할의 힘으로 발동시켜야
만 했다.

어쨌든 잉그리스는 자신의 몸은 물론이고, 메이드복에도 손상
을 입힐 생각이 없었다.

잉그리스는 이 메이드복이 꽤나 마음에 들었다. 말끔한 상태로 가지고 돌아가고 싶었다.

그런데 이벨이 잉그리스의 예상을 뒤엎고 옷을 찢은 것이다.

과연 고위 계급의 하이랜더. 실력은 확실했다. 칭찬할 만했다.

하지만 이벨은 이 결과가 영 마음에 들지 않는 눈치였다.

"우…… 웃기지 마아앗!"

이번에는 손끝이 아니라 손날 전체가 빛으로 휩싸였다.

이벨은 손날을 휘둘러 잉그리스의 팔을 강하게 후려쳤다.

조금 전보다도 위력이 강할 터. 그렇다면…….

"하앗!"

잉그리스는 짧은 숨을 토해내며 본격적으로 에테르 셸을 발동시켰다.

잉그리스의 몸이 에테르의 푸르스름한 빛으로 뒤덮였다.

이윽고 이벨의 손날이 잉그리스의 팔을 후려쳤지만, 이번에는 옷에 흠집을 내는 것조차 실패하고 말았다.

"우오오오오옷!"

계속해서 이벨의 양쪽 손날이 빛을 발했다.

과연. 두 부위를 동시에 발동시키는 것도 가능한 모양이었다. 숙련도도 훌륭했다.

이벨의 빛나는 두 손날이 잉그리스의 몸을 종횡무진 난도질했다.

하지만 에테르 셸로 뒤덮인 잉그리스는 멀쩡한 모습으로 모든 공격을 받아냈다.

그러자 표면적인 상황밖에 볼 수 없는 기사들은 맥이 빠진 눈치였다.

"뭐, 뭐지? 실은 별로 대단치도 않은 기술인가……?"

"아니, 그건 아닐걸……. 인간을 반 토막 내고 국왕 폐하의 팔까지 잘라냈잖아?"

"지속력이 극단적으로 짧은 공격이라서 위력이 다한 건가……?!"

크아아아아!

바로 그때, 대강당에 새로운 마석수가 등장했다. 사족 보행형 마석수였다.

마릿수는 열 마리 정도. 꽤 많았다.

"시끄럽다! 닥쳐라!"

이벨은 짜증이 났는지 그쪽으로 손날을 휙 그었다.

공간을 가르듯 날아간 빛이 마석수 무리를 일격에 양단해 버렸다.

이 공격 덕분에 기사들도 눈앞의 상황을 완전히 이해할 수 있었다.

"……!"

"기술에 문제가 있는 게 아니었어!"

"저 메이드가 엄청나게 강한 건가……!"

한편, 잉그리스도 이벨의 공격을 반복적으로 관찰하며 알게 된 것이 있었다.

"······알겠네요. 당신은 단순한 마나가 아니라, 마나와 비슷한 상위의 힘을 사용하고 있었군요. 과연. 재밌는 발상이에요."

신의 힘인 에테르를 다루는 디바인 나이트가 보기에 마나는 낭비가 많은 힘이었다.

이벨이 사용하고 있는 것은 마나와 닮았지만 보다 효율적인 힘이었다. 낭비를 줄인 세련된 마나. 상급 마나라고 표현할 수 있으리라.

질적으로 봤을 때 에테르와 마나의 중간 정도였다.

마법의 위력을 높이려면 더욱 많은 마나를 더욱 강하게 응축시키는 것이 기본이다.

하지만 이벨이 보여준 것은 마법의 원료인 마나 자체의 질을 높인다는 발상이었다.

잉그리스의 전생에서도 본 적이 없는 기술이었다.

이 기술이 계속 진화한다면 언젠가는 에테르를 따라잡게 될지도 모른다.

앞으로 얼마나 기나긴 세월이 걸리게 될지는 알 수 없지만.

그래도 잉그리스는 인간의 힘이 진화하고 있음을 실감했다. 실로 훌륭했다. 그리고 흥미로웠다.

"마나 리파인이다! 몸에 두른 마나를 서로 충돌시켜 힘의 순도와 효율을 높이는 방법이지!"

"그렇군요. 대단한 기술을 익히고 계시네요. 훌륭해요!"

"······하지만 네 힘은 도대체 뭐지! 힘이 존재하는 것은 분명한

데 무슨 힘인지 이해할 수가 없어……! 이 자식, 대체 뭐 하는 녀석이냐!"

이벨은 숨을 헐떡이며 맹렬한 공격을 가했지만, 전혀 효과가 없었다.

"평범한 메이드인데요?"

"웃기지 마라……! 나를 바보 취급하다니! 으아아앗!"

이벨의 온 힘을 담은 공격이 잉그리스의 가슴을 때렸다.

하지만 아니나 다를까, 에테르 셸에 막히고 말았다.

"끄으으윽……. 어째서 안 통하는 거야!"

"실례할게요. 아무리 어리다고 하지만 여성의 가슴을 그렇게 계속 만지면 못써요."

어쩌다 보니 이벨의 손이 잉그리스의 가슴 위에 멈춰있었다.

잉그리스는 빙그레 웃으면서 이벨의 손목을 붙잡아 비틀었다.

"끄악……?!"

이벨이 괴로워하며 얼굴을 찌푸렸다.

이벨에게도 잉그리스의 힘은 장난이 아니었다. 도저히 감당할 수가 없었다.

"아, 죄송해요."

잉그리스는 곧 손목을 놓아주었다.

지금은 이벨과 싸우는 도중이 아니기 때문이다.

어디까지나 팔을 자르는 벌을 받는 중이었다.

"자, 계속하시죠. 어서 제 팔을 잘라내 주세요."

"······!"

잉그리스의 상냥한 미소가 이벨에게는 오히려 무섭게 느껴졌다.

도대체 정체가 무엇일까. 겉모습은 한 떨기 꽃처럼 가냘픈 미녀건만 그 내용물은 범상치 않은 괴물이었다.

"잉그리스라고 했던가······? 메이드는 무슨! 헛소리 마라!"

아크로드의 힘으로도 어찌할 수 없는 괴물이 지상의 이런 하찮은 성에서 하녀로 일하고 있을 리가 없었다.

당연히 모종의 배경과 목적이 있을 터였다.

이벨의 머릿속에 떠오른 가설은 하이랜드의 삼대공파가 준비한 새로운 전력일지도 모른다는 것.

기술이라는 것은 나날이 진보하는 법이다.

이벨조차 모르는, 하이랄 메나스를 웃도는 존재가 만들어졌을 가능성도 있었다.

특히 대공파에 속한 인간들은 교의와 전통을 중시하는 교주 연합과 달리 기술 혁신에 적극적인 편이었다.

바꿔 말하면 평온과 안정보다 지적 호기심을 우선시하는 괴짜들이었다.

플라이 기어와 같은 병기들을 간단히 하사해 버리는 이유도 여기에서 기인했다. 자신들이 하사한 병기를 웃도는 성능의 병기를 만들어 내면 입지가 흔들릴 일은 없을 것이라고 철석같이 믿는 것이다.

물론 이벨도 지상이 인간이 하이랜드의 위협이 될 것이라고는 전혀 생각하지 않았다. 말 그대로 하늘이 뒤집혀도 불가능한 일이다.

 하지만 이벨이 섬기는 교주는 그것을 우려하고 있었다. 이벨에게 교주의 명령은 절대적이었다.

 게다가 지상의 쓰레기들에게 위협을 당할 일은 없더라도, 같은 하이랜더인 대공파는 위협이 될 수 있었다.

 특히 지금 이 나라에 내려와 있는 특사 세오도어는 대공파에서도 이름난 젊은 기술자였다.

 이 잉그리스라는 인물이 세오도어가 준비한 함정일 가능성도 부정할 수는 없었다.

 이쪽의 계획을 역으로 이용해 숨겨두었던 신병기의 성능을 시험해 볼 속셈일지도 몰랐다.

 만약 그렇다면……. 이곳에 온 것이 자신이라서 다행이라고 이벨은 생각했다.

 오늘 이 자리에서 잉그리스의 능력을 최대한 까발려 내야 했다.

 그렇지 않으면 훗날 교주 연합에게 있어 커다란 걸림돌이 되리라.

 겉모습만큼은 매우 아름다운 이 여자는 그만한 위험성을 내포하고 있었다.

 "말해라! 대체 뭘 꾸미고 있지?!"

 "실은…… 밥값을 벌기 위해서 아르바이트를 하고 있었어요.

평소에는 기사 아카데미의 종기사학과에 재학 중입니다."

잉그리스는 얼마 전에 라피니아가 했던 설명을 그대로 되풀이
했다.

"흥. 제대로 대답할 생각이 없는 모양이군."

"그렇지 않아요. 지금 설명해 드린 대로예요."

"뭐, 아무래도 좋아. 입으로는 무슨 말이든 가능하지. 그보다
조금 전의 그 힘이다! 자, 내게 보여봐라!"

이벨이 공격을 유도하듯 손짓을 했다.

"곤란하네요. 저는 어디까지나 벌을 받고 있을 뿐인걸요."

공격해도 괜찮다면 차라리 대련하고 싶었지만 그럴 수도 없었다.

칼리아스 국왕은 이벨에게 공격을 가하는 행위를 절대로 인정
하지 않을 것이다.

조금 전에는 손을 대면 사형에 처하겠다는 말까지 했을 정도다.

아무리 잉그리스라도 그 말을 어기기는 난감했다.

"그딴 건 이제 아무래도 좋아! 아니, 나를 쓰러트린다면 불문에
부쳐주마! 그러니 공격해 봐라!"

"라고 하이랜드의 사자께서 말씀하시는데, 어떻게 할까요……?"

잉그리스는 칼리아스 국왕을 돌아보며 슬쩍 물었다.

싸우라고 한다면 싸우고 싶기는 했지만…….

"관둬라……! 하이랜더의 사자께 손을 댔다가는 반드시 화근이
남는다……! 최대한 원만하게 넘어가다오!"

칼리아스 국왕은 잉그리스가 예상했던 대답을 돌려주었다.

"아쉽지만 그렇게 됐네요. 죄송합니다."

머리를 꾸벅 숙여 보이는 잉그리스.

태연한 표정을 가장하고는 있었지만 정말로 아쉬웠다.

인생이란 원래 마음대로 풀리지 않는 법. 슬퍼서 눈물이 흐를 것만 같았다.

"하! 어리석은 개가 따로 없구나, 국왕이여! 저자세로 나온다고 뭐가 달라진다 생각했다면 오산이다! 잘 들어라. 내가 일부러 이곳까지 행차한 것은 너희들과 교섭을 하기 위해서가 아니야! 그럴 생각이었다면 심부름꾼을 보내는 것으로도 충분했겠지! 하이랄 메나스를 교환해 줄 생각은 없다! 교주 연합은 네놈들과 관계가 개선되길 바라지도 않아! 교주님께서는 몹시 화가 나셨거든. 머지않아 이 나라는 지도에서 지워질 테지⋯⋯!"

"뭣이⋯⋯?! 그렇다면 당신은 어째서 이곳에 오신 겁니까⋯⋯?"

칼리아스 국왕이 눈을 휘둥그레 떴다. 상당히 충격을 받은 눈치였다.

무리도 아니다. 그토록 참고 참아가며 교주련과의 교섭을 완수하려 했건만, 애초부터 교섭할 생각 따위는 없었다고 선언해 버린 것이다.

"혈철쇄 여단인가 하는 반 하이랜더 조직의 움직임이 영 거슬린다는 이야기가 있었거든. 영토를 팔아넘기겠다는 소문을 들으면 놈들이 방해하러 올 것이라 예상하고 함정을 팠지! 주제도 모르고 기어 나오면 싹을 뽑아줄 요량으로 말이야! 그래서 아크로드인 이 몸이 여기에 있는 것이다! 네놈들의 나라가 어찌 되든 처음부터 안중에도 없었다 이 말이야! 하하하하핫!"

이벨의 비웃음은 기사들의 역린을 건들기에 충분했다.

"뭐, 뭐라고……?!"

"우리를 속이고 이용했다는 건가?!"

"그렇다면 폐하는 뭘 위해서 그런 굴욕을……!"

이벨은 계속해서 분노하는 기사들을 도발했다.

"당연히 무의미한 짓이었지! 가치가 있을 성싶으냐! 땅 위를 기어 다니는 무능한 네놈들에게!"

""""이 망할 자시이익!""""

기사들의 분노에 찬 고함이 들려오는 가운데, 잉그리스는 환하게 웃고 있었다.

"훌륭해요……! 다시 말해서 당신은 국왕 폐하를 속인 것으로도 모자라, 팔까지 잘라낸 흉악범이라는 거죠? 그렇죠? 틀림없는 거죠?"

그렇다면 허락을 받을 수 있다. 싸울 수 있다. 즐길 수 있다!

무엇을 노리고 저 사실을 폭로했는지는 알 수 없지만, 잉그리스는 아무래도 좋았다.

"그래, 아주 올바른 인식이다! 그렇게 생각하면 돼!"

"들으셨죠, 국왕 폐하. 어떻게 할까요? 죄인을 때려눕히라고 명령하신다면 그렇게 하겠습니다."

잉그리스가 미소를 지으며 칼리아스 국왕에게 물었다.

그러자 옆에 있던 라피니아도, 레더스도, 다른 기사들도 고개를 힘차게 끄덕여 보였다.

"……죽이는 것은 안 된다. 붙잡아 데려오거라!"

"네. 분부대로 하겠습니다."

잉그리스는 머리를 깊숙이 숙이며 국왕의 명령을 받들었다.

드디어 허락이 떨어졌다고 잉그리스는 내심 만세를 외쳤다. 하지만 바로 그 순간.

쿠구구…… 쿠구구구……!

머리 위에서 공중전함의 진동음이 울려 퍼졌다.

왕성 위에 정박해 있던 공중전함과는 다른 기체였다.

콰콰콰콰콰콰콰콰아아앙!

이윽고 하늘에서 연속된 폭발음이 들려왔다. 아니, 포격음이었다.

그 직후, 왕성 곳곳이 지진이라도 난 것처럼 흔들렸다.

하늘에서 나타난 공중전함이 주위에 포격을 가한 것이다.

회장에 있던 커다란 창문이 깨지며 하늘에 떠 있는 공중전함의 모습이 엿보였다.

"저건 혈철쇄 여단의 전함……!"

마침내 흑가면의 세력이 본격적으로 등장한 것인가.

슬슬 상황이 급박하게 돌아가기 시작했다.

"흥. 노렸던 대로 쥐새끼가 걸려들었구나."

이벨도 바깥을 흘끔 쳐다보고 사태를 파악한 듯했다.

포격을 흩뿌리며 출현한 혈철쇄 여단의 전함에서는 이미 다수의 플라이 기어가 쏟아져 나오고 있었다.

세오도어 특사의 공중전함과 연계를 펼쳤던 성기사단과 비교해도 손색없는 규모의 군대였다.

일국의 기사단에 버금가는 수준의 병력을 갖춘 셈이다. 단순한 게릴라 조직의 영역을 한참 넘어서 있었다.

게다가 움직임도 상당히 신속했다. 혈철쇄 여단의 구성원들이 공중전함의 운용에 익숙해져 있음을 엿볼 수 있었다.

이벨이 타고 왔던 공중전함과 주변을 지키던 근위기사단에서도 반격을 위해 플라이 기어를 띄워 보냈다. 평화롭던 하늘이 삽시간에 수많은 플라이 기어로 부산스러워졌다.

"저기…… 설마 혈철쇄 여단이 나타났다고 대련을 중단하거나 하지는 않으시겠죠……?"

"안 해! 저놈들은 쥐새끼에 불과하지만 네 정체는 여전히 불명이니까! 하지만 처리할 놈들이 많으니 짧게 끝내마. 전력으로 와라!"

"고맙습니다! 그러면 주문하신 대로 전력을 다해서……."

잉그리스가 다시금 에테르 셸을 발동시켰다.

그리고 언제든지 돌진할 수 있도록 자세를 낮추었다.

잉그리스의 눈은 이벨을 똑바로 주시하고 있었다.

정면으로 가겠어.

일직선으로 돌진하는 정직한 공격. 그것으로 충분하다.

아무런 기교도, 속임수도 없다. 대신에 전력을 다해서.

이벨은 그것을 어떻게 받아내 줄 것인가. 기대해 보기로 했다.

"갑니다!"

콰아아앙!

잉그리스가 자리를 박찬 순간, 돌바닥이 폭발이라도 한 것처럼 파괴되며 파편이 흩날렸다.

이벨의 눈에는 그 파편들이 똑똑히 보였다. 확실하게 보였다.

잉그리스의 모습을 놓치는 바람에 그것밖에 보이지 않았으니까.

"……! 사라졌다?! 아니, 그게 아냐……!"

피부로 느껴지는 풍압. 시야야 흘끔 비친 그림자.

그리고 전사로서의 감이 전하는 본능적인 위기감.

이벨이 몸을 뒤로 젖힌 바로 다음 순간, 잉그리스의 발차기가 콧잔등 앞을 스치고 지나갔다.

"오오! 이걸 피하다니 대단한데요……!"

싸울 보람이 있는 상대임이 확실해지자 잉그리스는 눈을 반짝였다.

잉그리스가 에테르 셸을 발동시켜 전력으로 공격하면 저 하이랄 메나스인 시스티아조차 꼼짝도 못 하고 당해야 했다.

하지만 이벨은 그 공격을 회피해 보인 것이다.

게다가 잉그리스도 그날의 잉그리스가 아니었다. 기사 아카데미에 들어가 훈련에 훈련을 거듭하여 성장해 있었다.

그런데도 피한 것이다. 과연 하이랜드의 고위 전사였다.

"크윽?! 대체 무슨……!"

이벨은 어찌어찌 공격을 피했지만, 거의 감에 의존한 결과였다.

즉, 공격을 피한 것은 우연에 불과했다.

머릿속으로 공격할 궁리를 하고 있었지만, 시도조차 하지 못했다.

잉그리스의 속도에 간신히 반응해 공격을 피한 것이 고작이었다.

미소가 아름답다느니, 호쾌하게 내지른 다리가 요염하다느니. 다 쓸데없는 소리였다.

역시 눈앞의 여자는 바닥이 보이지 않는 괴물이자 위협이었다.

"그렇다면……!"

이벨이 바닥을 강하게 차며 뒤로 멀리 도약했다.

그리고 도약과 동시에 의식을 집중시켜 마법을 발동했다.

손끝과 손날에 깃들었던 것과 똑같은 종류의 빛이 둥그런 벽이 되어 이벨을 에워쌌다.

공중으로 뛰어오른 상태에서는 자세를 제어하기가 어렵다.

따라서 잉그리스로서는 절호의 공격 기회였을 것이다.

하지만 상관없었다. 그 점은 처음부터 염두에 두고 있었다. 그래서 전신을 빛의 벽으로 감싼 것이다.

이벨이 특기로 삼는 마법은 눈앞의 존재를 지워버리는 '소멸' 마법이었다.

평범한 마나로는 구현할 수 없는, 마나 리파인이 가능케 해준 마법적 현상이었다.

이 마법을 손끝에 적용하면 슬쩍 어루만지는 것만으로도 인간의 육체 따위는 간단히 잘라낼 수가 있었다.

정확히 말하면 어루만진 부위가 소멸하여 절단된 것처럼 보이는 것이지만.

마찬가지로 이벨을 둘러싼 빛의 벽도 모든 속성의 공격을 소멸시키는 효과를 지니고 있었다.

무턱대고 검으로 베려고 하면 칼날이 소멸하고, 주먹으로 때리려 하면 주먹 자체가 사라져 버릴 것이다.

물론, 상대가 이벨의 예상을 웃돌지 않는다는 전제가 있을 때의 이야기였다.

그리고 잉그리스는 이벨의 상식을 뛰어넘는 존재였다.

이벨은 잉그리스의 몸을 둘러싸고 있는 푸르스름한 빛이 무엇인지조차 이해할 수가 없었다.

심지어는 아무런 기운도 느껴지지 않았다.

사실, 이런 미지의 존재를 상대할 때는 최대한의 힘으로 부딪쳐야 했다.

그래서 처음에는 손바닥에 힘을 집중시켜 잉그리스의 공격을 받아낼 심산이었다. 그대로 팔이나 다리를 소멸시킬 수 있을 테니까.

하지만 공격을 받아내고 싶어도 너무 빨라서 대응할 수가 없었다.

벽처럼 넓은 형태의 마법을 사용하면 힘이 분산되고 말지만,

달리 방법이 없었다.

전신을 방어벽으로 뒤덮는 것이 지금으로서는 최선이었다.

자, 와라! 이벨은 마음속으로 외쳤다.

"…………."

하지만 잉그리스는 움직이지 않았다.

빈틈투성이인 이벨의 모습을 지그시 바라보기만 할 뿐, 절호의 공격 기회를 흘려보내는 것이었다.

"……무슨 속셈이지! 깔보는 거냐? 빈틈투성이인 날 보고도 가만히 있다니!"

"아무래도 그 마법…… 닿은 물질을 소멸시켜 버리는 효과 같네요. 만약 직접 공격했다가는 그대로 주먹이 증발할 것 같은……."

"…………?!"

이벨은 전율했다.

그걸 어떻게 안 거지?!

물론 잉그리스에게 설명한 적은 없다.

슬쩍 본 것만으로 마법의 구조를 간파한 것일까?

아니면 이쪽의 마음이나 생각을 읽는 능력을 익히고 있는 것일까……?!

"흥. 그래서 지레 겁을 먹고 공격하길 망설인 거냐?! 의외로 겁쟁이구나!"

"설마요. 그런 게 아니에요."

잉그리스는 조용히 고개를 가로저었다.

"얼핏 보니 전신을 뒤덮기 위해서 힘을 확산시키신 것 같더군요. 한 점에 집중한다면 효과가 더욱 상승할 테죠."

"……그게 어쨌다는 거지!"

이벨은 내심 전율하며 대답했다.

잉그리스의 지적은 하나같이 옳았다.

슬쩍 보여준 것만으로도 전부 간파당하고 말았다.

"불완전한 힘밖에 발휘하지 못하고 있는 적을 공격할 생각은 없거든요. 그러니 한 곳에 힘을 집중시켜 주세요. 저는 그곳을 공격할게요."

"하하하핫! 누가 속을 줄 알고! 순순히 따르면 다른 부위를 공격할 작정이잖아!"

"그럴 생각이 있었다면 아까 공격을 가했겠죠."

"…………"

"못 믿으시겠나요? 조금 전의 말을 그대로 돌려드릴게요. 하이랜드의 아크로드나 되시는 분이 의외로 겁쟁이시군요?"

"……흥! 좋아. 어울려 주지!"

잉그리스의 성격을 파악할 기회이기도 했다.

이런 상황에서 남을 속이는 성격인가, 아닌가.

그것도 하나의 중요한 정보라 할 수 있으리라.

"우오오오오옷!"

이벨은 두 발을 강하게 디디고, 양손을 겹친 채 내밀어 자세를 잡았다.

그러자 이벨의 손바닥 앞에 손거울만 한 크기의 벽이 생성되었다.

작지만 눈부시게 빛나는 농밀한 힘의 결정체.

"아주 좋아요⋯⋯! 승화시킨 마나가 한곳에 집중돼서 굉장한 힘이 느껴지네요!"

"자, 와라! 네가 비겁한 인간이 아니길 기원하지!"

"걱정 마세요! 갑니다!"

다음 순간, 잉그리스가 바닥을 박차면서 조금 전처럼 폭음이 울려 퍼졌다.

동시에 이벨의 시야에서 잉그리스의 모습이 사라졌다.

"하아아아앗!"

다시금 이벨을 향해 전속력으로 돌진하는 잉그리스.

돌진하는 와중에 몸을 한껏 비틀어 빛나는 벽에 발차기를 때려 넣었다.

확실히 이벨이 마법으로 만들어 낸 벽은 닿은 것들을 소멸시키는 무시무시한 벽이었다.

하지만 에테르를 두른 타격으로 마법이 이루고 있는 형태 자체를 파괴한다면?!

우우우우우웅!

이벨의 방벽이 크게 일그러졌다. 그리고 휘어졌으며, 끝내는 튕겨나 버렸다.

"아니, 잠깐⋯⋯!"

이벨의 얼굴이 경악으로 물들었다.

잉그리스의 발차기는 방벽과 함께 이벨의 팔을 튕겨냈지만, 여기서 끝이 아니었다.

콰아아아아앙!

그대로 거침없이 나아간 잉그리스의 다리가 이벨의 몸통을 파고들었다. 그리고 이벨은 대포알과도 같은 기세로 날아가 버렸다.

"우와아아아아아아아아악……?!"

대강당의 벽과 충돌한 이벨은 커다란 구멍을 남긴 채 지평선 너머로 사라지고 말았다.

도대체 어디에 떨어진 것일까. 워낙 멀리 날아가서 찾을 수가 없었다.

"……망했다. 붙잡으라고 하셨는데 행방불명이 되고 말았네."

아무래도 이벨의 부추김에 넘어가는 바람에 도가 좀 지나친 듯했다.

"""…………"""

레더스와 부하 기사들은 물론이고 칼리아스 국왕마저도 꿀 먹은 벙어리처럼 입을 다물 수밖에 없었다.

영웅왕,

극한의 무를 위해 전생하다

그리고 세계 최강의 견습 기사가 되다 ♀

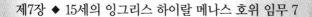

당혹스러운 상황에 대강당이 정적으로 휩싸인 그때.

이벨이 날아가면서 뚫린 커다란 구멍으로 혈철쇄 여단의 포격이 날아들었다.

콰과앙!

대포알이 칼리아스 국왕 근처에 떨어지며 바닥에 구덩이가 생겼다.

그 소리를 듣고 제일 먼저 정신을 차린 칼리아스 국왕이 큰 소리로 외쳤다.

"이런······! 다들 이러고 있을 때가 아니다! 이렇게 된 이상 여기서 혈철쇄 여단을 괴멸시킨다! 이것을 공적으로 삼아서 하이랜드와의 관계 개선을 노리는 것도 한 방법일 터! 레더스여. 여기는 이제 됐다. 지금 바로 반격을 지휘하도록!"

"옛! 폐하는 어서 피난을! 폐하의 호위를 제외한 나머지는 나와 함께 공격에 나선다!"

"""우워어어어어!"""

기사들의 사기가 부쩍 올라가 있었다.

이벨의 폭언에 시달리는 것보다 혈철쇄 여단과 싸우는 것이 낫다. 그런 얼굴이었다.

"라피니아 군은 폐하의 치료를 계속해 주게, 부탁한다!"

"네······!"

묵묵히 칼리아스 국왕의 상처를 치료하는 데 전념하고 있던 라피니아의 얼굴에는 땀방울이 흥건히 맺혀 있었다. 역시 부담이 상당한 모양이었다.

하지만 결코 헛된 노력은 아니었다. 칼리아스 국왕의 팔은 서서히 원래대로 되돌아오고 있었다.

"잠시만요. 그건 곤란한데요. 라니는 저와 함께 가야 하거든요."

"……뭐?"

레더스가 얼빠진 소리로 되물었다.

설마 이 대목에서 반대 의견을 내리라고는 생각지 못했던 것이리라.

하지만 이곳은 전장이다.

잉그리스는 라피니아를 자신의 눈이 닿지 않는 곳에 두자니 걱정이 되었다.

라피니아는 자신의 옆에 있어야 가장 안전했다.

칼리아스 국왕의 상처를 치료하는 것. 라피니아의 안전.

무엇이 중요한지를 따진다면 당연히 후자였다.

잉그리스 유크스라는 인생이기에 가능한 판단이었다.

"하, 하지만 폐하의 상처를……."

"네. 그러니 치료는 바로 끝내버릴게요."

그렇다고 국왕을 내버려 두겠다는 뜻은 아니었다.

잉그리스는 라피니아의 어깨를 끌어안듯이 하며 손에 손을 얹었다.

그리고 라피니아의 파장에 맞춘 마나를 흘려보냈다.

실바의 상처를 치료했을 때도 사용했던 방법이었다.

"지금까지 고생했어, 라니. 도와줄게."

"응, 크리스……!"

라피니아의 마인무구가 발하는 치유의 빛이 더욱 강하게, 눈부시게 빛나기 시작했다.

그러자 접합은 되어 있었지만, 피가 통하지 않아 창백하던 칼리아스 국왕의 팔에 점차 혈색이 되돌아왔다.

움찔. 손끝이 움직였다.

"오오……! 움직이는구나."

칼리아스 국왕이 손을 움켜쥐었다가 다시 펴 보았다. 계속해서 팔을 굽혔다가 뻗는 동작을 몇 차례 반복했다. 이제 괜찮아 보였다.

"폐, 폐하의 팔이……!"

"다행이다! 나으셨어!"

"고맙다, 너희들! 정말로 고맙다!"

레더스와 기사들로부터 환성이 터져 나왔다.

"미안하구나. 두 사람 모두 고생했다. 감사를 표하마."

칼리아스 국왕이 머리를 숙였다.

"아, 아니에요……! 고개를 드세요."

"당연한 일을 했을 뿐입니다."

풍파를 일으키지 않고 라피니아를 데려가기 위해서는 필요한 조치였다.

"그러면 저희도 이만 혈철쇄 여단을 물리치러 가겠습니다. 실례할게요."

"저희도……? 크리스, 나는 피곤해서 좀 쉬고 싶은데……."

"안 돼. 내 옆에서 벗어나면 위험해. 자, 얼른 가자. 쉬려면 내 옆에서 쉬도록 해."

"크리스 옆이면 제일 살벌한 격전지잖아……?!"

"걱정하지 마! 자자, 빨리……!"

하늘을 나는 저 전함에서 혈철쇄 여단의 흑가면이 잉그리스를 기다리고 있다.

잉그리스는 라피니아의 팔을 질질 잡아끌었다.

오랜만에 흑가면과 싸울 수 있다. 자신의 성장을 시험해 볼 절호의 기회였다.

"알았어, 알았대도……! 그럼 저희는 이만 실례할게요! 다녀오겠습니다."

"좋아, 출발!"

"꺄아아악?! 크리스, 너무 세게 잡아당기지 마!"

잉그리스는 라피니아의 손을 잡고 벽에 난 구멍을 통해 밖으로 뛰쳐나갔다.

하늘에는 수많은 플라이 기어들이 하루살이처럼 바글거리며 혼전을 펼치고 있었다.

"저기다! 가자!"

잉그리스가 하늘 한쪽을 가리키며 외쳤다. 그곳에서는 혈철쇄 여단의 전함이 하이랜드의 전함으로 접근을 시도하고 있었다.

"플라이 기어가 잔뜩 있네! 비어있는 기체를 찾아서……!"

"아니, 그럴 시간 없어! 꽉 잡아, 라니!"

잉그리스는 라피니아의 손을 강하게 움켜쥐고 높이 뛰어올랐다.

목표는 가장 밑에 날고 있는 근위기사의 플라이 기어였다.

쿠웅!

플라이 기어의 동체 가장자리에 정확히 착지하는 잉그리스.

"우왓?! 뭐, 뭐야……?!"

"잠시 실례할게요. 금방 갈 거예요."

"죄송합니다아아앗!"

잉그리스는 곧바로 더 높은 곳에 있는 플라이 기어를 향해서 도약했다.

쿠웅!

"으어어엇?! 어, 어디에서 나타난 거야?!"

"밑에서 뛰어 올라왔어요. 실례합니다."

"처음 뵙겠습니다! 그럼 이만!"

쿠웅! 쿠웅! 쿠웅! 쿠웅! 쿠웅!

그렇게 잉그리스는 플라이 기어를 하나둘씩 발판 삼아 뛰어 올라갔다.

"뭐, 뭐야 저게……?!"

"메, 메이드다! 메이드가 하늘을 날고 있어!"

"빠, 빠르다……! 대체 뭐지, 저 움직임은?!"

전투 중이던 기사들이 잉그리스를 목격하고는 놀라 소리쳤다.

그들의 목소리를 뒤로한 채, 잉그리스와 라피니아는 마침내 하이랜드의 전함 위에 도달했다.

"응. 나쁘지 않은 운동이었어."

"헤엑, 헤엑……! 역시 하나도 못 쉬겠어."

"봐봐, 라니. 혈철쇄 여단의 전함이 바로 저기에 있어."

"이럴 줄 알았어! 최전선이잖아……!"

"맞아. 흥분되지?"

"너만 그렇겠지, 너만!"

라피니아가 목청껏 항의 표시를 했다.

"여기까지 왔으니까 즐기자, 라니."

마침 그때 하이랜드의 전함에서도 반격을 위해 포격을 시작했고, 전장은 더더욱 소란스러워져 갔다.

이 시끄러운 소리, 이 현장감. 이것이 바로 전장이다. 잉그리스의 피가 끓어올랐다.

"즐겁지는 않아. 하지만……!"

라피니아는 왕성 주변으로 펼쳐진 도시를 손가락으로 가리켰다.

혈철쇄 여단과 하이랜더의 전함에서 발사된 눈먼 포탄들이 그곳으로 떨어지고 있었다.

전함의 포격이 민가에 맞기라도 한다면 흔적도 없이 파괴되고 말 것이다.

"어떻게든 해야 해! 어서 멈추지 않으면 무관한 사람들까지 휘말릴 거야! 가자, 크리스!"

라피니아가 결의에 찬 눈빛을 했다.

정의감이 강한 라피니아다웠다.

힘없는 일반 시민이 말려드는 것을 가만히 보고 지나칠 수 없는 모양이었다.

"오. 할 마음이 생겼구나, 라니."

"다 크리스 탓이야! 내가 포격을 방해해 볼게!"

"어떻게 하려고?"

"이렇게!"

라피니아는 새하얀 활의 시위를 힘껏 당겼다.

그러자 활시위에 생성된 빛의 화살이 충전되며 점점 크고 두꺼워졌다.

"가라아아앗!"

빛나는 화살이 최대 크기에 도달한 순간, 라피니아는 하늘을 향해 화살을 발사했다.

"흩어져라! 그리고 배 주위를 도는 거야!"

커다란 빛의 화살이 무수히 많은 빛의 화살로 분열했다.

하지만 화살들은 전함에 쏟아져 내리지 않았다. 새하얀 궤적을 남기며 전함의 포대 근처를 빙빙 돌기만 했다.

"과연. 일종의 눈 가리기구나."

대량의 빛의 화살을 연막 대용으로 사용한 셈이었다.

화살을 맞히지만 않으면 이렇게 오랫동안 적들의 시야를 방해하는 것이 가능했다.

"맞아. 이러면 전함의 포격을 차단할 수 있잖아?"

"적중시키지 않고 계속 조종하는 것도 가능했구나. 대단한걸?"

실제로 주위를 맴도는 빛 때문에 당황했는지 전함의 포격이 잦아들기 시작했다.

"후후! 나도 성장하고 있다 이 말씀! 자, 나는 계속 이렇게 포격을 막고 있을 테니까 크리스는 혈철쇄 여단의 배를 멈춰줘!"

"그래, 알겠어!"

잉그리스는 앞으로 성큼성큼 걸어가 선체의 맨 앞인 선수부로 향했다.

그러고는 맞은편의 혈철쇄 여단의 배를 향해 손바닥을 내밀었다.

푸르스름한 빛이 잉그리스의 손바닥 앞에서 소용돌이치듯 응축되었다.

빛은 계속해서 부풀어 올라 순식간에 거대한 광탄으로 변모했다.

"에테르 스트라이크!"

쿠고고고오오오오오!

잉그리스의 에테르 스트라이크가 혈철쇄 여단의 공중전함에 정면으로 착탄했다. 그리고 그대로 선체를 꿰뚫고 지나가 선미를 통해 빠져나왔……어야 했다.

하지만 현실은 달랐다. 뱃머리를 파괴하고 선체로 돌입한 에테

르 스트라이크는 불현듯 나타난 또 하나의 푸르스름한 빛과 충돌
했다.

콰광! 파지지지지직!

"······!"

두 개의 빛이 힘겨루기를 한 결과, 혈철쇄 여단의 배를 관통하
던 에테르 스트라이크의 궤도가 위쪽으로 틀어졌다. 그리고 결국
선박의 외피를 도려내면서 하늘 위로 자취를 감추었다.

"······그걸 쳐내다니."

잉그리스가 알기로 이런 짓이 가능한 인물은 한 명뿐.

잉그리스는 파괴되어 훤히 노출된 선체의 내부를 주목했다.

원래는 함교였던 그곳에, 검은색의 철가면을 쓴 새까만 외투
차림의 남자가 서 있었다.

"역시나······!"

혈철쇄 여단의 수장인 흑가면 본인이었다.

근처에 시스티아와 레온은 없었지만, 대신에 부하임 직한 남자
들이 여럿 보였다. 그들은 손가락으로 잉그리스를 가리키고 있
었다.

"저 소녀가 한 짓인가?!"

"서, 성의 메이드인가······?!"

"어째서 메이드한테 이런 힘이······?! 도, 도대체 뭐가 어떻게
된 거야?!"

기왕 메이드 취급을 받았으니 기대에 부응해 주기로 했다.

"환영합니다. 제가 성심성의껏 모시겠습니다. 참고로 방금 건 인사 대신이었어요."

잉그리스는 미소를 지으며 정중하게 머리를 숙여 보였다.

"서, 성심성의껏 뭐……?!"

"그게 인사 대신이라고……?! 어떻게 돼먹은 메이드야……!"

"어처구니가 없는걸! 하마터면 배가 추락할 뻔했다고……!"

당황한 부하들을 흑가면이 진정시켰다.

"다들 진정해라. 장미는 아름다우면 아름다울수록 더욱 날카로운 독 가시를 지니고 있는 법이다. 봐라, 대단히 아름다운 소녀지?"

"그, 그야 뭐……."

"그렇긴 하네요."

"솔직히 엄청 귀여워요……."

"이해가 빨라 다행이군. 잘못 걸리면 죽은 목숨이라는 뜻이지."

""""…………""""

"저 소녀를 막을 수 있는 것은 나뿐이다. 너희는 작전을 계속 수행해라. 저쪽은 내가 맡겠다."

""""알겠습니다!""""

부하들의 대답을 들은 흑가면은 바닥을 박차고 높이 뛰어올랐다.

그리고 하이랜드의 전함 위에 서 있는 잉그리스 앞에 착지했다.

"이거 원. 네게 방해를 받지 않으려고 일부러 정보까지 흘려 줬건만. 하이랄 메나스를 구하겠다는 너희들의 작전은 괜찮은 건가?"

"……그쪽은 교장 선생님 일행이 분발해 주고 있거든요."

"아쉽게 됐네요! 게릴라 조직의 생각대로 놀아날 생각은 추호도 없거든!"

맞은편에 멀찍이 떨어져 있던 라피니아가 소리쳤다. 잉그리스와 라피니아 중간에 흑가면이 껴있는 구도였다.

"습격을 방관하면 혈철쇄 여단의 내통자로 여겨질 수도 있으니까요. 그래서 교장 선생님은 국왕 폐하와 하이랜드의 사자를 지키라고 저와 라니를 보내셨죠."

"흠. 기사 아카데미는 왕자파에 속하니 가만히 지켜볼 줄 알았다만."

실제로 밀리에라 교장은 그것도 한 가지 방법이라고 생각하는 눈치였다.

다만 파벌 의식 때문이라기보다는 두 개의 작전이 전부 실패하는 것을 우려하는 것처럼 보였다.

"괜히 전력을 분산시켰다가 양쪽 작전 모두 실패할지도 모른다는 상상은 안 해봤나?"

"저는 그렇게 생각하지 않아요."

잉그리스는 조용히 고개를 가로저었다.

"저쪽 작전이 끝나기 전에 이쪽을 정리해 버리면 되니까요. 양쪽 싸움에 전부 낄 수 있으니 일석이조인 셈이죠."

"……정말이지 기운이 넘치는 녀석이군. 그 남아도는 기운을

221

조금만 할애해서 하이랜드의 사자가 어디에 있는지 가르쳐 준다면 무척 도움이 될 텐데 말이야. 어차피 네가 이길 작정이라면 가르쳐 줘도 되지 않겠나?"

"……죄송해요. 저는 모르겠네요."

거짓말은 아니었다. 보이지 않을 정도로 멀리 걷어차 버렸으니까.

"그런가. 아쉽게 됐군."

"물어봤자 허사야! 그 녀석은 우리와 거래할 생각 따위……!"

"앗?! 안 돼, 라니!"

에테르 셸을 발동시킨 잉그리스는 전속력으로 라피니아의 등 뒤로 돌아가 입을 틀어막았다.

"음으읍……?!"

라피니아가 하려는 말은 짐작이 갔다.

이벨은 처음부터 이쪽과 거래를 할 생각이 없었으니, 영토 상납을 막으려는 혈철쇄 여단의 습격도 무의미한 짓이었다는 말을 하고 싶었을 것이다.

흑가면의 실수라고, 헛수고였다고 지적하는 것은 가능했다. 가능했지만…….

"안 돼, 라니! 그건 말하면 안 돼."

그런 말을 했다가는 작전을 계속할 이유가 사라져 이대로 돌아가 버릴지도 모른다. 그건 곤란했다. 아직 싸워보지도 못했건만.

"빠르군. 예전보다 실력이 늘어난 모양이야."

"그럴지도 모르죠. 하지만 여태껏 시험해 볼 기회가 없었어요. 당신이라면 딱 좋겠네요."

"애먼 사람을 시험대로 삼겠다는 건가……."

"죄송하지만 잘 부탁드릴게요."

잉그리스는 흑가면에게 빙그레 웃어 보였다.

"어쩔 수 없군."

흑가면의 몸이 잉그리스처럼 에테르의 푸르스름한 기운으로 뒤덮였다.

잉그리스가 흑가면과 교전을 개시하기 조금 전.

혈철쇄 여단에 의해 왕궁에 마석수가 나타나기 시작했을 무렵.

"이, 이봐! 왕궁 쪽이 소란스러워! 연기가 피어오르고 있어!"

"뭐, 뭐라고……?! 저, 정말이군!"

기사 아카데미로 향하고 있던 근위기사단의 기사들이 왕성의 이변을 알아채고 술렁거렸다.

옆에는 함께 작업 중이던 실바도 있었다.

오늘 밤에 리플을 왕성의 근위기사단으로 이송할 예정이었기에 그 준비를 돕고 있었다. 그리고 지금, 실바는 그들을 부추기고 있었다.

"무슨 일인지는 모르겠지만 저건 보통 문제가 아닙니다……!

여기는 저한테 맡기고 곧바로 돌아가 보시는 게 좋지 않겠습니까? 작업은 제가 마무리해 두겠습니다!"

실바는 그들의 상사인 기사단장 레더스의 동생이었다.

함부로 무시할 수도 없거니와, 애초에 실바가 틀린 말을 하는 것도 아니었다.

"확실히 그렇군요. 알겠습니다, 실바 씨!"

"그렇죠……! 안전이 확인도 되지 않은 상황에서 리플 님을 모셔 갈 수도 없는 노릇이니까요."

"그럼 실례하겠습니다! 뒤를 부탁드릴게요!"

기사들은 플라이 기어에 탑승해 왕성으로 날아갔다.

멀어지는 그들의 뒷모습을 쳐다보면서 실바는 죄책감을 느꼈다.

무슨 일이 일어났는지 뻔히 알고도 모른 척 그들을 속이고 말았다.

지금까지 인수인계 작업을 지연시켜 리플을 왕성으로 데리고 가지 못하도록 막은 것도 마찬가지였다.

미안했다. 미안했지만…… 리플을 구하기 위해서다. 어쩔 수 없었다.

"좋아……! 서두르자!"

실바는 얼마 지나지 않아 밀리에라 교장과 리플, 호위를 담당하는 학생들과 합류했다.

벌써 다들 교내의 대강의실에 집합해 있었다.

처음에 밀리에라가 각 학년에서 선발된 학생들을 모아 리플의 호위 임무에 관해 설명했던 방이었다.

왕성의 호위를 위해 가 있는 잉그리스와 라피니아를 제외한 모든 전력이 이곳에 모여있었다.

레오네와 리제롯테 또한 긴장한 표정으로 자리에 앉아있었다.

바로 옆에서는 유아가 손목에 턱을 괸 채로 꾸벅꾸벅 졸고 있었다.

"기다리게 해서 죄송합니다! 교장 선생님, 리플 님! 곧바로 시작하죠. 시간이 없습니다!"

실바가 도착하며 외치자 밀리에라 교장은 진지한 얼굴로 고개를 끄덕였다.

"알겠습니다, 실바 군. 여러분, 이번 작전에서는 무슨 일이 일어날지 모릅니다. 그래서 다시 한번 말씀드리지만, 작전에 참여하는 것은 여러분의 자유입니다. 부디 무리하지 마세요."

밀리에라 교장이 그렇게 입을 열었지만, 자리를 떠나는 자는 아무도 없었다……라고 생각하기가 무섭게 한 명이 나타났다.

"아, 그러면 저는 자야 해서 이만 돌아갈게요."

유아는 졸린 눈으로 그렇게 말하며 나가려고 했다.

"아앗?! 잠깐만요! 기다려 주세요! 유아 양은 빠지면 곤란해요!"

"네? 조금 전에 참가는 자유라고 말씀하셨잖아요."

"말은 했지만, 속마음은 그렇지 않았다고나 할까……. 약속 같은 거라고요, 약속!"

"약속?"

"참가는 자유라고 말했지만 아무도 돌아가지 않았을 때의 감동! 뭐, 그런 거죠! 왠지 가슴이 벅차오르지 않나요?! 그렇죠? 그렇죠?"

"잘 모르겠는데요……?"

무표정한 얼굴로 고개를 갸웃하는 유아. 그녀가 속으로 무슨 생각을 하고 있는지는 아무도 모를 것이다.

"교장 선생님은 자유 참가라고 말씀하셨지만 너는 별개라는 뜻이야. 네 힘이 필요하다. 힘을 빌려줘."

실바가 유아를 똑바로 바라보며 머리를 숙였다.

다른 누구도 아닌 리플을 위해서다. 머리를 숙여서 협력을 구하는 것쯤은 아무것도 아니었다.

하지만 유아는 그런 실바의 모습에 화들짝 놀란 눈치였다.

"안경 선배…… 머리에 열 있어?"

"없어! 제정신이다!"

"아, 진짜네. 금방 화냈어."

"나도 아무한테나 화내지는 않아! 자각 좀 해라!"

"자, 자자. 싸우지들 말고 진정해."

두 사람을 중재해 준 것은 밀리에라 교장이 아니라 리플이었다.

"유아, 나도 이렇게 부탁할게. 작전에 힘을 빌려줬으면 해."

리플은 그렇게 말하며 실바와 함께 머리를 숙였다.

"리플 님……?"

리플의 태도가 평소와는 달랐다. 적어도 실바가 생각하기에는 그랬다.

아무 일도 없을 때는 밝은 얼굴을 했지만, 본인의 호위나 마석수 대책 등이 화제에 오르면 리플은 고개를 숙인 채로 묵묵히 듣고 있기만 한 경우가 많았다.

"리플 씨…… 심경의 변화라도 있으셨나요?"

밀리에라 교장이 리플에게 물었다.

그녀도 리플의 태도가 평소와 조금 다르다는 사실을 눈치챈 듯했다.

"응……. 얼마 전까지는 나한테 일어나는 일을 전부 얌전히 받아들이는 수밖에 없다고 생각했어. 다른 사람들의 보호를 받는 하이랄 메나스는 하이랄 메나스가 아니니까. 하지만…… 모두가 이렇게 필사적으로 나를 도와주려 하고 있잖아? 뭐, 이 상황을 즐기는 일부 예외도 있기는 하지만……."

"아하하, 확실히 있죠. 누구라고 말은 안 하겠지만."

밀리에라 교장이 쓴웃음을 지었다.

"그 애, 지금 분명 재채기했을걸."

"네. 틀림없어요."

레오네와 리제롯테가 고개를 끄덕이며 말했다.

일부러 이름을 말할 필요도 없었다. 말해봤자 입만 아프다.

"하지만 그런 점들까지 다 포함해서, 너희들을 보고 있으면…… 왠지 그리운 느낌이 들어. 내가 태어난 나라는 한참 옛날에 멸망해서 없어지고 말았지만, 지금은 이 나라가 내 고향이구나라는 사실을 실감할 수가 있었어. 자신의 마음을 새삼 느꼈어."

리플은 상쾌한 미소를 지어 보였다.

"하이랄 메나스가 이런 생각을 해도 되는 건지는 모르겠지만, 민폐를 끼치게 되겠지만…… 그래도 아직 이 나라의 모두와 함께 하고 싶어. 유아한테 도와달라고 부탁한 것도 그런 이유야!"

"리플 님……."

어째서일까. 이런 상황에서 실바는 만족감을 느끼고 있었다.

딱히 리플이 실바를 향해 말한 것은 아니었다. 모두를 향해서 한 말이지만, 그런데도 기뻤다.

"그러니까 부탁할게, 유아."

"유아 양, 리플 씨를 위해서라도……."

"유아. 리플 님도 이렇게 말씀하시잖아."

그리고 유아를 쳐다보는 세 사람.

"쿠울……."

유아는 기분 좋게 자고 있었다.

"이이이이이익!"

결국 폭발한 실바가 마인무구인 붉은색 장총으로 유아의 머리에 꿀밤을 먹이려 했지만…….

척!

유아는 멋들어지게 반응해 막아냈다.

"……폭력 반대."

"맞기 싫으면 본인의 태도부터 고쳐라! 네 태도가 맞을 만큼 불량했을 뿐이다!"

"……무서워. 살려줘요, 동물 귀 어르신."

유아는 리플의 등 뒤로 돌아가 숨었다.

"아, 아하하……. 유아, 우리와 함께 마석수를 쓰러트려 주지 않을래?"

"그건 언제나 하는 일인데요."

"이번에는 적들도 강하고 수도 많은 것 같아. 부탁할 수 있을까? 잘 풀린다면 내가 한턱낼게. 응?"

"차라리 남자를 소개해 주세요."

"어? 흐음…… 어떤 타입이 좋은데?"

"안경 선배처럼 잘생긴 사람이요."

"……무, 무슨 소리를 하는 거냐?! 지금 와서 아부해 봤자……."

실바는 자기도 모르게 살짝 당황하고 말았다.

"대신에 안경 선배처럼 욱하지 않는 사람으로요."

"…………."

착각이었다. 유아에게는 애초에 아부라는 개념이 존재하질 않았다.

"그리고 안경 선배처럼 약하지 않은 사람으로요."

"이 자시이이익! 나를 바보 취급할 셈이냐!"

역시 실바는 유아와 맞지 않았다. 궁합이 나빠도 너무 나빴다.

"아아아아! 더 난장판이 되기 전에 작전을 개시할게요! 레오네 양, 공간을 격리해 주세요! 얼른 해버리세요!"

밀리에라 교장이 큰 소리로 레오네에게 지시를 내렸다.

"아, 네! 알겠습니다. 그럼 시작할게요!"

갑작스러운 전개에 당황하면서도 레오네는 곧바로 정신을 집중했다.

이윽고 레오네의 새로운 기프트가 아무것도 없는 새까만 이공간에 주변에 있던 모든 이들을 격리했다.

"음. 발동이 전보다 훨씬 매끄러운걸요! 숙달이 정말로 빠르군요, 레오네 양. 훌륭해요!"

"고맙습니다."

밀리에라 교장의 칭찬에 레오네도 살짝 자랑스러운 기분이 들었다.

확실히 기프트에 제법 익숙해진 덕분에 발동 속도와 공간의 강도, 넓이 모두 안정되어 있었다.

"시작하죠, 여러분! 리플 씨를 돕기 위해서 힘을 빌려주세요! 그리고 그건 이 나라에 사는 사람들을 위한 일이기도 할 거예요!"

"""네!"""

학생들이 목소리를 모아 외쳤다.

"나와 교장 선생님은 리플 님에게 힘을 흡수시켜 마석수를 불러내겠다! 다들, 마석수가 출현하면 토벌해 주길 바란다……! 리플 님, 이걸……!"

실바는 자신의 마인무구의 총신에 마나를 실어 리플에게 내밀었다. 마찬가지로 밀리에라 교장도 마인무구인 지팡이를 내밀었다.

"리플 씨. 뒤는 저희한테 맡겨 주세요! 우리 학생들은 우수하니 분명 괜찮을 거예요!"

"응⋯⋯. 다들 고마워. 잘 부탁할게!"

리플은 힘차게 고개를 끄덕이고는 두 사람이 내민 마인무구에 손을 얹었다.

그러자 두 마인무구를 에워싼 빛이 나지막한 소리를 내며 소멸했다.

리플이 두 사람의 마나를 흡수했다는 증거였다.

부우우웅!

그리고 리플의 몸이 검은 구체로 뒤덮였다.

마석수가 나타나기 전의 징후였다.

실바는 정신을 잃은 리플을 부축해 옆으로 눕힌 다음, 다른 학생들에게 지시를 내렸다.

"전원! 리플 님을 중심으로 원형진을 만들어라! 얼마나 많은 수의 적이 나타날지 모른다! 서로를 지키면서 싸워야 해!"

"레오네 씨를 비롯한 공간 격리용 마인무구를 담당하는 분들은 원 안쪽으로! 한 걸음 물러나서 다른 분들을 지원해 주세요!"

"""네!"""

학생들이 일제히 움직임을 개시했다. 선발된 학생들인 만큼 행동이 신속했다.

그때, 원형진 주변의 몇몇 장소에 소용돌이를 연상시키는 공간의 왜곡이 발생했다.

그리고 그곳에서 수인종 마석수가 모습을 드러냈다.

마석수로 변했던 라알과 세이린에 필적하는 강화형 마석수였다.

실바조차 정통으로 공격을 당하면 중상을 면치 못하는, 결코 방심할 수 없는 상대였다.

그런 마석수가 다섯 마리. 그것도 학생들의 원형진을 포위하는 듯한 배치로 소환되었다.

"저게 다섯 마리나……?! 다짜고짜 엄청나게 몰려드는군요!"

"그래도 싸울 수밖에 없어! 여기서 우리가 놈들을 해치우지 않으면 아르멘과 시아로트를 지킬 수 없을 테니까……!"

"네. 해보죠!"

힘차게 고개를 끄덕이는 레오네와 리제롯테.

"어어……. 아, 적이다. 그런데 다 같이 모여서…… 뭐랬더라?"

모두가 긴박감에 휩싸인 가운데, 유아 혼자만이 상황을 따라가지 못하고 우왕좌왕했다.

"유아! 너는 주변에 신경 쓰지 말고 눈앞의 적만 쓰러트려!"

그렇게 말한 것은 2학년의 리더인 모리스였다.

실력 하나는 발군인 유아였지만, 결코 리더에 걸맞은 성격의 소유자는 아니었다.

2학년에는 리더 역할을 맡아줄 사람이 따로 필요했고, 모리스가 바로 그 적임자였다.

마음이 넓은 타입인지 유아와의 관계도 나쁘지 않았다.

"아, 홀쭉이다."

"모리스야! 됐으니까 해치워 버려!"

"만약 혼나면 홀쭉이 군 책임인 걸로."

유아는 그렇게 중얼거리고는 가까운 곳에 있던 마석수에게로 훌쩍 달려갔다.

언뜻 보기에는 매우 가벼워 보이는 움직임이지만 실제로는 가볍지 않다는 점이 유아의 특징이었다.

레오네나 다른 학생들이 보기에 무서우리만치 빠르고 날카로운 돌진이었다.

"이얍."

유아가 툭 하고 장타를 구사했다.

콰아아아앙!

그러자 마석수는 몸이 이상한 방향으로 꺾이며 한참을 날아갔다.

""""우오오오오옷?!""""

자기도 모르게 경악성을 터트리는 학생들.

마석수들마저 한순간 굳어져 버린 것처럼 보였다.

황당하기 그지없는 광경에 놀란 것일까?

"저 녀석은 저렇게 알아서 하도록 놔두는 게 좋겠죠? 교장 선생님, 실바 선배!"

"그래. 충분해!"

모리스의 질문에 실바가 고개를 끄덕였다.

유아는 협조성과는 거리가 먼 타입이다.

어설픈 연계를 펼치느니 자유롭게 공격하도록 두는 편이 나을 것이다.

한 마리의 마석수를 강렬하게 날려 버린 유아는, 또 다른 적을 향해 이동했다.

하지만 적은 다섯 마리. 게다가 넓게 산개해 있었다.

그워어어어어어!

유아의 정반대 편에 있던 한 마리가 커다란 포효를 내질렀다.

그러자 마석수의 주위에 몇 개의 광점이 생겨나 응축되기 시작했다.

열선을 광범위하게 흩뿌리는 기술.

이쪽은 한곳에 집합해 원형진을 형성하고 있는 만큼 원거리 공격에는 대처하기가 어려웠다.

"마음대로 하게 두지 않겠어요!"

하지만 마인무구로 새하얀 날개를 돋아나게 한 리제로테가 전속력으로 허공을 가로질렀다. 그리고 간발의 차이로 마석수의 품속으로 파고드는 데 성공했다.

기세를 실어 찌른 할버드가 마석수의 목에 깊숙이 파고들었고, 그로 인해 충전되던 열선의 빛이 허공으로 흩어졌다.

"저도 앞으로 나서서 적들을 교란하겠어요! 괜찮겠죠?!"

마석수에게 깊이 박힌 할버드를 뽑아내며 리제롯테가 물었다.

"무리하지 마세요! 적의 공격을 분산시키는 것만으로도 충분해요!"

밀리에라 교장은 고개를 끄덕여 허락했다.

리제롯테의 자유분방한 기동력을 살리려면 대열에 넣기보다는 돌아다니며 적을 교란하게 하는 것이 나았다.

그렇지 않아도 유아 혼자 미끼 역할을 맡기에는 부족한 감이 있었다. 리제롯테도 앞으로 나서는 편이 확실히 도움이 되었다.

리제롯테는 마석수의 몸을 걷어차며 높이 날아올랐다. 그러고는 더욱 먼 곳에서 열선을 발사하기 위해 힘을 모으고 있던 마석수에게 돌격했다.

"여기도! 쏘게 두지 않겠어요!"

리제롯테는 속도를 실어 할버드의 도끼 부분으로 마석수의 가슴을 찍었다.

그러자 조금 전과 마찬가지로 응축되던 빛이 허공으로 흩어졌다.

공격이 끝난 직후, 리제롯테는 곧바로 날개에 힘을 실어 거리를 벌렸다.

치고 빠지기 작전으로 적의 커다란 기술만 방해하며 날아다닐 작정이었다.

계속해서 다른 한 마리의 마석수에게 공격을 찔러 넣는 리제롯테.

그런데 마석수가 근육에 힘을 주어 할버드를 뽑지 못하도록 방해해 왔다.

"큭……! 마석수 주제에 머리가 좋군요!"

그렇게 리제롯테의 움직임이 묶인 사이, 다른 한 마리가 등 뒤에서 엄습해 왔다.

지성이라고는 찾아보기 힘든 마석수지만, 싸울 때 한해서는 의외로 연계를 취하는 경우가 있었다.

일시적으로 할버드를 손에서 놓아 회피할지, 몸을 비틀어 발차기로 대응할지 망설이는 리제롯테. 그런데 바로 그때, 리제롯테의 시야 한구석에서 검은색의 대검이 훅 뻗어왔다.

"어딜!"

레오네의 마인무구였다.

강력한 찌르기를 구사하면서 기프트의 힘으로 칼날을 늘리는 기술. 검의 속도와 늘어나는 힘을 합친 공격이었다.

성기사인 레온에게도 통했던 만큼 위력과 속도는 보장되어 있었다.

레오네의 대검이 리제롯테의 뒤쪽에서 엄습해 오던 마석수의 등을 꿰뚫었다.

꼬치가 된 마석수는 접근을 멈출 수밖에 없었다.

리제롯테는 그 틈에 마인무구를 도로 뽑아내고 멀찍이 후퇴하는 데 성공했다.

"고마워요, 레오네! 두 개의 기프트를 동시에 사용하고 계시네요!"

"응. 연습했거든!"

레오네가 웃음으로 화답했다.

"대단해……. 아주 좋아요, 레오네 양!"

밀리에라 교장은 그 모습을 보면서 놀라움을 감추지 못했다.

지금 레오네는 격려용 이공간을 펼친 채로 또 하나의 기프트까지 조작해 내고 있었다.

언젠가 해낼 것이라고 기대하기는 했지만, 이토록 빨리 도달할 줄은 몰랐다.

아주 훌륭했다. 공간의 유지에 전념하리라 생각했던 레오네가 이렇게 행동에 나서준다면 큰 전력이 될 터였다.

"자, 이 기세대로 마석수를 마구 쓰러트려 나갑시다!"

검은 구체에 뒤덮인 리플은 여전히 밀리에라와 실바의 마나를 빨아들이고 있었다.

적은 앞으로도 계속해서 나타날 것이 분명했다.

왕궁 위에 떠 있는 공중전함의 옥상.

콰아아아앙! 키이이잉! 쿠과과과과!

고막을 찢는 듯한 충격음이 라피니아의 전후좌우 모든 방향으로부터 울려 퍼졌다.

잉그리스와 흑가면이 벌이는 격투의 여파였다.

움직임이 너무나도 빠른 나머지, 라피니아의 눈에는 푸르스름한 빛을 두른 두 사람의 모습이 가끔 흘끔흘끔 보이는 정도였다.

뒤집어 말하면 눈먼 공격이 날아와도 몸을 지킬 수 없다는 뜻이었다.

웬만한 사람들은 두려움에 못 이겨 피신했을 것이다.

하지만 라피니아는 전혀 겁먹지 않고 자리를 지키고 있었다. 그리고 계속해서 빛의 화살 비를 발사해 두 전함의 포격을 방해해 나갔다.

이건 꼭 필요한 일이다. 손을 멈추면 시가지에 피해가 확대될 것이다. 물러날 수는 없었다.

무엇보다 라피니아는 잉그리스를 믿고 있었다. 반드시 자신을 지켜줄 것이라고.

가끔 시야에 흘끔흘끔 비치는 잉그리스의 얼굴은 시종일관 기뻐 보였다.

진심으로 싸움을 즐기고 있었다.

히죽히죽 위험한 웃음이 얼굴에서 사라질 줄을 몰랐다.

하지만 이것은 잉그리스의 평상시 모습이기도 했다.

잉그리스가 평소 그대로라면 라피니아를 어떻게든 지켜내 줄 터였다.

라피니아는 지금까지의 인생 경험을 통해서 그렇게 믿고 있었다.

그때, 잉그리스의 모습이 라피니아의 눈앞에 훅하고 나타났다.

잉그리스가 손등으로 타격을 가해 방어를 시도하던 흑가면의 팔을 튕겨냈다.

파아아앙!

한 박자 늦게 소리가 들려왔다. 눈앞에서 벌어지는 상황을 소리가 따라잡지 못하고 있었다.

그리고 다시 잉그리스의 모습이 눈앞에서 사라졌다.

"바로 지금!"

콰아아아앙!

"크으으으으윽?!"

아무것도 보이지 않은 상태에서 소리만이 들려왔다. 그리고 잠시 후.

잉그리스가 공격 직후의 허리를 숙인 자세로 모습을 드러냈다. 어깨와 등으로 태클을 구사한 듯했다.

흑가면은 두 척의 전함 사이를 대포알처럼 날아가고 있었다.

"아직 멀었어요!"

추격하기 위해 발바닥에 힘을 싣는 잉그리스.

하지만 불현듯 몸에 두르고 있던 푸르스름한 빛을 해제하더니 라피니아를 돌아보았다.

라피니아를 향해 뻗은 검지 끝에 푸르스름한 빛이 응축되었다.

"어?! 크리스……?!"

"움직이지 마!"

피슝, 피슝!

연속으로 발사된 두 줄기의 광선이 라피니아의 양쪽 어깨를 스치고 지나갔다.

"찾았다……! 저 녀석이 빛으로 방해를…… 끄어어억?!"

"제거해라! 이대로는 반격할 수가, 크아아악?!"

하이랜드 측의 전함에서 플라이 기어를 타고 나타난 병사들이었다.

빛의 화살로 연막을 펼치고 있는 라피니아를 방해물로 판단해 제거하러 온 것이다.

"주의해 주세요. 라니를 상처 입히려 하면 용서하지 않을 테니."

"머, 먼저 물어봤어야 하는 거 아닐까. 어차피 대답은 못 듣겠지만……."

왜냐하면 두 병사 모두 미간을 정확히 꿰뚫려 버렸기 때문이다.

부지불식간에 죽음을 맞이한 두 병사의 시체가 플라이 기어에서 떨어져 공중전함에 부딪쳤다. 그리고 다시 선체를 미끄러져 내려가 지상으로 추락했다.

남아있는 것은 주인을 잃은 채 덩그러니 떠 있는 플라이 기어뿐이었다.

"마침 잘됐다. 라니는 그 플라이 기어에 타고 있어. 그게 더 안전할 거야."

"그, 그렇네. 알았어."

확실히 잉그리스의 말대로였다.

죽은 자의 온기가 남아있는 물건을 사용하자니 살짝 찜찜하기는 했지만.

"그러면 크리스도……!"

"안 돼. 이쪽은 아직 안 끝났거든."

잉그리스는 다시금 라피니아로부터 등을 돌렸다.

잉그리스의 태클로 멀리 날아갔던 흑가면이 혈철쇄 여단의 전함을 박차고 다시 이쪽으로 돌진해 오고 있었다.

"미안하게 됐군. 아직 끝난 게 아니다!"

흑가면은 어깨와 팔꿈치를 정면으로 내밀고 있었다. 그대로 부딪쳐 올 기세였다.

"저야 대환영이죠!"

이 정도로 싸울 보람이 느껴지는 상대는 좀처럼 없다.

될 수 있으면 이대로 계속 싸움에 어울려 주길 바랐다.

잉그리스가 다시 전신에 에테르 셸을 둘렀다.

그리고 돌진해 오는 흑가면을 걷어차기 위해 다리를 스윽 당기며 자세를 갖추었다.

하지만 불현듯 깨달았다.

어깨를 앞으로 내미는 바람에 몸 뒤쪽에 가려져 있던 흑가면의 손.

그곳에 흑가면의 몸을 뒤덮은 에테르와는 다른, 날카롭게 연마된 에테르가 흐르고 있었다.

"하앗!"

잉그리스는 축으로 삼고 있던 디딤발에 힘을 주어 황급히 뛰어올랐다. 공중제비하며 후방으로 물러나는 잉그리스.

부우우웅!

라피니아에게는 찰나나 다름없는 시간이 흐른 뒤, 눈 부신 빛을 발하는 푸른 검이 잉그리스가 서 있던 자리를 횡으로 훑고 지나갔다.

"에테르로 만든 검?!"

흑가면은 몸통 박치기로 위장해 시야에서 가려진 에테르 검으로 잉그리스를 벨 심산이었다.

직전에 눈치채고 회피하기는 했지만, 실로 흥미로운 기술이 아닐 수 없었다.

에테르를 응축시켜 물질처럼 형태를 고정하다니.

잉그리스도 얼음의 검을 생성하는 마법을 사용할 줄 알았지만, 에테르로 만든 검에 비하면 애들 장난 수준이었다.

에테르의 제어는 마나를 다루는 것과 비교할 수가 없을 정도로 난도가 높다.

심지어 흑가면은 에테르 셸과 비슷한 기술을 사용하면서 검까지 만들어 냈다.

동시에 두 가지의 에테르 기술을 사용한 것이다.

흑가면은 예전에 이런 말을 한 적이 있었다. 잉그리스는 에테르의 힘이 뛰어나고 자신은 기술이 뛰어나다고. 정확히 그 말대로였다. 잉그리스는 아직 두 가지의 기술을 병행하는 것이 불가능했다.

"그렇다. 미안하지만 쓰러져 줘야겠다!"

흑가면은 공중으로 뛰어오른 잉그리스가 착지하기 전에 추격하여 검을 휘둘렀다.

일단은 자세가 불리했다. 게다가 저 검에 정통으로 당한다면 아무리 에테르 셸을 두르고 있다 한들 무사히 끝나지는 않을 것이다. 따라서 팔이나 다리로 받아칠 수는 없었다.

하지만 방법이 없는 것은 아니다.

"그렇게는 안 될걸요!"

쩌저적!

잉그리스의 손에 얼음의 검이 생성되었다.

에테르 셸을 발동시킨 상태에서 만들어 낸 얼음의 검은 한 번만 휘둘러도 산산조각이 난다.

검의 내구력이 에테르의 강력한 힘을 견디지 못하기 때문이다.

하지만 지금은 한 번만 휘둘러도 충분한 상황!

채애앵!

공중에서 몸을 비틀며 휘두른 얼음의 검이 흑가면의 에테르 검과 부딪쳤다.

"큭……!"

힘으로 밀어낸 것은 잉그리스의 얼음의 검 쪽이었다.

하지만 흑가면의 검을 받아낸 얼음의 검은 완전히 박살이 나고 말았다.

대신에 잉그리스는 무사히 착지해 자세를 바로잡는 데 성공했다.

이것만으로도 충분한 성과였다.

"그 무른 검으로는 이 검을 상대할 수 없다!"

흑가면은 잉그리스를 몰아넣기 위해 맹렬한 공격을 감행했다.

"맞아요. 하지만 상관없어요."

허를 찔려 자세가 불안정해진 상황만 무사히 넘긴다면…….

안정된 자세로 검을 회피하며 주먹을 꽂아 넣을 뿐!

"크윽…… 이게 대체?!"

잉그리스는 흑가면이 휘두른 검을 일일이 회피하며 한 걸음, 한 걸음 앞으로 나아갔다.

아무리 검을 휘둘러도 맞질 않았다. 잉그리스는 흑가면의 움직임을 읽기라도 한 것처럼 최소한의 동작으로 빗발치는 검들을 피해 파고들어 왔다.

그 결과, 공격을 가하는 흑가면 본인이 간격을 유지하기 위해 뒤로 슬금슬금 물러나는 웃지 못할 상황이 연출되고 말았다.

반응 속도는 잉그리스가 흑가면을 웃돌았다.

에테르의 출력도 잉그리스가 위였다.

그래서 흑가면은 그 차이를 메꾸기 위해 두 개의 기술을 병행하고 있었다.

그런데 어째서 상황은 잉그리스에게 우세하게 돌아가는 것인가.

에테르가 어떻고 하는 단순한 문제가 아니었다.

잉그리스에게서는 압도적인 순발력과 판단력, 그리고 전투의 달인과도 같은 노련함이 엿보였다.

어떻게 이토록 어린 소녀가 이만한 능력을 지닌 것일까?

"하아아압!"

마침내 흑가면의 품속으로 파고든 잉그리스가 흑가면의 복부에 장타를 꽂아 넣었다.

"끄흐으으으윽?!"

그 충격으로 흑가면은 멀찍이 밀려나 버렸다.

무릎을 꿇기는 했지만, 그래도 쓰러지지는 않고 간신히 버텨내는 흑가면.

"후, 후후후……. 이제는 내가 감당하기도 벅차게 됐군……. 전에는 그래도 이 정도는 아니었건만."

"여러모로 바쁜 당신과 달리 저는 수행에만 전념해 왔거든요."

"나 역시 대의를 위해서 노력하는 중이다. 정의는 반드시 승리한다는 유치한 소리를 늘어놓을 생각은 없다만……."

"정의든 악이든 힘하고는 아무 상관 없어요. 힘이란 재능과 훈련과 경험으로 정해지는 것이니까요. 여기에 사상을 연결 짓는 것이야말로 불순한 태도 아닌가요?"

대의를 위해서라는 말은 결국 정의 혹은 악을 행하기 위해 힘을 이용하겠다는 소리나 다름없었다.

만약 본인의 이상이 실현된다면 더는 힘이 필요하지 않게 되리라.

그런 태도를 두고 순수하게 힘을 추구하고 있다고 말하기는 어려울 것이다.

진정으로 힘을 원한다면 더욱 철저하게 임할 필요가 있었다.

사상이나 신념 따위는 내다 버리고 오로지 강한 힘만을 추구해야 할 것이다.

"하하하핫! 곱상한 외모를 하고서 내용물은 뼛속까지 무인이

군······!"

"네. 저는 그렇게 살기로 했거든요. 자, 아직 숨기는 게 있으시죠? 어서 보여주세요."

흑가면은 잉그리스가 전함에 대고 발사한 에테르 스트라이크를 튕겨냈다.

흑가면이 한 짓임은 분명하지만, 여태껏 그가 보여준 능력만으로는 불가능했다.

단순히 에테르 스트라이크를 쳐냈다고 하기에는 흑가면이 사용하는 에테르의 출력이 여기에 미치지 못했다.

아직 뭔가가 있다. 어렵게 찾아온 기회니 전부 드러내게 만들고 싶었다.

"숨기는 것이라. 글쎄?"

흑가면이 시치미를 떼며 말했다.

"혈철쇄 전함에 발사한 제 공격이 튕겨났어요. 그게 가능할 만한 사람은 당신밖에 없죠. 그때 사용한 기술을 보여주세요."

"홋. 눈썰미도 좋구나. 하지만 딱히 재미있는 기술은 아닐 거다."

"그건 제가 보고서 판단할게요."

"횡포가 따로 없군. 그래도 어쩔 수 없지. 원한다면 보여주마."

흑가면이 그렇게 말하기가 무섭게 그의 몸을 뒤덮고 있던 에테르의 빛이 색깔을 바꾸었다.

잉그리스와 똑같은 푸르스름한 색에서 노란색에 가까운 색으로 변화한 것이다.

"……!"

일단 에테르인 것은 분명해 보였다.

하지만 노란색 에테르라니, 본 적도 없었다.

전생에서 역시도 마찬가지였다.

잉그리스를 반인반신의 디바인 나이트로 만든 여신 아리스티아. 그녀가 몸에 두르고 있던 에테르도 잉그리스와 똑같은 푸르스름한 색이었다.

여신 아리스티아의 동료였던 다른 신들도 같은 색을 두르고 있었다.

"혹시 마신의 기운……?!"

전생에 존재했던 신들의 적.

잉그리스는 그들을 쓰러트림으로써 신들과 사람들로부터 영웅으로 인정받아 왕이 되었다.

그 마신의 기운이 바로 노란색이었다.

"아냐, 달라……."

하지만 눈앞의 흑가면이 몸에 두르고 있는 힘은 어디까지나 에테르였다. 마신의 기운 특유의 불길함은 느껴지지 않았다.

또한 에테르는 같은 에테르일지라도 파장이 크게 다르다는 인상을 받았다.

흑가면은 에테르 자체의 성질을 제어하는 것이 가능한 모양이었다.

경악할 만한 제어력이다.

이런 짓이 가능하리라고는 생각해 본 적도 없었다.

하지만 저 색깔은 과연 우연일까?

애초에 마신이란 무엇이었던 것일까?

잉그리스의 머릿속에 지금 와서 그런 의문이 피어났다.

하지만 무엇보다…….

흥미로웠다!

미지의 힘이라면 미지의 기술이 튀어나올 것이 분명했다!

"역시 아직 비장의 수를 감춰두고 계셨군요. 후후후. 당신과 이렇게 함께하니 즐겁네요."

잉그리스가 흑가면을 향해 미소를 머금었다.

청초한 외모까지 더해져 굉장히 가련한 미소가 아닐 수 없었다. 그렇지만…….

"왜일까. 젊고 아름다운 여성이 추파를 던지는데 전혀 기쁘지 않군."

"그러지 마시고 제 마음을 받아주세요."

"그건 곤란하지. 나는 너와 다르게 이상에 눈이 먼 몹쓸 인간이거든. 이대로 하염없이 싸우고만 있을 수는 없다. 자, 어서 덤벼라!"

"그러시다면……!"

잉그리스는 전속력으로 돌진하며 주먹을 내질렀다.

우선은 맛보기다.

똑바로 직진해 후려치는 방법으로 적의 능력을 시험해 볼 작정이었다.

아무런 기교도 없는 공격이지만, 그렇다고 대충할 생각은 없었다. 전력이 담긴 주먹이다.

잉그리스의 주먹이 파공음을 내며 흑가면을 엄습했다.

하지만 흑가면을 뒤덮은 노란색의 에테르에 접근한 순간.

부웅!

설명하기 힘든 기묘한 감촉과 함께 주먹이 옆으로 빗나가 버렸다.

"어……?!"

계속해서 두 번, 세 번 주먹을 휘두르는 잉그리스.

하지만 매번 불가사의한 힘에 가로막혀 흑가면을 맞추지 못하고 허공을 가로질렀다.

"그렇다면!"

돌려차기!

부우웅!

하지만 아니나 다를까, 잉그리스의 다리는 흑가면에게 닿지 못하고 표면을 미끄러지듯 튕겨나 버렸다.

대체 무슨 원리일까. 흑가면에게 접근하면 할수록 엄청난 반발력이 발생해서 상대방을 건드릴 수가 없었다.

마치 똑같은 극의 자석을 접근시킨 것처럼 양쪽이 밀려나 버렸다.

"이건 대체……?! 제 에테르 스트라이크도 이걸로 비껴낸 건가요……?!"

"그렇다. 에테르의 성질을 변환시켜 서로의 힘이 반발하도록 만들었지. 이것으로 우리는 서로를 건드릴 수 없게 되었다. 아무리 강한 힘으로 공격해도 피해는 입히지 못할 거다. 이건 힘의 성질로 발생하는 현상이니까."

"다시 말해서 공격을 완전히 포기하고 절대적인 방어 수단을 얻었다, 이건가요……?"

"그래. 더 이상 우리 사이에 싸움은 성립하지 않는다. 어때, 평화롭지?"

"……재미없는 기술이네요."

이래서는 싸울 수도 없었다.

잉그리스는 입술을 삐죽 내밀며 불만을 표했다.

"그래서 말했잖나? 딱히 재미는 없을 거라고."

"……어쩔 수 없네요."

하아, 하고 한숨을 내쉬는 이그리스.

"이해해 줘서 고맙군."

"네, 잘 알았어요. 이렇게 하는 수밖에 없다는 걸요."

쩌저저적!

잉그리스의 몸을 뒤덮은 에테르 셸의 푸르스름한 빛이 사라지고, 손아귀에 얼음의 검이 나타났다.

에테르 기술로는 흑가면을 공격할 수 없다.

그렇다면 에테르를 마나로 바꿔서 싸울 뿐이다.

에테르를 사용하지만 않는다면 흑가면의 노란색 에테르에 의한 반발 효과도 발생하지 않을 것이다.

"……아직도 싸울 생각인가? 그런 식으로 힘을 열화시키면 네가 압도적으로 불리할 텐데?"

"악조건 속에서도 어떻게든 방법을 찾아내는 것이 싸움이죠."

"이해할 수가 없군. 어째서 그렇게까지 싸움에 목매다는 거지?"

"인생은 짧으니까요. 한순간도 낭비하며 살 수는 없거든요."

"거참……. 나이도 어리면서 세상 다 살아본 사람처럼 말하는군. 결국 이대로 계속하는 수밖에 없나……."

흑가면이 한숨을 푹 내쉬던 바로 그때.

"크리스! 뭔가가 오고 있어! 조심해!"

플라이 기어에 탑승해 근처를 날고 있던 라피니아가 큰 소리로 외쳤다.

확실히 저 멀리서 빛으로 뒤덮인 무언가가 잉그리스와 흑가면을 향해 날아오고 있었다.

쿠우우우웅!

커다란 소리와 함께 공중전함 위에 착지한 것은…….

"……! 당신은!"

"하하하하! 아크로드인 이 몸께서 그깟 공격으로 죽을 줄 알았더냐! 아쉽게 됐구나!"

지평선 너머로 날아가 버렸던 하이랜드의 사자, 이벨이었다.

"이벨 님! 무사해서 다행이에요!"

잉그리스는 눈을 반짝이며 이벨의 무사 귀환을 기뻐했다.

"잘도 그런 뻔뻔한 거짓말을! 네가 걷어차서 날려버린 주제에!"

"거짓말이 아니에요. 이벨 님이 무사해서 진심으로 기뻐요."

정말로 거짓말이 아니었다. 강한 적과는 몇 번을 싸워도 모자랐다.

이벨이 무사하다면 다시 한번 싸울 수 있는 것이다!

"아크로드…… 하이랜드의 상급 장군인가. 그만한 자가 여기에 있다는 말인즉……. 당신이 이번 교섭의 책임자인가?"

"흥. 그래서 뭐 어쨌다는 거지? 너는 혈철쇄 여단의 수령이로군? 온통 새까만 차림을 한 남자라고 듣기는 했다만, 확실히 악취미로군. 분명 자신의 못생긴 얼굴을 감추기 위해서일 테지?"

"후……. 확실히 이 차림이 아니면 진정이 안 되는 편이기는 하지. 자, 하이랜드의 사자를 처단하는 것이 우리의 목적. 상대가 어린애라 조금 껄끄럽긴 하다만, 목적을 달성하도록 하겠다."

긴장감이 고조되고 있는 흑가면과 이벨 사이에 잉그리스가 슬쩍 끼어들었다.

"이벨 님, 물러나 주세요. 저자는 당신의 목숨을 노리고 있어요."

그다음에는 흑가면에게도 말을 걸었다.

"이벨 님은 처음부터 이 나라와 거래를 할 생각이 없으셨던 모양이에요. 그러니 당신이 굳이 나서지 않아도 아르멘과 시아로트가 하이랜드로 넘어가는 일은 없을 거예요!"

흑과면과 이벨이 치고받는 상황은 잉그리스로서 탐탁지 않은 것이었다.

싸울 상대가 줄어들기 때문이다. 이토록 아까운 짓이 또 없었다.

만약 두 사람이 맞붙게 된다면 잉그리스는 이벨을 지키는 방향으로 움직일 수밖에 없었다.

이벨과 흑가면의 실력을 비교하자면 현재 흑가면 쪽이 압도적으로 위였다.

"흥! 지금의 모든 상황은 내가 의도한 대로다! 주제도 모르고 벌레처럼 기어 나온 혈철쇄 여단을 박멸하는 것! 여기서 우두머리를 제거해 주마!"

"그렇다면 나도 마땅히 응전에 나서야겠지. 아크로드의 목에는 그만한 가치가 있다."

"기다려 주세요! 그런 하찮은 이유로 싸움을 벌여서는 안 돼요! 자, 무기를 거두세요! 평화가 제일이에요!"

""네가 할 소리는 아니지!""

두 사람이 입을 모아 소리쳤다.

"저는 그저 다른 사람들끼리 서로를 해치는 것이 안타까울 뿐이에요. ……뭐, 두 분이 합심해서 저하고 싸우실 생각이라면 환영이지만요."

"바보 같은 소리 마라! 내가 뭘 위해서 그런 짓을!"

"우리한테 너처럼 싸움을 즐기는 취미는 없다."

"……어쩔 수 없네요."

잉그리스는 흑가면을 마주 보며 다시금 에테르 셸을 발동시켰다.

여기서는 이벨을 지키는 방향으로 움직이자. 잉그리스가 그렇게 결정한 순간.

하이랜드의 배에서 한 척의 플라이 기어가 접근해 왔다.

그곳에는 낯익은 얼굴의 인물이 타고 있었다.

길고 매력적인 붉은색의 머리카락을 지닌 하이랄 메나스, 시스티아였다.

"오래 걸려 죄송합니다! 함교를 제압했습니다!"

"잘했다. 나포한 배는 지금 바로 이곳에서 이탈시켜라!"

"네! 이미 그렇게 하라고 지시를 내렸습니다!"

시스티아의 말대로 하이랜드의 배는 움직임을 개시해 떠나가려 하고 있었다.

"이 자식들! 내 배를 빼앗아 갈 셈이냐? 빈집털이도 정도가 있지……!"

"그렇다고 전함이 어디서 저절로 솟아나는 것도 아니잖나. 기회가 있을 때 전력을 보충해 둬야지."

혹시 처음부터 이것이 목적이었던 것일까? 하이랜더의 암살이 목적이었다면 굳이 시스티아가 공중전함의 함교를 제압하러 갈 필요가 있었을까?

아니, 처음에는 이벨을 노리고 왕성에 잠입해 있었을 것이다. 혈철쇄 여단의 처음 목표는 어디까지나 하이랜더의 암살이었다.

하지만 모종의 수단을 통해 왕성에서 일어나는 상황을 파악하고 있었던 것이리라. 아마도 또 다른 혈철쇄 여단의 내통자를 심어 놓았을 확률이 높았다.

내통자로부터 하이랜더가 부재중이라는 보고를 받고 공중전함의 탈취로 목표를 변경했으리라.

제법 훌륭한 임기응변이었다.

"뭐, 상관없어. 여기서 널 죽이고 되찾으면 끝날 문제니까!"

"저자가 바로 하이랜드의 사자다, 시스티아."

"예?! 그럼 물러나기 전에 쓰러트리고 가죠! 절호의 기회입니다!"

"그래. 그럴 작정이기는 하다만…….

"제가 막겠어요. 여러분이 서로를 해치게 놔둘 수는 없어요. 무익한 짓이에요."

확실히 무익한 짓이었다. 잉그리스에게.

"후후후. 실로 난감한 상황이라 생각하지 않나, 시스티아?"

"예. 말씀하시는 대로군요. 레온 쪽도 내버려 둘 수는 없고 말이죠."

"그렇군. 이런 상황에서는 결국 힘이 모든 것을 말하지. 하지만 내 힘으로는 자신을 지킬 수는 있어도 저 소녀를 제압하기란 불가능하다. 아무래도 너의 힘을 빌릴 수밖에 없겠구나."

"……! 예, 알겠습니다!"

시스티아는 가뿐한 몸놀림으로 플라이 기어에서 뛰어내려 흑가면 옆에 나란히 섰다. 그리고 잠시 후, 그녀의 몸에서 눈 부신 빛이 뿜어져 나오기 시작했다.

"저의 힘, 저라는 존재…… 자유롭게 사용해 주십시오. 모든 것을 당신께 맡기겠습니다."

이것은 어쩌면…….

"하이랄 메나스의 무기화?!"

그것만큼은 꼭 보고 싶었다!

눈 부신 빛에 둘러싸인 시스티아가 흑가면을 향해 손을 내밀었다.

흑가면이 그 손을 붙잡자 시스티아의 모습이 더욱 격렬하게 빛났다.

"눈부셔……!"

이 가까운 거리에서는 눈을 뜨기조차 어려울 정도였다. 거의 실루엣밖에 보이지 않았다.

그리고 그 실루엣이 인간의 모양에서 기다란 창으로 변화해 나갔다.

눈으로 볼 수는 없었지만, 힘의 흐름을 감지하는 것은 가능했다.

잉그리스는 온 힘을 다해서 의식을 집중시켰다.

그리고 이해했다. 이것은…….

"굉장해……."

무기 형태로 변형한 시스티아가 흑가면의 에테르를 받아들여 증폭시켰다.

그랬다. 마나도 아닌 에테르를 증폭시킨 것이다.

이는 경악할 만한 현상이었다.

상급 마인무구조차 에테르를 흘려 넣으면 그 부하를 견디지 못하고 파괴되어 버린다.

예전에 잉그리스가 레오네의 상급 마인무구를 부수고 말았던 것처럼.

하지만 하이랄 메나스는 에테르와 접촉해도 무사했을 뿐만 아니라, 흘러 들어온 에테르를 압도적으로 증폭시키고 있었다.

다섯 배, 아니, 거의 열 배에 달하는 수준으로.

설령 잉그리스가 전력을 다해 에테르 셸을 발동시키더라도 이런 위력의 무기로 공격을 받았다가는 결코 무사하지 못할 터였다.

궁극의 마인무구라 칭해지는 하이랄 메나스. 확실히 그 이명은 허세가 아니었다.

마나라면 이해가 되지만, 설마 에테르까지 증폭을 시킬 줄이야.

이는 잉그리스의 전생에서 존재했던 신의 무기, 성검에 준하는 효과였다.

그것을 하이랜더라고는 해도 인간의 손으로 만들어 낼 줄이야.

솔직히 한 방 먹은 기분이었다.

잉그리스가 환생한 사이에 세상은 진화해 있었다.

훌륭했다. 정말로 훌륭했다. 싸울 상대로 삼기에 부족함이 없었다.

"큭……! 이건 저 메이드와 똑같은 힘인가……?! 심지어는 하이랄 메나스까지 반응하고 있어……!"

"달아나세요, 이벨 님. 저건 위험해요."

이벨을 물러나게 한 다음 저 힘을 마음껏 맛보고 싶었다.

"너의 지시 따위 받지 않는다! 변형이 끝나지 않은 지금이라

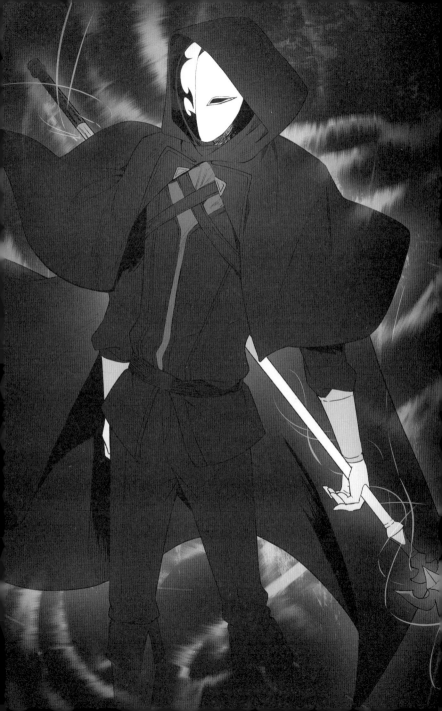

면……!"

그러나 이벨은 잉그리스의 말을 무시하고 흑가면을 향해 돌격해 버렸다.

"안 돼요! 그건 반칙이에요!"

상대가 변신하는 동안에 공격하다니, 심각한 매너 위반이다.

잉그리스는 이벨을 쫓기 위해 바닥을 박찼다.

하지만 이벨을 따라잡기 직전.

시스티아의 변형이 완전히 끝나고, 흑가면의 손에 황금색으로 빛나는 창이 나타났다.

예전에 시스티아 본인이 사용했던 황금색의 창보다도 훨씬 거대하고 화려한 형태를 지니고 있었다.

흑가면은 그 창을 한 손에 쥐고 앞으로 크게 내질렀다.

내지른 창날의 속도는 무시무시했다. 에테르 셸을 발동시킨 잉그리스조차도 한순간 뭔가가 번쩍이는 것밖에 인식하지 못했을 정도였다.

그리고 그 번쩍임이 이벨의 어깨에 닿은 순간, 어깨와 팔뚝이 소리도 없이 소멸해 버렸다.

"……!"

계속해서 이어지는 섬광과도 같은 연속 찌르기.

창끝이 이벨의 몸을, 허리를, 다리를, 머리를 차례차례 소멸시켜 나갔다.

그리고 이벨이 서 있던 자리에는 아무것도 남지 않았다. 순식간에 벌어진 일이었다.

"대체 무슨……?!"

휘이잉! 휘잉, 휘잉, 휘이잉!

흑가면의 에테르와 공명한 창이 공기를 가로지르는 소리.

그리고…….

파밧, 파밧, 파밧, 파바바밧!

창끝에 닿은 이벨의 몸이 번갯불에 지져지듯 소멸하는 소리.

잉그리스가 목격했던 광경을 따라잡지 못한 소리가 뒤늦게서야 들려온 것이다.

여기서 끝이 아니었다.

흑가면의 공격이 남긴 여파가 맹렬한 충격파가 되어 잉그리스를 덮쳤다.

"크윽……?! 엄청난 위력……!"

잉그리스는 충격에 저항하지 못하고 멀리 날아가 버렸다.

그리고 잉그리스가 날아간 곳에는…… 바닥이 없었다.

전함 밖으로 튕겨 나간 것이다.

"……아, 떨어져 버렸네."

하지만 어떻게 다시 올라갈지 고민할 필요는 없었다.

"크리스! 붙잡아!"

라피니아가 플라이 기어를 조종해 잉그리스의 밑으로 날아와 주었다.

"라니! 고마워!"

잉그리스는 몸을 비틀어 낙하 속도를 조절하면서 플라이 기어에 착지했다.

"좋아, 배 위로 돌아가자! 저거랑 싸워야 해!"

"괘, 괜찮을까?"

지금까지 담담하던 라피니아도 무기화한 하이랄 메나스의 위력을 목격하자 불안해진 듯했다.

"모르겠어. 하지만 그래서 더 불타오르는 느낌?"

"그, 그러면 나중으로 미뤄도 되지 않을까? 리플 씨와 레오네도 걱정이 되고……."

두 사람의 대화를 들었는지 흑가면도 입을 열었다.

"하이랜드의 사자는 처단했고, 전함도 나포했다. 우리는 충분히 성과를 올렸어. 괜찮다면 이대로 물러나고 싶다만."

"그렇게는 안……."

콰과아아아아아아아앙……!

불현듯 멀리서 커다란 소리가 울려 퍼졌다. 왕도의 시가지 쪽에서 난 소리였다.

그와 동시에 빛의 기둥이 하늘 높이 솟아오르는 것이 보였다.

문제는 기둥이 솟아난 장소였다.

"크리스! 저건……!"

"응. 기사 아카데미 쪽이야."

라피니아와 대화를 주고받는 사이, 빛의 기둥이 사그라들고 그 안에서 거대한 인간형 생물이 모습을 드러냈다.

그것은…… 지금까지 보았던 어느 마석수들보다도 훨씬 거대한 수인종 마석수였다.

왕성 꼭대기에 닿을 만큼 거대한 몸집.

그리고 신체의 표면은 일곱 빛깔의 광택을 발하고 있었다.

무지갯빛으로 빛나는 마석수. 그것이 뜻하는 바는 하나였다.

""프리즈마……!""

잉그리스와 라피니아가 입을 모아 외쳤다.

"우와아아…… 라니도 봤지? 봤지? 저거 프리즈마 맞지?"

"마, 맞는 것 같아."

예전에 아르멘 마을에서 보았던 얼어붙은 프리즈마는 거대한 새의 모습을 하고 있었다. 하지만 생긴 것은 달라도 잉그리스가 줄곧 선망해 왔던 적이라는 점에는 변함이 없었다.

나라를 멸망시킬 수도 있다고 일컬어지는 궁극의 마석수.

그 힘에 대항할 수 있는 것은 무기화한 하이랄 메나스를 다루는 성기사뿐이라고 한다.

잉그리스는 어릴 적 프리즈마라는 존재를 알게 되었을 때부터 자신의 힘으로 쓰러트리겠다고 생각해 왔다.

그리고 마침내 살아 움직이는 개체와 마주하게 되었다.

지금, 그 무렵의 목표를 달성할 수가 있는 것이다!

흥분으로 온몸이 떨려왔다.

"정확히 말하면 아직 완전체라고는 할 수 없는 상태다. 무지갯빛으로 물든 부분이 전체의 절반 정도군. 내버려 둔다면 조만간 완전한 프리즈마로 각성할 테지."

흑가면의 말대로였다. 수인종 프리즈마의 신체 절반은 무지갯빛이 아닌 얼룩무늬를 띠고 있었다.

말하자면 미성숙한 프리즈마인 셈이었다.

하지만 그런데도 프리즈마의 체내에는 막대한 힘이 내포되어 있었다.

"아아아아……. 고민된다. 누구하고 싸워야 하지……."

잉그리스는 반짝이는 눈동자로 흑가면과 미성숙한 프리즈마를 번갈아 바라보았다.

하이랄 메나스를 휘두르는 흑가면은 훌륭한 적이었다. 잉그리스의 시선이 저절로 옮겨 갔다.

강적들을 취향껏 골라서 싸울 수 있다니. 이곳은 좋은 전장이었다.

"잠깐만! 크리스!"

꾸욱!

라피니아가 잉그리스의 뺨을 잡아당겼다.

"뭘 고민하는 거야?! 당연히 기사 아카데미로 돌아가야지! 레오네, 리제롯테, 리플 씨까지 전부 저곳에 있잖아!"

"그, 그히만 라니. 내 말도 좀 드허봐."

"뭔데?"

일단 들어보기는 할 생각인지 라피니아가 손을 놔주었다.

"오히려 모두가 저곳에 있으니까 한동안은 괜찮다고 생각할 수도 있지 않을까? 저길 봐봐."

마침 그때, 프리즈마를 주변과 격리하듯 거대한 결계가 펼쳐졌다.

아마도 밀리에라 교장의 능력일 것이다.

이 먼 거리에서도 알 수 있을 정도로 강력한 결계였다.

성기사는 아니지만, 특급 마인을 소유한 밀리에라 교장이 있고, 마찬가지로 특급 마인의 소유자인 실바가 있으며, 레오네와 리제롯테도 있다.

그리고 무엇보다 유아가 있었다. 성실하게 임하고 있을지는 불명이지만.

유아는 바닥이 보이지 않는 힘을 지니고 있었다. 그야말로 미지수. 그러니 간단히 당하지는 않을 것이다.

"결계……?! 앗! 하지만 위험해……!"

바로 그때, 프리즈마의 몸 곳곳에 빛이 모이더니 사방팔방으로 광선이 뿜어져 나왔다!

"아니, 괜찮아……!"

하지만 다행히도 결계가 광선을 전부 차단해 주었다.

덕분에 기사 아카데미 주변의 시가지가 날아가는 것만큼은 막을 수 있었다.

그리고 결계도 아직 건재했다.

"후우…… 다행이다. 마을은 무사하구나."

"거봐. 문제없지? 동료를 믿는 것도 중요해."

"······말은 그럴듯하지만 결국에는 흑가면과 싸울 시간이 필요한 것뿐이잖아? 크리스의 성격상 양쪽 모두하고 싸우려는 속셈이겠지."

"설마. 나도 때와 장소는 가릴 줄 알아. 흑가면을 내버려 두면 우리가 떠나고 무슨 짓을 벌일지 모르잖아? 어쩌면 국왕 폐하를 노릴 수도 있어."

잉그리스는 내심 흠칫했지만, 시치미를 뚝 떼며 변명을 늘어놓았다.

"하지만 흑가면은 이제 떠날 거라고 그랬는걸."

"무슨 소리야, 라니! 상대는 악당이야. 게릴라 조직이라고. 그런 사람이 하는 말을 어떻게 믿겠어? 우리는 정의의 편이잖아."

"으음. 크리스도 저 사람만큼 신용이 안 가는데······."

"에엑?! 어째서?"

"크리스가 정의라는 말을 입에 담을 리가 없잖아! 수상해. 분명히 뭔가 꾸미고 있어!"

"그, 그래도 정의로운 일이잖아. 라니는 정의를 좋아하는 거 아니었어?"

"이번에는 됐어! 평소에도 충분히 깨끗하고 올바르게 살고 있으니까!"

그렇게 말다툼하는 잉그리스와 라피니아에게 싸늘한 목소리가 들려왔다.

"정말이지 소란스러운 꼬맹이들이군. 그만 꺅꺅대고 어서 돌아가라. 우리도 너희를 상대하고 있을 여유는 없어."

시스티아의 목소리였다.

어느새 원래의 모습으로 되돌아와 있었다.

"······! 무, 무슨 짓인가요! 원래대로 돌아오지 마세요! 아직 싸우고 싶단 말이에요······!"

"시끄러워! 나는 구경거리도 아니거니와, 네놈의 장난감도 아냐!"

"미안하지만 시스티아의 말대로다. 게다가 방금 그건 시스티아에게도 부담이 크거든. 정 우리를 못 믿겠다면 지금 바로 물러나도록 하지. 가자, 시스티아."

"예!"

"떠나게 놔두지는······!"

"그러지 마, 크리스! 가도록 내버려 두면 되잖아!"

라피니아가 그렇게 외쳤을 때였다. 기사 아카데미의 결계 안쪽에 변화가 생겼다.

태양처럼 눈 부신 빛이 결계 안을 가득 메운 것이다.

"저건······?! 조금 전에 하이랄 메나스가 무기화하면서 냈던 빛이지?! 크리스!"

라피니아의 말대로였다.

"그런 것 같아."

"혹시 리플 씨가 제정신을 차려서 무기로 변신한 건가······?! 다행이다! 그러면 프리즈마를 쓰러트릴 수 있을지도 모르겠네! 좋아. 이렇게 되면 여기서 흑가면을 붙잡아도······."

"아니······! 안 돼! 당장 기사 아카데미로 돌아가자! 저건 위험해······!"

얼핏 보기에는 시스티아가 변형했을 때와 비슷했지만 실상은 달랐다. 전혀 달랐다.

"네, 네. 알았어요. 그 말도 어차피 프리즈마가 처치당할까 봐 위험하다는 뜻이겠지? 싸우지 못하면 손해니까."

"지금은 그렇다고 해 둘게! 어쨌든 빨리 기사 아카데미로 돌아가자!"

"나도 그러길 권장하지. 서두르지 않으면 늦을 거다."

흑가면이 잉그리스의 속마음을 꿰뚫어 보기라도 한 것처럼 말했다.

"······아쉽군요. 당신하고는 마음껏 싸울 기회가 좀처럼 찾아오질 않네요. 그럼 언젠가 다시 만나죠. 실례하겠습니다."

"사양하지. 너하고 싸워봤자 나한테 득이 되기는커녕 위험만 가득하거든."

이 이상은 대화를 나눌 시간조차 부족했다.

"얼른 가자, 라니! 서둘러야 해!"

"아, 알았어!"

두 사람을 태운 플라이 기어가 전속력으로 기사 아카데미를 향해 날아갔다.

잉그리스와 라피니아가 혈철쇄 여단과 마주치기 조금 전.

격리용 이공간 안에서는 리플이 불러낸 마석수 토벌이 계속되고 있었다.

"이야압!"

좌아아아아악!

유아의 수도가 양쪽에서 엄습해 오는 강화형 마석수를 세로로 양단해 버렸다.

"저, 정말로 굉장하세요. 유아 선배……!"

근처에 있던 리제롯테는 그 광경에 놀라움을 금치 못했다.

저 잉그리스조차 맨손으로 마석수를 쓰러트린 적은 없었다.

대체 유아는 무엇을 어떻게 하길래 저토록 강한 것일까?

짐작도 가지 않았지만, 더할 나위 없이 듬직한 것은 사실이었다.

지금까지 총 열 마리에 달하는 마석수를 쓰러트릴 수 있었다. 유아의 힘이 없었다면 도저히 불가능했을 것이다.

"……고마워, 뾰족이 후배."

"벼, 별말씀을……."

다만 이상한 별명으로 부르는 것은 그만뒀으면 했다.

"하지만 좀 지치기 시작했어."

"그렇네요. 저도요……."

기프트를 발동시킨 상태로 휴식 없이 연전을 펼쳐 왔다.

유아와 리제롯테뿐만 아니라 다른 학생들도 상당히 지쳐있는
상태였다.

이는 마석수를 소환하기 위해 리플에게 마나를 공급하고 있는
밀리에라 교장과 실바도 마찬가지였다.

"……실바 군, 상태는 좀 어떤가요?"

"솔직히 힘듭니다. 하지만 리플 님은 저희의 힘을 아직도 흡수
하고 계신 거죠……?"

"네. 그렇네요……."

마석수의 소환은 아직 끝나지 않았다.

밀리에라 교장과 실바는 체감으로 그것을 알 수 있었다.

"그렇다면 아직 쉴 수 없습니다……! 이대로 계속하죠!"

"알겠어요. 여러분! 다음 적이 올 거예요! 조심하세요!"

밀리에라 교장과 실바는 계속해서 힘을 쥐어짜 리플에게 마나
를 공급했다.

다시금 소용돌이치는 듯한 공간의 왜곡이 발생했다.

이번에 출현한 것은 강화형 마석수가 세 마리.

"다들 부탁한다!"

실바가 주변인들의 사기를 고무시키며 계속해서 마나를 공급
해 나갔다.

그렇게 집중을 계속하던 와중, 실바와 밀리에라 교장은 이변을
느꼈다.

휘이이이잉!

동시에 리플의 몸을 뒤덮고 있던 구체의 색이 변화했다.

다양한 색깔이 뒤섞여 일렁이는 무지갯빛으로.

그리고 리플에게 빨려 들어가는 마나의 양이 지금까지와는 차원이 다르게 증가했다.

"으윽……?! 이, 이건?!"

"리플 씨가 마나를 빨아들이는 힘이 훨씬 강해졌어요……!"

이대로 가다가는 마나를 공급하는 것 자체가 어려워진다.

두 사람이 그래도 어떻게든 견뎌보려고 애를 쓰는 가운데, 새롭게 출현한 세 마리의 마석수 소탕이 행해졌다.

유아가 먼저 정면의 한 마리를 격파하러 나섰고, 리제롯테는 다른 한 마리의 주의를 끌었다.

마지막 한 마리의 마석수는 열선을 흩뿌리기 위해 힘을 모으고 있었다.

"쏘게 두지 않겠어요!"

리제롯테가 그 공격을 무력화하기 위해 기프트인 하얀 날개에 힘을 주었다. 하지만…….

슈우우욱!

마음과는 반대로 하얀 날개가 소멸해 버리고 말았다.

지구력에 한계가 찾아온 것이다.

"큭?! 누가 저걸 멈춰 주세요!"

"내가 할게!"

레오네의 대검이 길게 뻗어나가 힘을 모으던 마석수를 날려버렸다.

"고마워요, 레오네!"

"나이스. 2호 후배."

유아도 마석수를 상대하면서 레오네를 칭찬했다.

"……하지만 죄송해요. 더는 한계예요!"

레오네의 말대로 격려용 이공간이 소실되며 주변의 풍경이 기존의 대강의실 되돌아왔다.

"죄송합니다, 저도!"

"저도요……!"

레오네와 마찬가지로 격려용 마인무구를 소지하고 있던 학생들이었다. 모두 힘이 다한 눈치였다.

더 이상 이공간을 유지하기가 어려워지고 말았다.

"다들 한계로군……. 이대로 계속하는 건 무리인가……?!"

"일단은 나타난 마석수들부터 쓰러트리죠!"

밀리에라 교장이 지시를 내리자 유아가 곧바로 수도를 날렸다.

"타앗."

유아와 대적하고 있던 강화형 마석수의 목이 날아갔다.

하지만 리제롯테와 싸우고 있는 마석수는 건재했다.

조금 전에 레오네가 날린 마석수도 다시 몸을 일으켜 힘을 모으고 있었다.

"적의 공격이 또 와요!"

"알겠다. 그렇다면 내가……!"

실바가 가세하고자 자리에서 일어났다.

하지만 기세 좋게 몸을 일으킨 순간, 실바는 현기증을 느끼며 비틀거렸다.

급격하게 늘어난 리플의 마나 흡수량이 실바에게 예상 이상의 부담을 안겨준 것이다.

"으……?!"

결국, 마석수가 원형진을 이루고 있는 학생들을 향해 열선을 발사했다.

여태껏 발사하지 못하도록 아슬아슬하게 막아왔지만, 마침내 한계에 봉착하고 말았다.

""아앗!""

""다, 당하겠어!""

학생들이 소리를 내지른 바로 그때.

뿜어져 나오던 열선의 진로상에 적청색으로 빛나는 네발짐승이 끼어들었다.

이윽고 열선이 네발짐승에 적중한 순간, 짐승은 격렬한 빛을 발하며 폭발했다!

콰아아아아아앙!

그 폭발로 인해 마석수의 열선이 상쇄되었다.

"이건……! 뇌수?!"

레오네의 목소리에 답하듯 추가로 네 마리의 뇌수가 모습을 드러냈다.

그렇게 나타난 뇌수들이 일제히 마석수를 에워쌌다.

마석수는 자신을 둘러싼 뇌수에게 주먹을 휘둘렀지만, 마석수가 뇌수와 접촉한 순간……

콰아아아아앙!

아니나 다를까 뇌수가 폭발을 일으켰다. 폭발에 휘말린 마석수는 팔이 떨어져 나갔다.

그워어어어?!

마석수가 몸을 젖히자 남아있던 뇌수들이 우르르 달려들었다.

그 결과 마석수는 거대한 폭발과 함께 소멸하고 말았다.

"물러나! 아르시아 가문의 아가씨!"

남성의 목소리가 들려오고, 다시금 모습을 드러낸 뇌수들이 리제롯테와 대치하고 있던 마지막 마석수를 향해 달려갔다.

"앗?!"

뇌수들은 뒤로 멀찍이 후퇴하는 리제롯테와 교대하듯 마석수에게로 돌진했다.

결국, 마석수는 조금 전의 개체와 같은 운명을 맞이하고 말았다. 폭발에 휘말려 소멸한 것이다.

대강의실을 가득 메운 섬광이 사라지자, 입구 옆에 한 명의 청년이 서 있었다.

"……오라버니!"

"반갑다! 뭐…… 여러모로 하고 싶은 말이야 많겠지만, 지금은 힘을 빌려주도록 할게."

레온은 뒷머리를 긁적이며 겸연쩍은 미소를 지어 보였다.

"야, 저 사람은 혹시……."

"마, 맞아. 본 적이 있어……!"

학생들이 술렁거리기 시작했다.

레온은 전 성기사. 이 나라의 영웅이었다.

그의 얼굴을 모르는 학생은 거의 없었다.

"……오라버니가 어째서 이곳에?!"

레오네의 그 한마디에 레온의 얼굴을 모르는 사람들도 상황을 파악할 수가 있었다.

레오네가 성기사의 지위를 버리고 혈철쇄 여단으로 넘어간 배신자 레온의 여동생이라는 점은 주지의 사실이었다.

"설마 혈철쇄 여단이 방해를 하려고?!"

"이, 이런 때에……!"

"성기사였던 인물과 싸우게 되는 건가……?!"

분노를 금치 못하는 학생들.

"넘겨짚지 말고 진정해들. 조금 전에 그거 봤잖아? 나는 협력하기 위해 이곳에 온 거야. 뭐, 믿기 힘든 마음도 이해는 된다만. 밀리에라, 네가 학생들한테 뭐라고 한마디 해줘."

"……당신이 저지른 짓을 감안하면 의심을 받는 것도 무리가 아니죠. 옹호해 드리기는 어렵네요."

밀리에라 교장이 씁쓸한 표정으로 말했다.

"뭐, 틀린 말은 아니지. 하하하."

"웃을 일이 아니에요. 남겨진 레오네 양이 얼마나 괴로워했는지 알고는 계신 건가요? 당신에게도 신념이 있다는 것은 이해하지만, 그렇다고 긍정할 생각은 없어요. 레오네 양은 제 학생이니까요. 제 학생을 상처 입히는 사람은 설령 육친이라 할지라도 용서하지 않을 거예요."

"……다행이군. 앞으로도 레오네를 잘 부탁할게."

레온은 진지한 표정으로 밀리에라 교장에게 머리를 숙였다.

밀리에라는 후우, 하고 한숨을 내쉬었다.

"혹시 저희에게 협력해서 죗값을 치르겠다는 심산이신가요?"

"설마. 그런 걸로 용서받을 수 있을 만큼 가벼운 문제가 아니라는 건 알고 있어. 뭐, 이번에는 보스의 명령으로 마지못해 온 거야. 마지못해."

다만 흑가면은 명령을 내리면서 레온에게 이렇게 덧붙였다.

남들이 뭐라고 말하든 자기 자신을 꺾을 필요는 없다고.

지켜야 할 것이 있다면 지키러 가면 된다고.

어떤 결과를 맞이할지는 모르겠지만 앞으로도 같은 길을 걸어가기를 바란다고.

"교장 선생님. 쓸 수 있는 수단은 전부 사용해야 합니다! 성기사였던 남자의 힘은 확실히 도움이 될 겁니다!"

그때 실바가 밀리에라 교장에게 의견을 피력했다.

"오? 말귀가 잘 통하는 녀석이 있었군. 아주 훌륭해. 장래가 유망한걸?"

"착각하지 마라! 나는 같은 특급 마인의 소유자로서 책임을 포기하고 도망간 당신을 용서할 수 없어! 일이 마무리되면 곧바로 구속해서 벌을 받게 해주지! 레오네 군도 그걸로 족하지?!"

"무, 물론이에요……! 실바 선배!"

"무서워라……. 뭐, 붙잡히기 전에 튀는 게 상책이겠군."

레온은 어깨를 으쓱이며 학생들로 이루어진 원형진 안으로 걸어 들어왔다.

그렇게 중앙에 있던 레오네와 실바의 곁으로 다가온 레온은 품속에서 동그란 물건을 꺼내 들었다.

흰색과 검은색의 얼룩무늬를 지닌 구체였다.

"영차!"

레온이 그 구체를 발밑에다 내던졌다.

쨍그랑!

구체가 깨지면서 흰색과 검은색으로 복잡하게 뒤섞인 안개가 주변을 뒤덮었다.

"뭐, 뭐야……?!"

"연막탄인가……?!"

"조, 조심해 다들!"

학생들의 다급한 소리에 레온은 한숨으로 화답했다.

"이거 영 믿음직하지 못하군. 너희들은 이 나라의 장래를 짊어질 정예들이잖아? 일일이 허둥대지 말고 눈앞에서 벌어지는 일의 본질을 잘 느껴봐."

하지만 레온의 말을 듣기도 전에 효과를 깨달은 자들도 있었다.

"이, 이건⋯⋯?! 힘이 돌아오고 있어!"

"정말이네요⋯⋯! 이게 대체 뭘까요?"

"몸이 가벼워지기 시작했어요⋯⋯!"

"응. 이거라면⋯⋯."

다시 한번 전력으로 기프트를 발동시킬 수가 있다.

"이건 마나 미스트라는 거야. 효과는 지금 너희가 체감한 대로다. 꽤 훌륭한 물건이지? 우리 보스는 어디서 구해왔는지 신기한 것들을 많이 가지고 있거든."

그리고 레온은 레오네에게 지시를 내렸다.

"레오네, 다시 한번 이곳을 이공간에 격리해 줘."

"⋯⋯⋯⋯."

"난감하네. 지금은 기 싸움이나 할 때가 아니잖아? 나도 지금 와서 함정에 빠트리거나 할 생각은 없어."

"저도 알고 있어요."

레오네는 최대한 퉁명스럽게 대답했다.

본심을 말하자면, 분했다.

위험하던 상황에서 레온이 듬직한 모습으로 나타나 안심해 버린 자신이 있었다.

레오네를 잘 부탁한다고 밀리에라 교장에게 머리를 숙이는 모습에 가족의 정이 되살아나 버릴 것만 같았다.

그래서는 안 되는 것이건만.

물론 지금은 긴급한 상황이고, 따라서 협력할 수밖에 없다는 것은 알고 있었다. 즉, 레온과는 어디까지나 일시적으로 이해관계가 일치했을 뿐이다. 적이라고 생각해야 했다.

하지만 자신의 마음은 그렇지 않다는 점이 분했다.

그러니 적어도 겉으로는 표현하면 안 되겠다고 생각했다.

어찌 됐든, 힘을 되찾은 레오네는 다시금 기프트를 발동시켰다.

"그럼 난 이쪽을 거들게. 리플에게 마나를 흡수시켜서 마석수를 불러내면 되는 거지?"

레온은 여전히 정신을 잃고 있는 리플의 옆에 무릎을 꿇고 앉아 본인의 마인무구인 철제 글러브를 가져다 댔다.

"으윽……?! 이거 흡수해 가는 양이 엄청난걸!"

"실바 씨, 저희도……!"

"예, 교장 선생님!"

그렇게 세 사람은 각자의 마인무구를 통해 리플에게 마나를 주입했다.

그러자 리플의 몸을 뒤덮은 빛이 눈부시게 팽창해 갔다.

순식간에 대량의 마나를 흡수당한 세 사람은 금세 피로를 느꼈다.

"어이……! 마나를 이렇게나 주입했는데 아무것도 안 나오는 거야……?!"

"조금 전까지는 마구마구 나타났는데 이상하네요……!"

"지금까지와는 전혀 다르군요……!"

이윽고…….

원형진 바깥에 거대한 공간의 일그러짐이 발생했다.

쿠과과과과과과!

그리고 느닷없이 거대한 빛의 기둥이 하늘 높이 솟아올랐다.

빛의 기둥은 레오네가 만들어 낸 이공간을 붕괴시켜 버렸고, 주변의 풍경은 또다시 기사 아카데미로 되돌아오고 말았다.

"앗?! 공간이……?!"

"파괴된 건가요……?!"

즉, 빛의 기둥에는 이공간을 파괴할 만큼의 위력이 있다는 뜻이었다.

천장과 학교 지붕을 뚫고 올라간 빛의 기둥은 다시금 어마어마한 충격파를 발산해 학교의 벽을 날려버렸다.

""""우와아아아아악?!""""

""""꺄아아아아아악?!""""

자리를 지키던 학생들까지 뿔뿔이 날아가 버리고 말았다.

남아있는 것은 잔해가 되어버린 학교 건물과…… 그 중심에 작은 산처럼 서 있는 거대한 그림자뿐.

"으윽……?!"

레오네 역시도 무참하게 날아갔지만, 도중에 누군가가 받아 준 덕분에 커다란 상처는 입지 않고 끝났다.

"……레오네. 괜찮아?"

"오라버니…….'

아무래도 레온이 레오네를 받아 준 모양이었다.

레온은 미소를 지었지만, 레오네는 흥, 하고 고개를 돌렸다.

"그나저나 지금 건 대체……?"

"알고 싶어? 저걸 봐. 리플 녀석, 엄청난 걸 불러내고 말았군."

레온이 가리킨 곳에는 무지갯빛으로 빛나는 육신을 지닌 마석수, 프리즈마가 있었다.

그오오오오오오……!

프리즈마가 커다란 포효를 내지르자 대기가 전율하며 돌풍과도 같은 충격파가 전해져 왔다.

"이, 이게 바로 살아있는 프리즈마……?!"

터무니없는 박력. 존재감.

레오네도 아르멘 마을에서 얼어붙은 프리즈마를 여러 차례 본 적이 있었다.

하지만 살아 움직이는 프리즈마는 분위기가 완전히 달랐다. 차원이 달랐다.

일종의 본능적인 공포 같은 것이 느껴졌다. 레오네는 자기도 모르게 몸을 바들바들 떨고 있었다.

"리플의 이변은 이 나라에 제재를 가하기 위한 하이랜드의 수작이었지. 그 모든 게 프리즈마를 불러내기 위한 것이었다면 납득은 가네."

프리즈마는 나라를 멸망시킬 수도 있다고 일컬어진다.

확실히 레온의 말대로 나라 하나를 제재하기에 충분한 존재일지도 몰랐다.

"어, 어떻게든 해야 해……! 하, 하지만…….."

저런 괴물을 대체 어떻게 할 수 있단 말인가.

"레오네, 다시 한번 저 녀석째로 공간을 격리해!"

"아, 알았어요, 오라버니!"

레온의 지시로 정신을 차린 레오네가 기프트를 사용하기 위해 의식을 집중했다.

이윽고 마인무구가 반응하며 주변의 풍경이 바뀌기 시작했지만…….

바우우웅!

이공간을 구성하는 힘이 붕괴해 다시 원래의 풍경으로 되돌아오고 말았다.

"틀렸어……! 프리즈마의 힘이 너무 강력해서 격리할 수 없어요!"

"그런가. 그렇다면 싸우는 수밖에 없겠군……!"

레온의 주위로 십여 마리에 달하는 뇌수가 출현했다.

"레오네, 너는 기절한 녀석들을 모아서 피난시켜! 자칫하면 휘말릴 수 있으니까!"

"나, 나도 오라버니와 같이……!"

"레오네! 괜찮은 건가요?!"

그때 머리 위에서 리제롯테의 목소리가 들려왔다.

기절한 학생을 두어 명 끌어안고 있었다.

"리제롯테! 응, 나는 괜찮아!"

"레오네 양과 리제롯테 양이군요! 두 분은 기절한 학생들을 피난시켜 주세요! 프리즈마는 저희가 막을게요!"

다른 방향에서 밀리에라 교장이 지시를 내렸다.

"아, 알겠습니다!"

"유아 양! 유아 양은 레온 씨와 함께 프리즈마의 주의를 끌어 주세요!"

"네? 엄청 크고 우락부락해서 무서운데……."

"지금은 말대답할 때가 아니에요! 빨리하세요!"

"힉……?! 아, 알겠습니다."

유아는 밀리에라 교장이 버럭 화를 내자 움찔하면서 고개를 끄덕였다.

"무, 무섭지만 어쩔 수 없지……."

유아는 프리즈마를 향해 슬금슬금 접근을 시도했다.

천천히 후방으로 돌아가는 유아.

그오오오오오오!

그런 유아가 신경에 거슬렸는지 프리즈마가 뒤를 돌아보며 큰 소리로 울부짖었다.

"히이익!"

유아는 질겁하며 움츠러들었지만, 얼굴은 역시나 무표정이었다.

"거기서 겁을 먹으면 어떡하냐. 뭐, 미끼로는 오히려 제격이지만!"

레온의 지시를 받고 프리즈마의 거구를 달려 올라간 뇌수가 안면에 충돌해 커다란 폭발을 일으켰다.

콰아아아앙!

폭발은 커다란 섬광과 함께 프리즈마의 아직 완전하지 못한 부분, 즉, 무지갯빛이 아닌 피부에 상처를 남겼다.

"오오…… 믿음직해."

유아가 감탄하며 말했다.

"오, 그러냐? 그거 기쁜걸."

"응. 아저씨, 나이스."

엄지를 척 치켜세우는 유아.

"나는 아직 20대거든……! 하긴 뭐, 너만 한 애들한테는 그렇게 보일지도 모르겠네. 으음…… 아무래도 좋아! 계속해서 간다!"

뇌수들이 차례차례 프리즈마를 타고 올라갔다.

집요하게 머리만을 노려 연속 폭발.

하지만 상처가 생기면 그때마다 곧바로 재생이 시작되어 버렸다.

결국 레온의 공격은 치명상으로 이어지지 못했다. 무시무시한 생명력이었다.

하지만 폭발의 섬광으로 시야를 가려 움직임을 막기에는 충분했다.

"좋아요. 그대로 계속해 주세요! 다른 분들은 이 틈에 피난 작업을 부탁드려요!"

밀리에라 교장은 레온의 활약을 바라보며 지팡이 형태의 마인 무구를 휘둘렀다.

프리즈마와 그 주변을 뒤덮는 반구형의 결계가 대규모로 전개

되기 시작했다.

공간 격리가 불가능한 이상, 결계로 주변의 피해를 막아내는 수밖에 없었다.

"부상자의 피난을 우선하면서 어떻게든 돌파구를 찾아내겠어요! 실바 씨, 리플 씨의 상태는 좀 어떤가요?!"

"빛은 사그라들었고, 힘도 더 이상 흡수되지 않습니다……! 제 짐작이지만 저게 마지막 수인종 마석수로 보이는군요!"

"과연. 마지막 고비라 이건가요……!"

"혹시 이제 곧 리플 님도 눈을 뜨시지 않을까요?! 그때까지 어떻게든 버틴다면 리플 님의 힘을 빌려서 저 녀석을……!"

"아니, 그거라면 관둬."

실바의 말에 레온은 고개를 가로저었다.

"네. 레온 씨의 말이 맞아요……!"

"어, 어째서죠, 교장 선생님?! 이런 때야말로 하이랄 메나스의 힘이……!"

"저 프리즈마는 아마도 완전체가 아닐 거예요. 그러니 다른 돌파구를 찾아야 합니다……!"

"그래. 밀리에라의 말대로야. 게다가 리플도 컨디션이 정상이 아닐 거다. 무리를 시킬 수는 없지."

한편, 유아는 어느새 프리즈마의 발밑으로 접근한 상태였다. 힘을 모으듯 팔을 빙글빙글 돌리면서.

유아의 주먹이 희미한 빛을 발하고 있었다.

"하기 싫은 일은 얼른 끝내버리는 게 상책."

폴짝.

높이 뛰어오른 유아는 프리즈마의 무릎을 밟고 다시 도약해 명치가 있는 위치까지 올라갔다. 그리고…….

퍼어어어억!

묵직한 소리와 함께 유아의 주먹이 프리즈마의 명치에 꽂혔다.

유아의 일격은 프리즈마에게도 통한 것처럼 보였다.

프리즈마가 움찔하며 움직임을 멈춘 것이다.

그 광경을 본 레온은 자기도 모르게 휘유, 하고 휘파람을 불었다.

"훌륭한 펀치군……! 통했어! 꼭 잉그리스 같은걸……!"

"글쎄. 안 통한 것 같아."

유아는 완전히 무표정한 얼굴로 레온의 의견을 부정했다.

"응……?! 무슨 소리야? 배를 완전히 뚫어 버렸잖아."

"아니야. 팔이 박혀서 안 빠져."

그 말대로였다. 유아의 팔과 몸이 프리즈마의 몸속으로 서서히 끌려 들어가기 시작했다.

"……! 이런! 흡수해서 힘을 빼앗으려는 속셈인가?! 기다려, 금방 구해주마!"

"유아 양에게 방어벽을!"

밀리에라 교장은 몸에 차고 있던 반지를 유아에게 향했다.

그러자 유아의 작달막한 몸이 연록색의 빛나는 막으로 뒤덮였다.

"이거라면 공격을 받아도 괜찮을 거예요!"

"좋았어! 유아, 조금 아플지도 모르지만 참아라!"

레온은 뇌수들을 일제히 프리즈마의 복부로 돌진시켰다.

폭발로 살을 발라내 유아를 떼어낼 심산이었다.

유아는 밀리에라 교장이 만들어 낸 방어벽으로 보호를 받고 있으니 폭발에 휘말려도 멀쩡……하지는 않을지도 모르지만, 지금은 한시가 급한 상황이다. 하는 수밖에 없었다.

하지만 레온의 뇌수들이 프리즈마의 발치에 도달했을 때였다.

부우우웅!

프리즈마가 휘두른 기다란 꼬리가 뇌수들을 휩쓸어 버렸다.

그 강렬한 일격에 당한 레온의 뇌수들은 복부에 도달하기도 전에 폭발하고 말았다.

프리즈마의 꼬리에 다소 탄 흔적이 남기는 했지만 금세 재생이 시작되었다.

더욱 강한 공격을 가하지 않는 한 유의미한 피해는 입히지 못할 듯 보였다.

"젠장! 조금 전에는 얌전히 맞고만 있었던 주제에, 먹잇감을 얻자마자 반격해 오다니! 지금까지 일부러 느려빠진 척 연기한 건가……!"

원래는 지혜를 갖춘 수인종이다.

거대한 프리즈마로 변한 현재, 본능에 충실할 것 같은 생김새를 하고 있었지만, 딱히 그렇지도 않은 모양이었다. 전술적인 움직임으로 대응해 오고 있었다.

"나도 가세하지!"

리플의 곁을 지키고 있던 실바가 붉은색의 장총을 거머쥐었다.

타아앙! 타아앙! 타아아앙!

굉음과 함께 총구에서 불덩어리가 뿜어져 나왔다.

그런데 그 불덩어리가 프리즈마를 향해 날아가는 동안 모습을 바꾸었다.

화염의 새로 변한 불덩어리는 복잡한 궤도를 그리며 빠른 속도로 프리즈마를 엄습했다.

하지만 프리즈마는 실바가 쏘아 보낸 불새들을 손끝으로 정확하게 터트려 버렸다.

결국 유아가 붙잡혀 있는 복부에는 접근하지 못했다.

"큭……! 이게 프리즈마인가……!"

"모았다가 쏠 수는 없어?! 파고들 수 없다면 힘으로 밀어붙이는 수밖에!"

레온이 실바에게 물었다. 레온의 면전에는 지금까지 선보였던 뇌수보다 몇 배는 더 커다란 뇌수가 만들어지고 있었다.

힘을 분산시켜 다수의 뇌수를 만들어 내는 대신 한 마리에 집중시키는 것을 택한 것이다.

마인무구에 숙달이 되면 이런 식으로도 운용할 수가 있었다.

"물론 가능하다! 가능하고말고!"

실바의 총구 앞에 기존의 몇 배에 달하는 커다란 불덩어리가 만들어졌다.

두 사람을 지켜보던 유아는 식겁하며 중얼거렸다.

"날 죽일 생각인가……."

"너라면 분명 괜찮아! 견뎌라!"

"방법이 이것뿐이라 어쩔 수가 없다!"

거대한 뇌수와 불새가 서로 뒤엉키며 프리즈마에게로 돌진했다.

쓸데없는 기교 없이 정면으로 승부할 작정이었다.

두 사람의 공격을 목격한 프리즈마가 입을 쩍 벌렸다.

프리즈마의 목구멍에서 무지갯빛으로 빛나는 굵직한 광선이 뿜어져 나왔다.

그리고 뇌수와 불새를 흔적도 없이 지워 버렸다.

""이럴 수가……?!""

위력이 다소 상쇄되기는 했지만, 아직 건재한 프리즈마의 광선이 레온을 덮쳤다.

"?!"

피하는 것은 불가능했다.

레온의 뒤쪽에는 레오네를 비롯한 부상자들이 모여있었다.

"으랴아아아압!"

철제 글러브를 교차시켜 광선을 받아내는 레온.

위력의 여파로 인해 한참을 밀려났으나 어떻게든 견디는 데는 성공했다.

하지만 다른 문제가 생겼다.

철제 글러브가 심각한 손상을 입고 부서져 버린 것이다.

"이 자식, 내가 오랫동안 애용해 왔던 파트너를!"

"아앗?! 유아 씨?!"

"느, 늦은 건가……?!"

밀리에라 교장과 실바가 소리쳤다.

유아가 프리즈마의 몸속에 완전히 파묻힌 것이다.

그오오오오오!

프리즈마가 포효했다.

유아를 흡수해서 기뻐하고 있는 것인지도 몰랐다.

불현듯 프리즈마의 몸이 밝은 빛을 발했다. 표면을 뒤덮은 무지갯빛의 면적이 한층 늘어난 것처럼 보였다.

"아직 포기하기는 일러! 어떻게든 파내겠어!"

유아의 몸을 뒤덮은 방어막의 빛이 프리즈마의 피부 너머로 흐릿하게 새어 나오고 있었다.

하지만 먼저 다음 행동으로 나선 것은 프리즈마 쪽이었다.

프리즈마의 몸 표면에 수많은 광점이 출현했다.

조금 전에 입에서 내뿜은 광선을 전신에서 방출할 심산인 듯했다.

응축된 빛 하나하나에서 조금 전의 광선에 필적하는 박력이 느껴졌다.

유아를 흡수해 힘이 증가한 것인가?!

"큰일이에요! 이 일대를 쑥대밭으로 만들어 버릴 작정이에요! 레오네 양은 학생들을 데리고 이공간으로 후퇴해 주세요! 레온

씨와 실바 군도 리플을 데리고 함께 피난하세요!"

"교장 선생님! 교장 선생님은 어쩌실 생각인가요……?!"

레오네의 물음에 밀리에라 교장은 미소를 지으며 대답했다.

"제 몸은 제가 알아서 챙길게요! 저까지 이공간으로 가버리면 이 결계가 사라져 버리니까요. 자, 서둘러요! 제 걱정은 하지 마시고요!"

레오네는 마음이 아팠지만, 확실히 이대로라면 수많은 학생이 저 빛에 휘말려 희생될 터였다.

밀리에라 교장의 지시에 따르는 수밖에 없었다.

"이동할게요!"

레오네는 밀리에라 교장을 남겨둔 채 자신의 옆에 모인 사람들을 이공간으로 격리했다.

주위의 광경이 아무것도 없는 새까만 공간으로 바뀌었다.

바로 그때.

"으으, 여기는……."

실바에게 안겨 있던 리플이 정신을 차렸다.

""리플 님……!""

"아, 다들…… 다행이다. 무사했구나."

실바와 레오네의 얼굴을 본 리플이 안도한 표정을 지었다.

"무사한지 어떤지는 앞으로 어떻게 하냐에 달렸어. 바깥은 지금 꽤 위험한 상황이거든."

레온이 말하자 리플은 눈을 휘둥그레 뜨며 경악했다.

"레, 레온……?! 어, 어째서 여기에 있는 거야?!"

"뭐, 지금은 그런 걸 따질 상황이 아니니까 넘어가자고."

"긴급 사태라서 도움을 받고 있습니다. 못 볼 것을 보여드려서 죄송합니다, 리플 님. 일이 마무리되면 바로 구속하겠습니다."

"못 볼 것이라니. 사람을 그런 식으로 말하면 쓰나. 기껏 협력해 주고 있건만."

"싸, 싸우지들 마. 레온은 그렇다 치고…… 지금 꽤나 위험한 상황인 거지? 뭐가 어떻게 된 거야?"

"리플 님, 먼저 여기에 손을 대보세요."

실바는 자신의 마나가 담긴 마인무구를 리플에게 내밀었다.

"알았어."

실바의 마인무구에 손을 얹은 리플은 곧 자신의 변화를 깨달았다.

"아……! 마나가 흡수되지 않네?! 그럼 난……!"

"네. 아무래도 마지막 마석수가 소환된 것 같습니다."

리플의 몸에 일어난 이변을 한마디로 설명하자면, 수인종 특유의 초지각 능력을 이용해 마석수를 불러내는 현상이라 할 수 있다.

그리고 수인종은 종으로서 멸종을 맞이하고 말았다.

즉, 소환되는 마석수의 수에는 한계가 있었다. 리플이 마나를 흡수하지 않는다는 것은 개체수가 마침내 바닥났다는 증거였다.

"그, 그렇구나……. 다행이다. 더 이상 너희한테 민폐를 끼치지 않아도 되는구나……. 다시 모두를 지키는 하이랄 메나스로 돌아갈 수 있어.”

리플이 눈물을 머금으며 말했다. 레오네와 리제롯테는 그런 리플의 모습에 뿌듯한 기분을 느꼈다. 실바는 말할 것도 없었다. 위험을 무릅쓰고 열심히 한 보람이 있었다.

“하지만 리플 님, 기뻐하고만 계실 수는 없는 상황입니다.”

“아, 위험한 상황이라고 했지. 무슨 일인데?”

“실은 마지막으로 소환된 마석수가…… 프리즈마였습니다.”

“뭐어어어?! 내 동족이 프리즈마가 되었다는 거야……?! 그, 그럴 수가…….”

“아직 완전체는 아니지만 말이지. 그래도 내가 여태껏 봤던 어느 마석수보다도 강했어. 역시 프리즈마는 차원이 다른 괴물이야.”

“그 프리즈마는 지금 어디에 있는데……?! 어서 멈춰야 해!”

“지금 이 이공간 바깥의 기사 아카데미에서 날뛰고 있습니다. 교장 선생님이 결계를 펼쳐 마을 밖으로 나가지 못하게 막아 주셨습니다만, 저희 모두가 휘말릴 만한 공격을 해오는 바람에…….”

“레오네의 마인무구로 이공간으로 후퇴해 온 거예요. 교장 선생님은 결계를 유지하기 위해서 바깥에 혼자 남으셨어요.”

“밀리에라가……?! 너무 무모해! 어쨌든 서둘러 밖으로 돌아가자!”

“맞습니다, 리플 님! 프리즈마를 쓰러트릴 수 있는 것은 무기화한 하이랄 메나스를 다루는 성기사뿐……! 아직 수행 중인 몸입니다만, 힘을 빌려주신다면 제가 나서서 해치우겠습니다! 부탁드립니다."

"실바 군……. 그건 아직…… 안 돼."

"어, 어째서죠?! 제 실력이 아직 부족해서 그런가요?"

"그런 문제가 아니야. 레온의 말을 듣기로 아직 완전체가 아니라면서? 그러니 어쩌면 다른 수단으로 쓰러트릴 수 있을지도 몰라. 할 수 있는 건 전부 해 볼 필요가 있어."

"리플 님마저 교장 선생님과 똑같은 말씀을……."

"성기사와 하이랄 메나스는 지상의 인간들에게 있어 비장의 수나 마찬가지야. 비장의 수라는 건 함부로 사용해선 안 되는 거지. 뭐, 너도 순조롭게 성장하다 보면 이해하게 될 날이 올 거다."

"성기사를 포기하고 달아난 인간이 다 안다는 듯이 말하기는……!"

"하핫! 정곡이군!"

"……어쨌든 밖으로 나가자! 레오네, 원래 있던 곳으로 되돌려줄래?"

"네, 리플 님! 그럼 이동할게요!"

레오네가 기프트를 해제하자 아카데미로 되돌아왔다.

결계는 아직 건재했지만, 프리즈마가 수많은 광선을 발사했기 때문인지 학교 건물은 더욱 처참하게 파괴되어 있었다. 바닥에는 광선이 훑고 지나간 자국들이 깊게 파여 있었다.

"밀리에라! 괜찮아?!"

"아, 리플 씨! 아슬아슬하던 참이었어요……! 도와주시면 고맙겠어요……!"

밀리에라 교장은 무사해 보였다. 하지만 몸 곳곳에 작은 상처를 입은 상태였다.

숨도 꽤나 벅차 보였다. 체력을 상당히 소모한 듯했다.

하지만 뒤집어 말하면 프리즈마의 격렬한 공격을 이 정도로 막아냈다는 뜻이다. 경이로운 결과가 아닐 수 없었다.

"응, 나한테 맡겨! 지금까지 민폐를 끼쳤으니 이번에는 내가 모두를 지킬 거야……! 그게 하이랄 메나스의 역할이니까!"

리플은 두 손에 황금색의 권총을 출현시켰다.

그러고는 가뿐하게 뛰어올라 밀리에라 교장의 앞쪽에 착지했다. 그녀를 보호하기 위해서였다.

하지만 프리즈마를 정면에서 마주한 순간, 리플을 깨달았다.

"어……?! 아, 아아아……. 이럴 수가……! 말도 안 돼……."

리플의 커다란 눈동자에 눈물이 차올랐다.

"리플 씨……? 왜 그러시죠……?!"

"아, 아빠……. 저거, 우리 아빠야……! 프리즘 플로로 수인종 마을이 전멸했을 때 마석수가 되었는데……! 어, 어째서 이곳에……."

아주 오래전의 이야기였다.

리플이 아직 하이랄 메나스가 되기도 전의 머나먼 기억.

수인종의 족장이었던 그녀의 아버지는 프리즘 플로에 맞아 마석수로 변해버리고 말았다. 결국 마을은 멸망했고, 살아남은 것은 리플뿐이었다.

그날부터 쭉 마석수로 살아오면서 끝내는 프리즈마로까지 변해버리고 만 것인가.

"뭐, 뭐라고요?!"

"저, 저게 리플 님의 아버지?!"

"응……! 틀림없어……! 그날 이후로…… 이런 모습이 될 때까지 세상 어딘가에서 줄곧 살아있었던 거구나……."

오랜 세월 동안 많은 자를 상처 입혔을 것이다. 많은 생명을 빼앗았을 것이다.

도대체 얼마나 많은 죄를 저질러 왔을까.

"리플 씨……. 어쩜 이렇게 잔혹한 일이……."

"리, 리플 님은 물러나 주세요! 피를 나눈 가족과 싸울 수는……!"

밀리에라 교장과 실바가 한마디씩 거들었다.

<u>그오오오오오오!</u>

하지만 프리즈마에게서는 동정심을 찾아볼 수 없었다.

그 거대한 몸집에 어울리지 않는 무시무시한 속도로 돌진해 온 프리즈마는 손끝으로 찌르기 공격을 감행했다.

"아니……! 그렇다고 해서 싸울 수 없다고 응석을 부릴 생각은 없어!"

리플은 공중제비하며 높이 뛰어올라 프리즈마의 공격을 회피했다.

동시에 양손의 총구를 밑으로 향해 프리즈마의 손에 총알을 난사했다.

무지갯빛으로 뒤덮인 표면은 리플의 총알을 튕겨냈지만, 아직 그렇지 않은 부분에는 총알이 박히며 상처가 생겼다.

또한 리플의 총격은 프리즈마의 손을 아래쪽으로 밀어냈고, 덕분에 프리즈마의 손끝이 바닥 깊숙이 박혀 빠지지 않게 되었다.

"지금이다!"

리플은 프리즈마의 팔을 고양이처럼 날렵하게 타고 올라가 어깨로 이동했다.

"아빠니까 오히려 내가 잠들게 해주겠어! 완전체로 변하기 전에……!"

리플이 프리즈마의 목에 대고 광탄을 연사했다.

아직 무지갯빛으로 뒤덮이지 않은 목의 연결부가 리플의 공격으로 뭉텅뭉텅 패여 나갔다.

하지만 곧바로 상처의 재생이 시작되었다.

잠시만 공격을 멈추면 금세 원래대로 복구될 것이다.

"상처가 재생되고 있어……?! 하지만 내 공격이 재생 속도를 앞선다면!"

리플은 연사 속도를 늘려 전력으로 총알을 퍼부었다.

그오오오!

프리즈마가 리플을 떨쳐내기 위해 바닥에 박히지 않은 반대쪽 손을 뻗어왔다.

"누가 맞을 줄 알고!"

리플이 화려한 몸놀림으로 뻗어온 팔을 회피했다.

대단한 것은 프리즈마의 목둘레에 달라붙어 벗어나지 않는다는 점이었다.

좌로 우로 회피를 거듭하면서 한 지점만을 집요하게 사격해 나갔다.

덕분에 리플의 공격은 상처의 재생 속도를 웃돌고 있었다.

상처가 깊고 커다랗게 확장되어 갔다.

"괴, 굉장해……! 역시 하이랄 메나스!"

실바는 리플이 싸우는 모습에 눈을 빼앗기고 말았다.

계속되는 사격이 프리즈마의 목을 후벼 파나갔다.

어쩌면 이대로 목을 떨어트릴 수 있을지도 모른다!

"……이건 아직 완전체가 아니야! 내 공격도 통하고 있잖아……! 다들 함께 공격해 줘!"

리플이 주변 사람들에게 지시를 내렸다.

이 상처에 일제 공격을 가해서 목을 떨어트리겠다는 심산이었다.

"알겠습니다! 리플 님!"

"그래, 맡겨 줘!"

실바와 레온도 리플을 지원하기 위해 마인무구를 거머쥐었다.

레온은 망가진 철제 글러브를 대신해 단검 모양의 마인무구를 꺼내 들었다.

하지만 일제 공격을 가하기도 전에 마석수의 전신에서 무수한 빛이 번쩍였다.

조금 전에도 썼던 전방위 광선 공격이었다.

"리플 님! 이게 조금 전에 저희가 피했던 공격입니다!"

"……! 밀리에라와 나를 제외하고는 전부 이공간으로 대피해! 부탁할게, 레오네!"

"네!"

리플의 지시를 받은 레오네는 고개를 끄덕이며 마인무구에 힘을 실었다.

"이동할게요!"

리플과 밀리에라 교장을 제외한 다른 이들이 이공간으로 모습을 감추었다.

"밀리에라! 도움을 주지는 못하겠지만 어떻게든 버텨 줘!"

"알았어요……! 분발해 볼게요!"

프리즈마로부터 수많은 광선이 뿜어져 나왔다.

무지갯빛의 광선이 밀리에라 교장이 펼친 결계 안을 종횡무진으로 휩쓸었다.

프리즈마와 밀착한 리플에게는 딱히 대량의 광선이 날아오지는 않았지만…….

"……일단은 피해야 해!"

하지만 피하기만 해서는 프리즈마의 목덜미에 난 상처가 재생되고 만다.

광선은 전후좌우 온갖 방향으로 뿜어져 나오고 있었다. 심지어 프리즈마의 움직임에 의해 각도도 계속해서 바뀌었다.

리플은 몸을 비틀고, 때로는 도약하면서 광선을 피해 다녔다.

그 탓에 프리즈마의 상처가 권총의 사선에서 벗어나고 말았지만, 사실 큰 문제는 아니었다.

인간의 모습을 한 하이랄 메나스에게도 마인무구에 버금가는 특별한 능력이 있었다. 바로 공간을 뛰어넘는 능력이었다.

에리스의 경우, 멀리 떨어진 위치에서도 적을 베는 것이 가능했다.

그리고 리플은 총으로 비슷한 능력을 발휘할 수 있었다.

별로 오랜 시간 지속할 수 있는 공격은 아니지만…….

회피를 계속하며 프리즈마의 목덜미에 공간을 뛰어넘은 탄환을 박아 넣을 수가 있었다.

이윽고 광선의 폭풍이 잦아들었다.

"좋아! 이대로……!"

직접 공격으로 전환해 계속 쏴 주겠어!

하지만 그렇게 생각한 순간.

불현듯 프리즈마의 상처가 무지갯빛으로 빛나기 시작했다. 그리고 잠시 후, 파여 있던 부위가 순식간에 메워져 버리고 말았다.

"……?! 말도 안 돼……! 상처가 나았어?!"

어느샌가 프리즈마를 구성하는 무지갯빛의 면적이 늘어나 있었다.

복구된 상처 또한 무지갯빛 피부로 뒤덮여 버렸다.

"싸, 싸우는 동안에도 계속해서 강해지고 있군요……! 완전체에 가까워지고 있어요!"

"그래도……! 그래도 아직 불완전한 부분은 있어!"

포기하지 않고 약점을 노려 공격을 계속해 나가는 수밖에 없었다.

<u>그오오오오오!</u>

바로 그때, 프리즈마가 다시 리플을 향해 돌진해 왔다.

"……?!"

조금 전보다도 훨씬 빠른 움직임이었다.

"크윽……!"

그런데도 리플은 공격을 피해 프리즈마의 팔 위를 달려 올라갔다.

하지만 리플의 움직임을 예상하였는지, 곧바로 프리즈마의 반대쪽 손이 뻗어와 리플을 붙잡았다.

프리즈마는 손아귀에 힘을 주어 리플의 몸을 쥐어짰다.

"으아아아아악……!"

거대한 손아귀에서 비롯된 악력에 전신의 뼈가 우드득 소리를 냈다. 리플의 입에서 무심코 비명이 새어 나왔다.

"리플 씨?!"

밀리에라 교장은 여전히 뿜어져 나오고 있는 광선을 막아내는 중이었다.

"미, 밀리에라는 결계에만 집중해……! 나는 괜찮으니까……!"

"하, 하지만……!"

"괜찮아……! 하이랄 메나스는 그렇게 약하지 않아……!"

하이랄 메나스의 신체 내구력은 평범한 인간들과 차원이 다르다.

게다가 치명상을 입어도 시간이 지나면 저절로 치유되었다.

리플 또한 과거에 양쪽 팔을 잃었다가 금세 재생된 경험이 있었다.

인간이 마인무구가 되었다기보다는 마인무구가 인간의 모습을 취하고 있다고 봐야 했다.

그렇기에 인간의 몸에 적용되는 상식은 통하지 않았다.

리플 본인조차 자신이 죽으려면 얼마나 강한 공격을 받아야 하는지 모를 정도였다.

이대로 온몸의 뼈가 으스러지더라도 아마 얼마 지나지 않아서 나을 것이다.

리플은 하이랄 메나스로서 오랜 세월을 싸워오며 웬만한 육체적 고통에는 익숙해져 있었다.

그리고 육체적인 고통보다 더욱 괴로운 것이 있다는 사실도 알고 있었다.

그러니 이 정도로 굴할 생각은 없었다.

"이거나 먹어라아앗!"

퍼퍼어어엉!

리플을 움켜쥔 프리즈마의 손아귀 안에서 눈 부신 빛이 터져 나왔다.

리플은 거대한 손아귀에 짓눌리면서도 총을 놓지 않고 힘을 모으고 있었다.

준비에 시간은 걸리겠지만, 강한 일격을 먹여줄 수 있다는 일념으로 참고 견뎠다.

그리고 마침내 프리즈마의 손안에다 공격을 작렬시킨 것이다.

리플 본인도 공격에 휘말리고 말았지만, 하이랄 메나스의 내구력을 믿는 수밖에 없었다.

그오오오오!

갑작스러운 공격에 놀랐는지 프리즈마의 손에서 힘이 빠졌다.

"아빠가 돼서 딸을 쥐포로 만들려고 하다니 부끄러운 줄 알아!"

리플은 느슨해진 손아귀의 틈새로 빠져나와 후방으로 멀리 물러났다.

하지만, 바닥에 착지한 순간 다리에서 극심한 고통이 느껴졌다.

"윽……?!"

결국 제대로 착지하지 못하고 바닥을 나뒹굴고 말았다.

"리플 씨!"

"으……. 다리뼈가 부러지고 말았나 봐. 이거 위험한데……."

이래서는 날렵하게 움직일 수가 없었다.

바로 그때, 이공간으로 대피했던 레오네 일행이 되돌아왔다.

다친 리플을 본 실바가 창백해진 얼굴로 달려왔다.

"리플 님, 다리가……! 괜찮으신가요?!"

실바가 리플을 부축해 일으키려던 그때.

"……! 어이, 조심해! 놈이 온다……!"

레온의 날카로운 경고가 울려 퍼졌다.

프리즈마가 리플을 붙잡기 위해서 다시금 돌진해 온 것이다.

"큭……! 다친 리플 님을 노리다니, 용서 못 해!"

실바가 리플을 보호하기 위해 앞으로 나섰다.

"안 돼, 실바 군! 물러나!"

하지만 리플은 실바를 밀쳐내고 프리즈마의 공격을 대신 받았다.

만약 실바가 리플이 당했던 공격에 노출된다면 목숨을 부지하지 못할 것이다.

물론, 특급 마인을 지닌 성기사 후보생인 만큼 실바는 강했다. 하지만 어디까지나 평범한 인간이었다.

신체 내구력 면에서 하이랄 메나스에게는 비할 바가 못 되었다.

"윽! 끄으으윽……!"

결국 리플은 다시 프리즈마에게 붙잡혀 고통을 받아야 했다.

하지만 이번에는 비명을 지르지 않고 참았다.

이렇게라도 다른 사람들이 타개책을 찾도록 시간을 벌 수 있다면 그것으로 충분했다.

"이 자식! 리플 님을 놓아라!"

실바는 리플을 움켜쥐고 있는 프리즈마의 손을 향해 화염탄을 발사했다.

하지만 실바의 초조한 마음을 비웃기라도 하듯이 프리즈마는 반대쪽 손으로 화염탄을 가볍게 쳐내버렸다.

"큭⋯⋯!"

그때 뒤쪽에서 목소리가 들려왔다.

"어이, 밀리에라! 지금부터 어떻게 하려고?! 완전체가 아니라해도 역시 프리즈마의 강함은 장난이 아니야⋯⋯!"

"어, 어디 보자⋯⋯. 격파는 잠시 뒤로 미루고 일단 외곽으로유도하죠! 왕도에서 떨어트려 놓으면 어딘가로 떠나갈지도 몰라요⋯⋯!"

"알겠어! 그런데 잉그리스는 어떻게 된 거야?! 그 녀석이라면어떻게든 해줄 것 같은데⋯⋯!"

"왕성에서 국왕 폐하를 지키고 있어요! 그쪽이 해결되면 달려올 거라고 봐요⋯⋯!"

"과연! 그렇다면 역시 시간을 버는 쪽으로 가는 게 좋겠군!"

하지만 실바는 두 사람의 작전에 이견을 제시했다.

"기다려 주세요! 그런 짓을 했다가는 마을에 커다란 피해가 발생합니다! 무기화한 리플 씨의 힘을 빌려 이 자리에서 결판을 내야 해요! 그리고 그렇게 속 편히 대화나 나누고 있을 때가 아닐텐데요! 어서 리플 씨를 도와드려야 해요!"

"하이랄 메나스는 네 생각만큼 약하지 않아⋯⋯! 아직은 괜찮아!"

"아무리 그래도 저렇게 내버려 둘 수는⋯⋯!"

퍼어어엉!

또다시 프리즈마의 손아귀에서 리플의 힘을 모은 공격이 폭발을 일으켰다.

이윽고 느슨해진 손에서 리플이 튀어나왔다.

이번에는 착지자세를 취하는 것조차 불가능했다. 리플은 그대로 바닥에 추락하고 말았다.

"리플 님!"

실바가 곧바로 달려가 리플을 부축했다.

"나, 난 괜찮아. 쿨럭!"

리플은 괴로운 목소리로 대꾸하며 입에서 피를 토했다.

"이런?! 리플 님, 피가……!"

"아……. 부러진 갈비뼈가 어딜 찔렀나 봐. 하지만 걱정하지 마. 하이랄 메나스는 터프하거든……."

"무슨 말씀을! 더, 더는 무리하지 마세요!"

"그럴 수는 없어……! 저 녀석을 마을 밖으로 유도할 거지? 내가 미끼가 되어야……."

리플이 비틀거리며 몸을 일으키려던 그때, 누군가가 리플의 곁을 지나쳐 앞으로 나섰다. 레온이었다.

"잠시 쉬고 있어! 미끼 역할은 내가 맡지!"

"부, 부탁할게……! 조금 쉰 다음에는 내가……!"

리플은 다시금 바닥에 주저앉고 말았다.

실바가 그녀의 어깨를 덥석 움켜쥐었다.

"리플 님……! 부탁드릴게요! 무기로 변해서 제게 힘을 빌려주세요! 저걸 왕도 바깥으로 유인하겠다니, 너무 무모합니다! 이 상황을 뒤집기 위해서는 리플 님의 진정한 힘을 빌리는 수밖에 없습니다……!"

"안 돼! 그건 안 돼……! 아직 할 수 있는 일이 남아있어!"

리플은 부탁을 듣자마자 고개를 가로저었다.

"제발! 더 이상은 리플 님이 상처 입는 모습을 보고 싶지 않습니다……! 저는 어릴 적 리플 님께서 목숨을 구해주신 이후로 언젠가 리플 님과 함께 싸우기 위해 수련을 거듭해 왔습니다! 그날 하셨던 말씀대로 강해졌어요! 지금이야말로 그 힘을 발휘할 때가 아닌가요?!"

"실바 군……. 그 조그맣던 아이가 이렇게 훌륭하게 성장하다니, 세월도 참 빠르구나……. 나도 나이를 먹었나 봐."

"그렇다면 제게 힘을 빌려주세요! 목숨을 구해주신 답례를 하고 싶습니다! 하이랜더에게 이용당해 가족과 싸우게 된 당신의 마음을 지켜드리고 싶어요……!"

"고마워. 하지만 그건…… 아앗?!"

불현듯 리플의 몸에서 태양처럼 눈 부신 빛이 뿜어져 나왔다.

하이랄 메나스가 무기화되기 전에 일어나는 전조 현상이었다.

"어, 어째서……?! 나는 변하려고 하지 않았는데……?!"

하이랄 메나스가 무기화하기 위해서는 하이랄 메나스와 특급 마인을 지닌 성기사의 의식이 일치해야만 한다.

즉, 실바가 아무리 원하더라도 리플이 거부하면 무기화는 일어나지 않는다.

그런데 이번에는 달랐다. 실바의 의지에 이끌리듯 무기화가 진행되고 만 것이다.

"어이……! 리플, 그만둬! 포기하기는 아직 이르잖아?! 심지어 그렇게 젊은 애를……!"

리플의 몸에서 뿜어져 나오는 빛을 목격한 레온이 다급히 그녀를 말렸다.

"머, 멈출 수가 없어……! 내 의지가 아냐! 실바 군한테 끌려가고 있어……!"

이것은 리플로서도 처음 겪는 일이었다.

하이랄 메나스가 무기화하기 위해서는 사용자인 성기사와의 의사 통일이 관건이다.

즉, 마음을 하나로 만들 필요가 있었다.

따라서 리플이 원하지 않는 한 무기화는 진행되지 않을 줄 알았다.

그런데 어째서 이런 현상이 벌어진 것일까.

아직 아무것도 모르는 실바의 순수한 마음에 반응했기 때문일까?

혹은 실바가 리플을 굉장히 존경하고, 리플도 그런 실바를 흐뭇하게 여기기 때문일까? 두 사람의 마음의 거리가 가까워졌기 때문에?

아니면 리플이 마음속으로 프리즈마가 되어버린 아버지를 빨리 해방해 주기를 바라고 있었기 때문일까?

아마도 이유는 한 가지가 아닐 터였다. 여러 종류의 감정이 복잡하게 맞물려 실바의 의지에 이끌린 것이리라.

"아아아아아……!"

이제는 멈출 수가 없었다.

리플의 몸은 더욱더 눈부시게 빛나기 시작했다. 그리고 마침내 빛이 최고조에 달한 순간, 가냘픈 소녀였던 리플의 겉모습이 두 개의 총신을 지닌 황금색의 장총으로 변모했다.

"느껴져……. 무시무시한 힘이야! 이거라면 무엇이든 쓰러트릴 수 있어……! 설령 프리즈마라 할지라도……!"

실바는 흥분을 금치 못하며 황금의 총을 강하게 움켜쥐었다.

"이런……! 그만둬, 실바! 얼른 내려놔!"

"실바 군! 제발 냉정해지세요! 힘에 몸을 맡겨서는 안 돼요!"

레온과 밀리에라 교장이 굉장히 급박한 말투로 외쳤다.

하지만 옆에서 지켜보는 레오네는 두 사람이 저토록 당황하는 이유를 도무지 알 수가 없었다.

실바의 주장대로 프리즈마를 왕도 외곽까지 끌고 가는 것은 어려운 일이다.

분명 커다란 피해가 발생하리라.

그래도 시간을 들여서 주민들의 피난을 유도한다면 인적 피해는 최소화할 수 있을지도 모른다.

하지만 지나가는 길에 있는 민가와 상점 건물들은 결코 무사하지 못할 터였다.

국민들의 재산을 지키는 것 또한 기사의 의무라고 할 수 있다.

그런 점에서 봤을 때 레오네도 실바의 주장에 찬성하는 쪽이었다.

찬성하기는 쪽이기는 했지만…….

"……아름다운 빛이네요. 저게 바로 우리들의 수호신인 하이랄 메나스의 진정한 힘이군요."

리제롯테는 눈앞의 광경에 순수하게 매료된 눈치였다.

"어, 으응. 하지만 뭔가……."

레오네는 묘한 불안감을 느꼈다.

성스럽고 아름답기 그지없는 빛이건만, 왠지 무서웠다.

이유는 설명할 수 없었다. 단지 그렇게 느껴졌다.

"웃기지 마! 너한테는 아직 한참 이르다고!"

레온이 실바로부터 황금빛 총을 빼앗으려 들었다.

"리플 님은 내 의지에 응해주셨어! 내가 해치우겠어! 비켜 줘!"

실바가 레온을 뿌리쳤다.

실바의 힘은 평소보다 훨씬 강해져 있었다. 레온을 간단히 날려 버렸다는 점에서 쉽게 짐작할 수 있었다.

"괴, 굉장해. 역시 하이랄 메나스는 우리들을 지켜주시는 여신이었어……! 차원이 달라!"

확신을 가지며 고개를 끄덕인 실바는 프리즈마에게 총구를 겨누었다.

"리플 님의 아버님……. 안타깝게 생각합니다만, 리플 님과 함께 당신을 쓰러트리도록 하겠습니다!"

"제기랄······! 그만두라고 했잖아!"

몸을 일으킨 레온이 프리즈마와 실바 사이를 가로막았다.

"무슨 짓을······?! 방해하지 마! 비키지 않으면 프리즈마와 함께 쏠 수밖에 없어!"

"싫은데 어쩌지? 너야말로 총을 내려놔!"

"거절한다! 이렇게 된 이상 당신도 길동무로······!"

총구에 태양처럼 크고 강렬한 빛이 모이기 시작했다.

"아앗! 안 돼요, 실바 군!"

"어째서죠, 교장 선생님?! 배신자 레온을 한꺼번에 처리할 수 있다면 일석이조 아닌가요?!"

"기, 기다려 주세요, 실바 선배!"

레오네도 덩달아 외쳤다.

적대 관계인 레온이 저렇게까지 완고하게 말리려는 데는 이유가 있을 터였다.

직감적으로 느낀 불안감도 그 가설에 설득력을 더해 주었다.

그오오오오!

상황을 살피던 프리즈마의 몸에 무수한 광점이 발생했다.

이것으로 세 번째였다. 전방위를 휩쓸어 버리는 광선이 뿜어져 나오려 하고 있었다.

"위험해! 레오네 양, 대피해 주세요!"

"아, 알겠습니다······!"

레오네가 그렇게 대답한 순간.

쨍그랑!

어디선가 물건이 깨지는 듯한 날카로운 소리가 들려왔다.

밀리에라 교장이 펼쳐놓은 결계가 파괴된 것이다.

그와 동시에 실바의 앞에 흐릿한 그림자가 홀연히 나타났다.

퍼어어억!

"커헉……?!"

실바가 흰자위를 보이며 자리에 허물어졌다.

한때 리플이었던 황금색의 총도 덩달아 실바의 손에서 흘러내렸다.

그러자 바닥에 떨어진 총이 원래의 인간형 모습으로 되돌아왔다.

리플의 눈동자는 놀라움으로 휘둥그레 뜨여 있었다.

그녀의 시선은 실바를 기절시킨 범인을 향하고 있었다.

실바의 명치에 팔꿈치를 꽂아 넣은 잉그리스를.

"이, 잉그리스……?!"

"다행히 늦지 않은 모양이네요."

잉그리스는 빙그레 미소를 지었다.

"느, 늦지 않았다고……?! 대체 어디가?! 우리 편을 공격해서 억지로 순서를 가로챈 걸로밖에 안 보이는데……?!"

위쪽에서 플라이 기어에 탑승하고 있던 라피니아가 눈을 동그 랗게 뜨며 외쳤다. 잉그리스의 행동이 너무나도 예상외였기 때문 이다.

"아하하하하……. 불쌍하네, 실바 선배."

"그, 그러게요……."

레오네와 리제롯테도 어안이 벙벙한 눈치였다.

"아니, 그거면 돼! 아주 잘했……!"

"──다고 말하기는 아직 일러요! 제 결계를 부수면 어떡해요!"

"이런, 광선이 있었지……! 밀리에라, 다시 한번 결계를!"

"안 돼요! 느, 늦을 거예요!"

프리즈마가 이대로 주위를 향해 광선을 난사한다면 시가지에 커다란 피해가 나올 것이다. 발사가 코앞이었다.

"그럼 제가 책임을 질게요!"

잉그리스가 외쳤다. 잉그리스는 이미 에테르 셸의 푸르스름한 빛을 두르고서 프리즈마의 품속으로 육박한 상태였다.

"하아아아아압!"

콰아아아아아앙!

힘 조절을 하지 않고 전력으로 때려 넣은 발차기가 주변 일대를 진동시켰다.

그러자 산만 한 거구를 가진 프리즈마는 라피니아가 타고 있는 플라이 기어를 추월해 하늘 높이 솟아올랐다.

하지만 보이지 않는 거리까지 날아간 이벨에 비하면 비거리는 썩 대단치 않았다.

심지어 프리즈마는 날아가던 도중에 공중에서 자세를 바로잡고 이쪽을 응시하고 있었다.

별다른 피해를 받지 않은 눈치였다.

과연 최강의 마석수인 프리즈마였다. 미완성이라는 점을 감안해도 대단했다.

잉그리스의 기대는 헛되지 않았다.

"오오오옷?! 프리즈마를 걷어차서 날려 버렸어!"

"어, 엄청난 힘이네요……! 이것만으로도 믿기지 않는걸요?!"

"하지만 저쪽도 아직 멀쩡해! 광선을 발사하려 하고 있어!"

리플의 지적대로였다.

프리즈마 표면의 무수한 빛들은 여전히 건재했다. 공격을 멈출 생각은 없어 보였다.

"재밌는걸……! 자, 어서 쏴 보시지!"

잉그리스는 프리즈마를 향해 까딱까딱 손짓해 보였다.

그 제스처가 통했는지는 불명이지만, 이윽고 프리즈마의 전신에서 무지갯빛의 광선이 뿜어져 나왔다.

"쏴, 쐈어⋯⋯!"

"마, 마을이⋯⋯!"

"서, 설마 이대로 파괴되는 거야?!"

모두가 소리치며 위를 올려다보았다.

하지만 그 탓에 잉그리스가 자취를 감추었다는 사실을 깨닫지 못했다.

일행들이 이변을 깨달은 것은 프리즈마가 발사한 광선이 급격히 꺾이는 것을 목격하고 나서였다.

지상에 떨어져 커다란 피해를 낼 뻔한 광선이 하늘 위로 되돌아간 것이다.

"오옷?! 광선이 다시 하늘로⋯⋯?!"

그것도 하나가 아니었다. 두 줄기, 세 줄기⋯⋯ 되돌아가는 광선의 수는 계속해서 늘어났다.

"뭐, 뭔가가 움직이고 있어⋯⋯!"

"잉그리스야! 잉그리스가 프리즈마의 광선을 후려치고 있어!"

리플이 말하는 대로였다.

잉그리스는 전속력으로 프리즈마의 광선을 앞질러 간 뒤, 광선을 힘껏 후려쳐 궤도를 바꿔버린 것이다. 방향이 항상 위쪽으로 향하도록 조절하는 것도 잊지 않았다.

처음에 프리즈마를 높이 걷어찬 이유도 이 때문이었다.

공중에 떠 있는 상태에서 전방위로 광선을 발사하면 절반은 하늘을 향하게 된다.

그리하여 위협적인 광선은 절반만 남게 되고, 이 중에서도 교외로 날아가는 광선들을 무시한다면 나머지를 전부 무력화시키는 것은 결코 불가능한 일이 아니었다.

어디까지나 잉그리스의 생각에 따르면 그렇다는 뜻이지만.

"전부 다 하늘로 사라져라!"

콰과과광! 콰과과과광!

그렇게 프리즈마의 광선들은 아름다운 무지갯빛의 폭죽이 되어 왕도의 상공으로 사라져 갔다.

"훌륭해, 크리스! 잘하고 있어!"

"빠, 빠르다……. 움직임이 보이질 않아……!"

"아하하하……. 너무 빨라서 웃음이 나오네요……. 아, 하늘이 예쁘다."

하지만 이것도 보기보다 쉬운 일은 아니었다.

광선은 한 발 한 발이 굉장히 강력했고, 쳐낼 때마다 적잖은 충격이 전해져 왔다.

모든 광선을 일일이 전력으로 쳐내지 않았다면 되받아치기란 불가능했을 것이다.

여러 발의 공격을 쳐낸 지금, 잉그리스의 팔다리에는 저릿한 감각이 남아있었다.

하지만 이 저릿함이 좋았다. 때리는 맛이 있었다.

그만큼 적이 강하다는 증거였다. 이쯤은 되어야 싸우는 보람이 생기는 법이다.

"프리즈마는 역시 굉장하네요! 이 정도로 강한 적이라면……."

연구 중인 신기술을 시험해 볼 수 있다!

광선을 전부 뿜어낸 프리즈마는 중력의 법칙에 따라 지상으로 떨어지기 시작했다.

아무리 프리즈마라 하더라도 중력을 거스를 수는 없다.

공중에 떠 있는 동안에는 공격을 피하기 어려울 것이다.

절호의 기회!

잉그리스는 에테르 셸을 푼 다음, 전신의 에테르를 그러모아 한 점에 응축시켰다.

에테르 스트라이크를 발사하기 위한 준비 과정이었다.

푸르스름한 빛이 점점 부풀어 올라 거대한 광탄으로 변했다.

그때 밀리에라 교장의 목소리가 들렸다.

"잉그리스 양! 프리즈마의 복부에 초록색의 빛이 보이시나요?! 그곳에 유아 양이 붙잡혀 있어요! 꼭 구해주세요!"

"유아 선배가요? 알겠습니다……!"

소중한 대련 상대를 이곳에서 잃을 수는 없는 노릇!

"가라앗!"

쿠고고고고오오오오오오!

에테르로 이루어진 광탄이 공중을 질주해 프리즈마와 격돌했다.

프리즈마는 에테르 스트라이크를 막아내기 위해 양손을 교차하여 방어 자세를 취했다.

하급 마석수처럼 단숨에 소멸하지도 않았고, 흑가면처럼 기묘한 기술로 흘려넘기지도 않았다. 잉그리스의 힘에 정면으로 맞서고 있었다.

그것만을 기다려 왔다!

"후후후후……!"

잉그리스의 눈동자가 사납게 번뜩였다.

곧바로 뛰어오르기 위해 허리를 숙였지만, 정작 중요한 에테르가 아직 모이질 않았다.

에테르 피어스처럼 작은 기술이라면 또 몰라도 에테르 스트라이크 같은 커다란 기술은 연사하기가 힘들었다.

따라서 다음 에테르 기술을 펼칠 때까지 약간의 시간이 필요했다. 지금 잉그리스는 그 시간을 줄이고자 전력으로 힘을 집중시키고 있었다.

그러는 사이, 주변에서 외치는 소리가 들려왔다.

"오, 오오……! 먹히고 있는데!"

"화, 확실히 통하고 있네요……! 무지갯빛으로 뒤덮인 부분에도 상처가 나고 있어요!"

"하지만 이상한 기술이야……! 엄청 강력한 건 분명한데 어떤 힘인지 감이 안 잡혀……!"

"가라아아아앗! 그대로 날려버리는 거야!"

"쓰러트릴 수 있어! 저 기술이라면!"

"네, 분명 가능할 거예요!"

하지만 정작 잉그리스 본인은 이렇게 외치고 있었다.

"안 돼애! 힘내라! 막아내는 거야! 죽지 마!"

""""뭐어?!""""

다들 어안이 벙벙한 얼굴로 잉그리스를 쳐다보았다.

마침 그때, 잉그리스의 몸이 에테르 셸의 푸르스름한 빛으로 뒤덮였다.

새로운 에테르 기술을 사용할 조건이 갖춰진 것이다.

"좋아……! 이 정도면 충분해!"

곧바로 땅을 박차고 뛰어오르는 잉그리스.

하늘 높이 도약한 잉그리스는 프리즈마와 힘겨루기를 하는 에테르 스트라이크를 향해서 똑바로 돌진했다.

그러고는 에테르 스트라이크에 힘을 보태듯 모든 힘을 주먹에 실어 내질렀다!

"간다아아아아앗!"

잉그리스의 주먹이 프리즈마의 두 팔을 파괴하고, 그대로 몸통을 뚫고 지나가 커다란 바람구멍을 만들었다.

그리고 바로 다음 순간.

쿠과과과과아아아아아아앙!

초신성과도 같은 거대한 에테르 폭발이 일어나 왕도를 환하게 비추었다.

이것이 바로 잉그리스가 연구해 낸 신기술이었다. 에테르 브레

이커라고 부르면 되지 않을까.

요약하자면 에테르 스트라이크를 발사한 뒤, 에테르 셸을 두른 상태로 쫓아가 착탄 지점에 동시 타격을 가하는 기술이었다. 두 종류의 에테르 기술로 상승효과를 일으킴으로써 파괴력을 폭발적으로 끌어올리는 것이 가능했다.

아마도 그 위력은 일반적인 에테르 스트라이크의 몇 배에 달할 것이다.

잉그리스 왕이었던 전생의 경험을 포함하더라도 역대 최대 위력에 해당하는 기술이었다.

다만, 기술의 구조상 상대가 에테르 스트라이크를 잠깐이라도 받아내 줘야 한다는 난점이 존재했다. 에테르 스트라이크를 발사하면 한동안은 에테르 셸을 발동할 수가 없기 때문이다.

물론 에테르의 사용법에 더 숙달된다면 충분히 개선될 여지가 있었다.

어찌 됐든, 잉그리스는 이 기술을 통해서 한 가지 사실을 재확인할 수 있었다. 잉그리스 유크스의 강함은 전생의 잉그리스 왕을 일찌감치 넘어섰다는 사실을.

눈꺼풀을 태워버릴 것만 같은 강렬한 빛이 사그라들자, 다른 일행들은 멍한 눈으로 아무것도 없는 하늘을 쳐다보았다.

"이, 이걸 뭐라고 해야 할지……. 아무것도 없네요."

"으, 응……. 프리즈마가 흔적도 없이 사라져 버렸어. 아, 아무리 완전체가 아니었다지만……."

"대, 대단해, 크리스! 저게 바로 줄곧 말했던 신기술이구나······! 정말로 역대 최강의 기술이야!"

"하, 하지만 유아 선배는······?!"

"그건 걱정 마세요, 레오네 양! 유아 양을 뒤덮은 방어벽은 아직 건재해요!"

"그런가요?! 그럼······!"

"유아 선배는 무사한 거군요?!"

"네. 분명 무사할 거예요!"

밀리에라 교장이 희망찬 목소리로 대답하는 사이.

"후우. 오늘은 보람찬 하루였어······."

잉그리스가 상쾌한 미소를 지으며 일행들이 있는 곳으로 돌아왔다.

양팔에 정신을 잃어버린 유아를 끌어안고서.

"잉그리스 양! 아아, 다행이다······! 정말로 잘해 주셨어요!"

"잘했어, 잉그리스! 최고야!"

"정말로 다행이다······! 유아 선배까지 소멸해 버린 게 아닌가 싶었어."

"용케도 구해내셨네요······!"

"응. 프리즈마의 몸을 뚫고 지나가면서 꺼내 왔어."

"해냈어, 크리스! 앞으로도 식당에서 공짜로 식사할 수 있겠어!"

"그래도 괜찮을까요? 교장 선생님."

"무, 물론이에요······!"

밀리에라 교장이 고개를 끄덕였다.

"아자! 이걸로 임무 달성이네, 크리스!"

잉그리스와 라피니아가 서로의 손바닥을 짝 마주쳤다.

"응. 실컷 싸웠더니 배고프다. 얼른 뭐라도 먹자."

"그래! 그렇게 하자!"

그리고 잉그리스와 라피니아는 깨달았다.

""어라……? 식당은?""

"다 날아가 버렸어요. 재건이 끝나면 배부르게 먹기로 해요……."

""아아아아아아아아아아아아앗?!""

두 사람의 비명은 어떠한 강적과 마주쳤을 때보다도 처절했다. 그야말로 공포와 절망으로 가득 찬 비명이었다.

그리고 잉그리스와 다른 일행들이 소란을 피우는 사이, 레온은 어딘가로 홀연히 자취를 감추고 말았다.

며칠 뒤.

기사 아카데미는 현재 복구를 진행하느라 정신없이 바빴지만, 잉그리스 일행은 작업을 잠시 중단하고 정문 앞에서 배웅하고 있었다.

배웅을 받는 인물은 바로 리플과 세오도어 특사였다.

두 사람이 인접국 베네픽과의 국경으로 되돌아갈 날이 온 것이다.

밀리에라 교장이 전령으로 보냈던 라티와 프람으로부터 상황을 설명받은 세오도어 특사는 서둘러 아카데미로 발걸음을 돌렸다.

다만, 가까운 거리가 아니다 보니 프리즈마와의 전투가 일단락되고 늦은 밤이 되어서야 아카데미에 도착할 수 있었다.

하지만 결코 헛된 걸음은 아니었다. 먼저 리플의 몸에 일어난이변이 종식되고 정상으로 돌아왔음을 특사의 이름으로 공인해주었다.

그리고 리플이 앞으로도 하이랄 메나스로서 이 나라에 남을 수있도록 칼리아스 국왕과 담판을 지어주었다.

칼리아스 국왕으로서도 교주련과의 관계가 파탄이 나다시피했으니 달리 방법이 없었을 것이다.

기사 아카데미가 벌인 행각들도 세오도어 특사의 활약으로 불문에 부쳤다. 이외의 사후 처리도 매우 부드럽게 진행되었다.

덕분에 잉그리스 일행은 훈련을 겸한 아카데미의 재건에 전념할 수 있게 되었다.

기숙사는 무사했기에 지낼 곳은 있었지만, 잉그리스와 라피니아에게 있어 식당이 망가진 것은 제1급 비상사태였다. 서둘러 완공하지 않으면 배불리 식사할 수가 없었다.

그래서 두 사람은 굉장히 적극적으로 공사를 거들었다.

"다들 고마워. 이 은혜는 잊지 않을게. 너희들 덕분에 다시 성기사단으로 복귀할 수 있게 되었어. 정말로 고마워."

리플은 배웅을 나온 이들을 향해서 머리를 깊이 숙여 보였다.

"하지만 벌써 복귀하셔도 괜찮은 건가요? 조금 더 상처를 회복하시는 편이……."

실바가 다소 복잡한 표정을 지으며 말했다.

하이랄 메나스인 리플의 몸은 특별해서 라피니아의 치유 능력도 통하지 않았다.

즉, 자연 회복에 맡기는 수밖에 없었다.

확실히 평범한 인간에 비하면 월등한 회복력이기는 했지만 아무래도 불안한 것은 사실이었다.

"괜찮아, 괜찮아! 멀쩡하대도!"

리플이 가슴을 탕 치면서 말했다. 하지만…….

"으윽?! 아야야…… 아직은 좀 아프네."

"무리하실 필요 없습니다! 역시 조금 더 요양하셨다가 가시는게……."

"아냐, 괜찮아. 가는 데만 며칠은 걸릴 테고, 저쪽에 도착했을 무렵에는 나아 있을걸. 게다가 세오도어 님이 전선으로 돌아가려면 호위가 필요하잖아?"

"……결국 아무런 힘도 되어드리지 못해서 죄송합니다. 자신의 미숙함을 통감하고 있습니다."

고개를 숙이는 실바에게 라피니아가 위로의 말을 건넸다.

"실바 선배 탓이 아니에요……. 크리스가 프리즈마와 싸우겠다고 선배를 기습해서 기절시키는 바람에……. 실바 선배한테는 잘

못 없어요."

"내 탓이다. 무기화한 하이랄 메나스를 거머쥔 성기사는 천하무적이나 마찬가지……. 그런 힘을 갖추고도 기절해 버리다니, 내가 미숙하다는 뜻이지. 적어도 리플 님에게 문제가 있을 리는 없으니까."

"선배 탓이 아니래도요. 자기 편한테 팔꿈치를 꽂아 넣는 크리스가 나쁜 거예요. 정말로 죄송합니다. 제가 대신 사과드릴게요. 강적을 눈앞에 두면 보이는 게 없거든요."

"아니, 내 탓이래도."

그렇게 진전이 없는 대화를 지켜보고 있자니, 리플이 잉그리스의 소매를 꾹꾹 잡아당겼다.

"잉그리스, 잉그리스."

"네, 왜 그러시죠?"

"……혹시 눈치챘어? 무기화했을 때 말이야."

리플이 잉그리스의 귀에다 대고 속삭이듯 물었다.

"네……. 위험한 힘이더군요. 하지만 납득은 했어요. 어째서 그렇게 강력한 힘이 지상에 허락됐는지."

"……응. 맞는 말이야. 그럼 눈치를 채고서 말려준 거구나. 고마워."

"아니요. 일석이조였거든요."

실바에게서 프리즈마를 가로채 대신 싸우고 싶었던 것도 분명한 사실이었다.

"하하하…… 잉그리스다운걸."

"하지만 아직 이해가 안 가는 점도 있어요. 혈철쇄 여단의 하이랄 메너스…… 시스티아 씨가 무기화하는 장면을 목격했거든요. 그런데 그건 리플 씨하고는 느낌이 달랐어요. 아무런 부작용도 없더군요."

"뭐어어어?!"

굉장히 놀랐는지 리플이 큰 소리를 내고 말았다.

"왜 그래, 크리스?"

"무슨 일 있나요? 리플 님."

라피니아와 실바가 이쪽을 쳐다보았다.

"앗, 아무것도 아냐. 그보다 실바 군, 몸은 좀 어때?"

"딱히 문제는 없습니다."

"그렇구나. 다행이다. 역시 건강이 제일이지! 몸이 건강해야 강해질 수 있는 거야. 자신이 목표로 하는 사람이 되기 위해서도 건강은 필수지."

"예! 더욱 훈련을 쌓아서 반드시 정식으로 성기사가 되어 보이겠습니다!"

"응. 절대로 무리는 하지 말고!"

실바의 어깨를 두드려 준 뒤, 리플은 다시금 잉그리스에게 귓속말했다.

"조금 전의 이야기 말인데…… 실바나 다른 사람들한테는 비밀로 해줘. 정식으로 성기사가 되었을 때 알려주기로 되어 있거든."

"……네. 알겠습니다."

그때 밀리에라 교장과 대화를 마친 세오도어 특사가 리플을 불러들였다.

"이만 가실까요, 리플 님. 전선에 있는 웨인 왕자 일행이 걱정되는군요."

"알았어요! 그럼 다들 잘 있어! 왕도에 들르게 되면 얼굴 비출게!"

리플과 세오도어는 특사의 전용기인 대형 플라이 기어에 탑승했다.

"여러분, 이번에는 정말로 감사했습니다. 여러분과 같은 기사 후보생이 계시는 이상, 이 나라의 앞날은 분명 밝을 테지요."

세오도어 특사는 기사 아카데미의 인물들에게 정중히 머리를 숙여 보였다.

"나머지는 저희에게 맡기고 수련에 매진해 주십시오. 언젠가 여러분이 이 나라의 미래를 짊어지게 될 날까지……. 그럼 이만."

세오도어 특사가 온화한 미소를 지으며 작별 인사를 건넸다. 하지만 문제는 아무리 봐도 그 미소가 라피니아를 향하고 있는 것 같다는 점이었다. 잉그리스는 은근슬쩍 라피니아의 앞쪽으로 이동해 모습을 가렸다.

"뭐 해, 크리스? 앞이 안 보이잖아."

"애들은 보면 안 돼."

"뭐라는 거야. 사람을 무슨 외설물이라도 되는 것처럼……."

"딱히 아니라는 보장도 없지!"

티격태격하는 잉그리스와 라피니아를 보면서 리플은 웃음을 터트렸다.

"후후훗. 다들 잘 있어! 또 보자~!"

밝은 미소를 지으며 손을 흔드는 리플의 모습이 플라이 기어와 함께 멀어져 갔다.

영웅 왕,
극한의 무를 위해 전생하다
그리고 세계 최강의 견습 기사가 되다 ♀

꼬르륵!

꼬르르륵!

""하아…….""

건축 자재를 옮기던 잉그리스와 라피니아가 동시에 커다란 한숨을 내쉬었다.

현재 기사 아카데미에서는 모든 학생이 동원되어 붕괴한 건물의 재건을 돕고 있었다.

""배고파서 힘이 나질 않아…….""

탄식하면서도 한가득 끌어안고 온 목재를 공사장 앞에 내려놓는 두 사람.

와르르르!

이 와중에도 잉그리스는 혼자서 열 명분의 짐을 옮기고 있었다.

"힘이 나질 않아도 그만큼 옮길 수 있으면 충분하다고 보는데……."

레오네가 반쯤 질린 얼굴로 말했다.

"하지만 더는 무리야. 못 움직이겠어."

"나도……."

잉그리스와 라피니아는 나란히 자리에 주저앉았다.

"아하하. 그럼 잠시 쉬도록 할까."

레오네도 두 사람 옆으로 다가와 앉았다.

"하아……. 식당이 완공되기 전까지는 계속 이대로인가."

"그러게. 교장 선생님이 나눠주시는 도시락으로는 한참 모자라고……."

이럴 때 의지가 되는 라파엘도 원정을 나간 상태였다.

잉그리스와 라피니아의 용돈도 조금밖에 남지 않았다.

두 사람의 식비로 쓰기에는 터무니없이 부족했다.

"이렇게 배고파 보는 건 재작년 이후로 처음이야……."

라피니아가 잉그리스의 무릎을 베고 누우며 중얼거렸다.

"확실히 그렇네."

잉그리스는 자신의 무릎을 베고 눕는 라피니아를 지극히 자연스럽게 받아들였다.

딱 손자가 와서 기대는 기분이었다.

"재작년에 무슨 일 있었어?"

"우리가 살던 유미르에 흉작이 들었거든."

"마을 사람들도 먹을 것이 부족해서 참고 있으니 우리도 참아야 한다고 영주님이……."

"그때는 아버지가 도깨비로 보이더라니까."

"훌륭한 영주신걸, 뭐. 스스로 모범을 보이려고 하셨던 거지?"

"응. 나도 옳은 결정이라고 생각해. 하지만 엄청 힘들었어……!"

"라니는 마석수를 먹으려고 했지 아마?"

"뭐어어……?!"

"크리스도 같이 먹으려고 했으면서!"

"나는 라니의 종기사잖아. 라니가 먹는다고 하길래 어쩔 수가 없었어."

"불리할 때는 맨날 그렇게 남 탓으로 돌린다니까."

토라진 라피니아가 입술을 삐죽 내밀었다.

"겨, 결국 먹은 거야……?"

"아니. 엄청나게 혼만 나고 그만뒀어."

"맞아. 그랬지."

"어쨌든 당시에는 배가 고파도 참았다는 거네? 그럼 이번에도 참을 수 있겠다."

""아니. 얼마 지나지 않아서 배를 채울 수 있게 됐거든.""

"어떻게?"

""아르바이트하면서 나온 음식으로.""

"응……? 어떤 아르바이트길래?"

""그게 말이지…….""

때는 두 사람의 고향인 유미르가 기근에 시달리던 재작년.

잉그리스와 라피니아는 그날도 지금처럼 굶주리고 있었지만, 그런데도 기사단의 마석수 토벌에 대동하게 되었다.

열세 살 무렵의 라피니아는 상급 마인과 마인무구를 통해서 완전히 기사단의 일원으로 받아들여진 상태였고, 잉그리스도 비록 에테르의 힘은 숨기고 있었지만, 무예의 신동으로 주목을 받고 있었다.

즉, 두 사람은 기사단의 중요한 전력으로 취급되고 있었다. 배가 고프다는 이유로 빠질 수는 없는 노릇이었다.

주린 배를 끌어안고 주변을 탐색하던 잉그리스와 라피니아는 유미르 근교의 숲속에서 마석수에게 습격을 당하고 있는 사람들을 발견했다.

짐을 잔뜩 가지고 있는 수십 명 규모의 커다란 집단이었다.

언제 마석수가 출현할지 모르는 상황에서 여행길에 올랐으니 그들도 당연히 호위 병력을 갖추고 있었다.

하지만 맞닥트린 마석수의 수가 워낙 많아 고전하는 눈치였다.

잉그리스와 라피니아는 곧바로 지원에 나서기로 했다.

"크리스! 쓸데없이 많이 움직이면 배만 더 고파지니까, 늘 하던 방법으로 단숨에 해치워 버리자!"

"그래, 알았어!"

잉그리스는 앞장서서 마석수 무리 안으로 돌입했다.

그러고는 호위들과 교전하고 있는 개체들을 우선 공격했다.

"오, 오오오……?! 마석수를 맨손으로 쓰러트렸어!"

"대, 대체 뭐야……?! 어떻게 저런 짓이 가능한 거지?!"

"괴, 굉장해! 저렇게 귀여운 애가 마석수를 한 방에……!"

호위를 맡은 남자들이 동작을 멈추고 잉그리스의 움직임에 주목했다.

"다들 물러나 주세요! 위쪽에서 커다란 공격이 올 거예요!"

잉그리스가 사람들에게 대피 지시를 내렸다.

"어, 그래……!"

"아, 알았어……!"

"하지만 너는 어쩌고……?!"

"저는……."

잉그리스가 입을 열려고 하던 그때.

머리 위에서 라피니아가 발사한 빛의 화살이 소나기처럼 쏟아져 내렸다.

호위들이 대피하는 것을 확인하자마자 곧바로 광범위 공격을 날린 것이다.

배가 고픈 탓인지 오늘따라 마음이 급해 보였다.

"""우와아아아아앗?!"""

지켜보던 호위들로부터 비명이 터져 나왔다.

잠시 후. 화살 비가 쏟아져 내린 자리에는 완전히 전멸해 버린 마석수들과 상처 하나 없이 태연하게 서 있는 잉그리스의 모습만이 덩그러니 남아있었다.

"말씀드리는 게 늦었네요. 저는 괜찮아요. 걱정해 주셔서 고맙습니다."

"그, 그래……."

"대단해……."

"시, 신기에 가까운 기술이군……!"

마침 그때 라피니아가 잉그리스의 곁으로 달려왔다.

"크리스~! 괜찮아? 맞지는 않았어?"

"응, 라니. 난 멀쩡해."

"그렇구나. 뭐, 딱히 걱정한 건 아니지만."

라피니아는 고개를 끄덕인 뒤 호위들에게 말을 걸었다.

"반갑습니다! 저희는 유미르의 기사단이에요. 앞길 조심하세요!"

"좋은 여행길 되시길. 그럼 실례하겠습니다."

두 사람이 미소를 남긴 채 발걸음을 돌리려던 그때였다.

"엑설런트으으으! 아가씨들의 그 가련한 모습! 제 마음에 불을 지폈습니다!"

불현듯 마른 체형의 중년 남성이 펄쩍 뛰어오르며 소리쳤다.

그리고는 몹시나 유쾌해 보이는 발걸음으로 두 사람이 있는 곳까지 다가왔다.

""?!""

솔직히 말해서 될 수 있으면 멀리하고 싶은 타입의 인간이었다.

"이런, 소개가 늦었군요. 저로 말할 것 같으면 이 극단을 이끄는 와이즈멀 백작이라 합니다! 잠시 제 이야기를 들어주시겠습니까?"

""네……?""

꼬르르륵!

그때, 잉그리스와 라피니아의 배가 울음소리를 냈다.

"어이쿠야, 어이쿠야. 배가 고프셨군요? 그렇다면 음식을 준비할 테니 식사라도 하시면서 천천히 이야기를……."

""……! 네! 들을게요!""
잉그리스와 라피니아는 한 치의 망설임도 없이 고개를 끄덕였다.

다음 날. 성새도시 유미르의 빌포드 후작이 거주하는 성.
"흐음. 예술 백작으로 이름 높은 와이즈멀 공께서 공연을 하신 다라……. 우리 유미르에서 말이지."
"그렇습니다요! 유미르는 올해 기근으로 어려움을 겪고 있다 들었습니다! 필시 주민들의 마음도 울적할 테지요? 그런 분들을 예술의 힘으로 치유해 드리……기는 어려울지도 모르지만 기분 전환으로는 제격일 겁니다! 공연 허가를 내려주신다면 감사하겠 습니다!"
와이즈멀 백작은 빌포드 후작 앞에서도 톤이 높은 목소리와 과 장이 심한 태도로 대화를 이어나갔다. 아무래도 원래부터 이런 성격을 가진 사람인 듯했다. 복장부터 시작해서 전부 정신이 없 었다.
하지만 이상한 겉모습과는 별개로 생각보다 유명한 인물인 모 양이었다.
극단을 이끌고 각지를 순회하며 연극과 노래, 춤을 위주로 한 무대를 선보이고 있다는 듯했다.
원래는 귀족 출신이었지만 조부 대에 영지를 잃으면서 유랑 극단을 이끌게 되었다고 한다. 즉, 3대 단장인 셈이었다.

그렇게 와이즈멀 극단은 몇십 년에 걸쳐서 활동을 계속해 왔다는 모양이다.

"음. 필시 백성들도 즐거워할 테지. 공연이라면 우리도 바라던 바일세. 다만 그…… 라피니아와 잉그리스를 무대에 올리고 싶다는 이야기 말인데……."

"맞아요, 맞습니다! 이야, 아가씨들께서 제 앞에 나타나셨을 때 저는 천사가 내려온 줄 알았지 뭡니까! 그야말로 존재 자체가 예술! 꼭 저희 무대에 서 주셨으면 합니다! 영주님과 기사단장님의 따님께서 무대를 장식해 주신다면 주민들도 더욱 활력을 얻을 수 있지 않겠습니까!"

"흐음……. 확실히 일리는 있네만, 라피니아를 말이지……."

빌포드 후작은 라피니아를 무대에 세운다는 것이 영 내키지 않는 눈치였다.

그 마음은 잉그리스도 공감이 되었다.

라피니아가 구경거리가 되어버리는 듯한 기분이 드는 것이다.

"예예! 이번 무대에서는 노래와 춤을 선보일 예정입니다! 관객들도 분명 따님의 어여쁜 모습에 매료될 테지요!"

"흐음……."

"아버지! 저, 하고 싶어요! 마을 사람들이 기운을 차릴 수 있다잖아요!"

하지만 라피니아는 의욕적이었다.

물론, 본인도 말했다시피 마을 사람들을 위해서라는 마음도 없지는 않을 것이다.

하지만 그보다는 무대 자체에 매력을 느끼는 소녀 특유의 감성이 더 크게 작용했을 것이다.

게다가 와이즈멀 백작은 무대 연습을 하는 동안이나 공연이 진행되는 동안에는 마음껏 음식을 먹게 해주겠다고 약속했다.

극단은 늘 풍부한 식자재를 확보하고 다니기 때문에 아직 충분한 여유가 있다는 모양이었다.

즉, 제안을 받아들이면 적어도 배고플 일은 없는 셈이었다.

심지어 재밌어 보이기까지 하니 라피니아가 응하지 않을 이유가 없었다.

"크리스는 어때?! 하고 싶지?!"

"어……? 글쎄…….."

한편 잉그리스는 굉장히 복잡한 심경이었다.

솔직히 말하자면 남들 앞에서 노래를 부르고 춤을 추자니 내키지 않았다.

드레스를 차려입고 파티에 참석하는 것만으로도 거북함을 느꼈건만, 과연 커다란 무대 위에서 태연하게 행동할 수 있을지 의문이었다.

그렇다고 거절하자니 배가 너무 고팠다.

"으음……. 어떻게 할까."

"크리스도 참. 의욕이 바닥이네."

"일단 아버지와 어머니한테 여쭤봐야겠어."

아버지 류크는 빌포드 후작과 비슷한 반응을 보일 게 뻔했고, 어머니 세레나도 정숙하고 청초한 성격의 인물이다. 아마도 긍정적인 반응을 보이지는 않을 것이다.

다만, 라피니아의 어머니인 이모 이리나는 성격상 라피니아와 닮은 구석이 있었기에 허가가 떨어질지도 몰랐다.

"음. 나 혼자 결론을 내리기도 좀 그렇군. 이리나와 세레나에게 한번 물어보는 것이 좋겠어. 류크도 밤에는 돌아올 테지. 와이즈멀 공, 미안하지만 대답은 내일 돌려주겠네."

"오, 그러시군요! 알겠습니다!"

와이즈멀 백작은 특유의 과장된 몸짓과 함께 미소를 지어 보였다.

그리고 저녁이 찾아왔다. 두 집안이 한자리에 모인 저녁 식사 자리에서 와이즈멀 백작의 제안이 화두에 올랐다.

이야기를 들은 잉그리스의 어머니 세리나는 심각한 얼굴로 이렇게 말했다.

"크리스……. 좋은 기회야. 꼭 참가하도록 해!"

"네에에?!"

상상도 못 했던 답변에 잉그리스는 화들짝 놀라고 말았다.

"이, 이봐 세레나. 진심이야? 잉그리스는 별로 내키지 않는 눈치인데……?"

아버지 류크도 깜짝 놀란 눈치였다.

"안 돼요. 반드시 해야 해요!"

"어, 어째서……?"

항상 온화하고 얌전한 세레나답지 않은 발언이었다.

"역시 이모님! 생각이 깊으시네요! 어머니! 저도 괜찮겠죠?"

"크리스가 같이 한다면야……. 후훗. 여자아이라면 무대에 올라가 보고 싶은 것도 당연한가. 마석수하고 싸움만 하는 것보다는 나을지도 몰라."

"이봐, 이봐……. 마석수와 싸우는 건 백성들을 지키는 숭고한 일이야."

빌포드 후작이 난감한 표정으로 말했다.

"저도 알아요. 하지만 예쁘게 꾸며 입고 무대에 서는 딸의 모습을 보고 싶은 게 어머니 마음인걸요."

"음…… 그런가. 뭐, 잉그리스가 함께라면 상관은 없다만……."

아무래도 잉그리스의 의향에 따라 결정이 날 듯했다.

류크가 잉그리스에게 말했다.

"잉그리스. 네 엄마는 꽤 의욕적인 모양이다만, 거절하고 싶으면 거절해도 돼. 어떻게 할래?"

"그, 글쎄요. 조금만 더 생각할 시간을 주세요."

어머니는 찬성하고 나섰지만, 잉그리스는 아직 망설이는 중이었다.

그날 밤. 저택의 자기 방으로 돌아온 잉그리스는 창문을 열고서 별을 바라보고 있었다.

그런데 문득 옆방의 창문을 통해서 부모님의 목소리가 들려왔다.

"세레나. 웬일로 잉그리스한테 세계 나가던걸. 당신답지 않았어."

"미안해요, 여보. 하지만 잉그리스는…… 저 아이는 앞으로 줄곧 종기사로 살아갈 생각이잖아요. 확실히 유미르에 사는 사람들은 모두 저 아이에게 상냥하게 대해주고 있죠. 하지만 언젠가 왕도의 기사 학교로 가게 된다면 무인자라는 이유만으로 힘들고 괴로운 일을 겪게 될지도 몰라요……."

"……그래. 확실히 걱정되기는 하는군. 이곳 유미르에서는 마음 편하게 지내고 있지만, 이곳을 나가면 상황이 다르지."

"맞아요. 정 힘들다면 다른 길도 존재한다는 것을 잉그리스가 알고 있었으면 했어요. 그러다 마침 좋은 기회가 찾아왔다는 생각이 들었죠. 그래서 저도 모르게 강요하듯이 말하고 말았네요……."

"……그렇군. 미안해할 것 없어. 아니, 오히려 잘했어. 내일이 되면 나도 잉그리스에게 한번 도전해 보라고 권해볼게."

"네. 고마워요, 여보."

잉그리스는 거기까지 듣고 창문을 닫았다.

아무래도 제안을 받아들이는 수밖에 없을 듯했다. 무대에 서는 것은 역시 부끄러웠지만.

그리하여 잉그리스와 라피니아는 배가 부르도록 식사를 하면서 노래와 춤 연습에 매진했고, 마침내는 무대에 올라 대호평을 받았다.

세레나는 무척 기뻐하며 상냥한 눈으로 잉그리스를 지켜봐 주었다.

이날의 경험 덕분인지 잉그리스는 사람들의 음흉한 시선에 노출되어도 어느 정도는 평정심을 유지할 수 있게 되었다.

덧붙여 라피니아한테는 여자아이로서 한 꺼풀 벗었다는 평가를 받게 되었다. 이것이 잘된 일인이 아닌지 잉그리스로서는 복잡한 심경이었다.

"설마 예술백 와이즈멀 님과 아는 사이였다니. 하긴, 잉그리스만큼 예쁘면 무대 제의를 받을 만도 하지."

"나한테는 좋은 추억이야! 크리스도 엄청 귀여웠고, 밥도 엄청 맛있었어! 뭐, 같이 무대에 오르는 바람에 나는 들러리가 되고 말았지만!"

"그렇지 않아. 라니가 얼마나 귀여웠는데. 나도 또렷하게 기억하고 있어."

"후후……. 아~ 이번에도 와이즈멀 백작이 타이밍 좋게 밥을 가지고 와주지 않으려나~."

"그러면 좋겠네. 지금은 어디서 뭘 하고 있을까."

"잉그리스 양! 라피니아 양!"

불현듯 밀리에라 교장이 종종걸음으로 달려왔다.

"네. 교장 선생님."

"무슨 일인가요?"

"왕성에서 호출이 왔어요! 칼리아스 국왕 폐하께서 두 분을 만나고 싶으시다는 모양이에요……!"

""네?!""

잉그리스와 라피니아의 머릿속에는 똑같은 생각이 스쳐 지나갔다.

시간은 마침 점심때.

만나서 대화를 한다. 식사 겸. 왕궁의 요리. 맛있다.

"나이스! 분명 먹을 게 잔뜩 있을 거야, 크리스!"

"응, 라니! 기대된다!"

""그럼 다녀오겠습니다!""

그렇게 두 사람은 벌떡 일어나 왕성으로 향했다.

후기

먼저, 이 책을 읽어 주셔서 진심으로 감사드립니다.

영웅왕, 극한의 무를 위해 전생하다 ~그리고 세계 최강의 견습 기사가 되다 우~ 3권으로 찾아뵈었습니다. 재미있게 읽으셨기를 바랍니다.

최근 여러모로 뒤숭숭하지요. 저의 경우, 가장 큰 영향을 꼽으라면 아이의 휴교입니다.

저희 딸은 부모를 닮아 게임을 좋아하는 편입니다. 늘 얌전히 게임을 즐겨 주어서 고마울 따름입니다.

휴교가 시작되기 전에 스ㅇ치 게임기를 사주었습니다만, 미리 사주길 잘했다는 생각이 듭니다. 휴교가 본격적으로 시작되자 품절 현상으로 구하기 어려워졌다는 이야기를 들었거든요.

얼마 전에는 '동ㅇ의 숲'으로 제법 훌륭한 섬을 만들어 놔서 깜짝 놀랐습니다.

유튜브의 공략 영상을 보면서 게임을 플레이하는 6살 꼬마. 대단해…….

마지막으로 담당 편집자이신 N 님, 일러스트를 담당해 주신 Nagu 님, 그 외에 각 관계자분. 많은 도움을 주셔서 감사드립니다. 이번 일러스트도 정말 멋졌습니다.

그리고 쿠로무라 모토 선생님께서 연재 중이신 만화판도 굉장히 재밌으니 아직 읽어보지 못하신 분들은 꼭 보시기 바랍니다!
그러면 저는 이쯤에서 물러나도록 하겠습니다.

혈철쇄 여단의 습격 사건 이후,
국왕의 호출을 받아 왕성으로 향한
잉그리스와 라피니아.

거기서 잉그리스는 나라의 중진들로부터
근위기사단장이 되지 않겠느냐는 제안을 받게 된다.

잉그리스의 실력과 공적을 높이 평가한 중진들의 지극히
이례적인 제안이었지만……

"무인자는 종기사까지밖에 올라갈 수 없는 것이 이 나라의 규칙입니다."

"그리고 규칙은 지키라고 _{귀찮으니 거절합니다!} 존재하는 것입니다!"

중진들의 제안을 단칼에 거절한 잉그리스는
곧이어 그리운 인물과 재회하게 된다.

그것이 새로운 소동의 서막을 알리는 만남일 줄은 꿈에도 모른 채…….

영웅왕,

극한의 무를 위해 전생하다

그리고 세계 최강의 견습 기사가 되다♀

Eiyu-oh,
Bu wo Kiwameru tame
Tensei su.
Soshite, Sekai Saikyou no
Minarai Kisi "우".

4

Eiyu-oh, Bu wo Kiwameru tame Tensei su. Soshite, Sekai Saikyou no Minarai Kisi "우". 3
©Hayaken
Originally published in Japan in 2020 by HOBBY JAPAN CO., Ltd.
Korean translation rights ©2020 by Somy Media, Inc.

영웅왕, 극한의 무를 위해 전생하다 ~그리고 세계 최강의 견습 기사가 되다~ 3

2021년 03월 15일 1판 1쇄 발행
2023년 03월 15일 1판 2쇄 발행

저 자	하야켄
일 러 스 트	Nagu
옮 긴 이	마일도
발 행 인	유재옥
본 부 장	조병권
편 집 1 팀	김준균 김혜연
편 집 2 팀	박치우 정영길 정지원 조찬희
편 집 3 팀	오준영 이해빈
편 집 4 팀	박소영 전태영
라이츠담당	김정미 맹미영 이윤서
디 지 털	김지연 박상섭
미 술	김보라 박민솔
발 행 처	㈜소미미디어
인쇄제작처	㈜코리아피엔피
등 록	제2015-000008호
주 소	서울시 마포구 토정로222, 403호 (신수동, 한국출판콘텐츠센터)
판 매	㈜소미미디어
마 케 팅	박종욱
영 업	박수진 최원석 한민지
물 류	허석용
전 화	(02)567-3388, Fax (02)322-7665

ISBN 979-11-6611-503-5
ISBN 979-11-6507-980-2 (세트)